데이트 어 라이브 17 쿠루미 라그나로크
DATE A LIVE Ragnarok KURUMI

"……."
"그, 그러니까 오해라고!
혼자 있어서 데려왔을 뿐이야!"

"……괜찮아요.
마나는 오라버니의 편이에요.
이제부터라도 제대로
속죄를 하면 돼요."

"긍정. 유즈루 일행은
호위에 지나지 않아요."
정령— 야마이 유즈루
"크큭, 그러하니라.
그대들에게 어울리는
상대는 따로 있지."
정령— 야마이 카구야

"미안하지만, 너희 상대는
우리가 아니다."
정령— 야토가미 토카
"너와 나의 전쟁을 시작해보자."
고교생— 이츠카 시도

"지금까지— 몇 번이나
나를 구해줘서,
정말 고마워."
"……어머, 어머.
대담하시군요, 시도 씨."
정령— 토키사키 쿠루미

CONTENTS

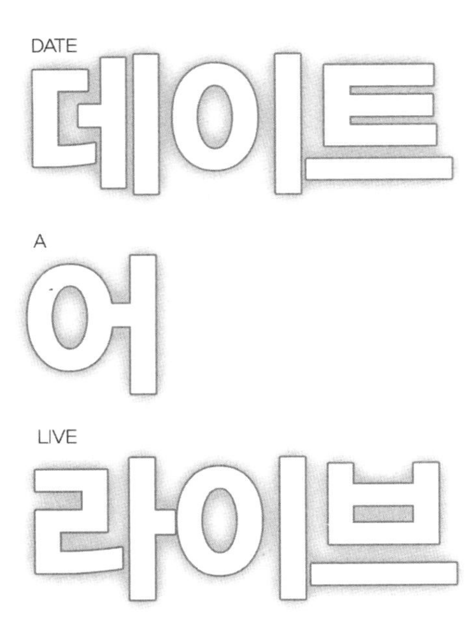

17

글 : 타치바나 코우시
그림 : 츠나코
옮긴이 : 이승원

THE SPIRIT

정령(精靈)

인계(隣界)에 존재하는 특수 재해 지정 생명체. 발생 요인, 존재 이유 둘 다 불명.
이쪽 세계에 모습을 드러낼 때, 공간진(空間震)을 발생시켜 주위에 심각한 피해를 끼친다.
또한, 엄청난 전투 능력을 보유하고 있음.

WAYS OF COPING1

대처법1

무력을 통한 섬멸.
단, 위에서 말했듯 매우 강대한 전투 능력을 보유하고 있기 때문에 달성 가능성이 극도로 낮음.

WAYS OF COPING2

대처법2

——데이트를 해서, 반하게 만든다.

쿠루미 라그나로크

Ragnarok KURUMI

SpiritNo.2i-Extra
AstralDress-NunType Weapon-PageType [Beelzebub-Yeled]

단장(斷章) 정령의 탄생

"……에잇! 에잇!"

산속의 조그마한 촌락. 그 근처에 있는 꽃밭에서 조그마한 소녀가 필사적으로 양손을 앞으로 내밀고 있었다.

옅은 색을 띤 금발과 깊은 바다 같은 푸른 눈동자를 지닌 소녀는 일곱 살 정도로 보였다. 아까부터 온몸에 힘을 주고 있었기에, 머리카락과 마찬가지로 색소가 옅은 볼이 붉게 달아올라 있었으며, 이마에는 구슬 같은 땀방울이 맺혀 있었다. 마치 금방이라도 볼이 부풀어 오르면서 폭발할 것만 같았다.

"그~러~니~까~, 그렇게 힘을 줘봤자 소용없어. 좀 더 마음을 차분하게 먹으면서, 상냥하게 매만지는 듯한 느낌으로 해봐."

그런 소녀의 모습을 보고, 옆에 있던 활발한 인상의 소년이 한숨을 내쉬면서 어깨를 으쓱했다.

"잘 봐."

소년은 그렇게 말하더니, 눈을 가늘게 뜨면서 손가락 한 개를 세웠다.

그러자 다음 순간, 주위의 꽃들에서 눈부신 빛이 피어오르더니, 소년이 가리킨 방향을 향해 서서히 이동했다.

"우와……."

소녀는 그 광경을 뚫어져라 쳐다본 후, 또 미간을 찌푸리며 온몸을 부들부들 떨기 시작했다.

"으으으으으으으으으으……!"

"아니, 그러니까 말이야……."

소년은 반쯤 뜬 눈으로 하나도 이해하지 못한 소녀를 쳐다보며 그렇게 말했다.

바로 그때, 그런 두 사람을 부르는 목소리가 뒤편에서 들려왔다.

"—엘리엇, 엘렌. 여기 있었구나."

"응?"

"푸하……."

소년— 엘리엇이 고개를 돌렸고, 소녀— 엘렌이 참고 있던 숨을 토했다.

두 사람이 쳐다본 곳에는 어느새 선이 가는 소년이 서 있었다.

애시블론드 빛깔의 탁한 금발이 인상적인 소년이었다. 나이는 엘리엇보다 한 살 어린 열 살이지만, 어른스러우면서도 어딘가 노회한 듯한 분위기를 지니고 있었다.

"아이크!"

그를 본 엘렌이 환한 표정을 지었다. 아이크라 불린 소년은 빙긋 웃으면서 두 사람을 향해 다가왔다.

"둘 다 또 이런 데서 연습을 하고 있었던 거야?"

"어쩔 수 없잖아. 엘렌 녀석은 한 번도 성공을 못 시켰거든. 카렌은 우수한데 말이지. 자매인데 왜 이렇게 차이가 나는 건지 모르겠다니깐."

엘리엇이 고개를 절레절레 저으며 그렇게 말하자, 엘렌은 눈물을 뚝뚝 흘리며 울먹거렸다.

"……너무해. 나도 일부러 못하는 게 아닌데……."

"으으, 정말! 울지 좀 마! 미안해! 내가 잘못했어!"

엘리엇이 사과하자, 엘렌은 손등으로 눈물을 닦으면서 코를 훌쩍거렸다. 아이크는 그런 엘렌의 머리를 상냥히 쓰다듬어줬다.

"괜찮아, 엘렌. 나도 도와줄 테니까, 수련장에 가자. 엘리엇도 따라와. 밖에서 마나를 가시화(可視化)시켰다간, 또 선생님에게 혼날 거야."

엘리엇은 아이크의 말을 듣더니 한숨을 내쉬며 팔짱을 꼈다.

"흐음, 어른들은 하나같이 겁쟁이라니깐. 이런 촌구석에 일부러 오는 녀석이 있을 리가 없는데 말이야."

"뭐, 너무 그러지 마. 어쩔 수 없잖아. 선생님들 세대에서는 마술사(메이거스) 박해가 특히나 더 심했다는 걸."

아이크는 그렇게 말하며 쓴웃음을 지었다. 엘리엇은 한 번 더 한숨을 내쉬었다.

—『메이거스』.

그렇다. 이 세계에는 그렇게 불리는 자들이 실제로 존재한다.

어떤 때는 주술사, 어떤 때는 점성술사, 또 어떤 때는 약제사, 그리고 또 어떤 때는 마녀라고 불리며, 평범한 이들의 상식 밖에 존재해왔던 이들이다.

옛날이야기에 나오는 마법사처럼, 지팡이를 휘둘러 자신이 원하는 일을 일으킬 수 있는 것은 아니다.

마술이란, 평범한 이가 볼 수 없는 것을 보고, 접할 수 없는 것을 접할 수 있는 소양을 지닌 자가 그 능력을 더 높은 경지로 끌어올리기 위해 익히는 학문이며, 일종의 문화체계다.

그리고 이 자리에 있는 이들은 메이거스로서의 소양을 이어받은 혈족의 후예다.

"아무리 그래도 너무 두려워하는 거 아냐? 선생님들이라면 평범한 인간과 싸워도 지지 않을 거잖아."

"뭐, 그건 그래."

"그렇지? 그러니 남들이 본다고—."

"하지만 그게 1대 100이나 1대 1000이면 이야기가 달라지지 않을까?"

"그야…… 으음……."

"그런 거야. 인간은 자신과 다른 존재를 두려워해. 그리고 그 두려움은 폭주와 광기를 낳지. 진실의 은폐는 미덕 그 자체야."

"흥. 네가 하는 말은 영 이해가 안 된다니깐."

엘리엇이 고개를 휙 돌리면서 그렇게 말하자, 아이크는 어른스러운 미소를 지으며 걸음을 옮겼다.

—하지만, 엘리엇은 머지않아 그 말의 의미를 알게 됐다.

"아…… 아……."

몇 달 후.

엘리엇은 커다란 불길에 휩싸인 고향을 언덕 위에서 내려다보며, 망연자실한 채 신음을 흘렸다.

담배나 다른 불씨 때문에 일어난 화재가 아니라는 것은 한눈에 알 수 있었다. 명확한 악의와 살의를 담아, 누군가가 불을 지른 것이다.

불길에 휩싸인 집에서 겨우겨우 빠져나온 이들이 밖에서 대기하고 있던 남자들이 쏜 총에 맞고 쓰러졌다.

그들이 대체 누구인지는 알 수 없지만, 그들의 목적이 메이거스의 씨를 말리는 것이라는 사실은 의심할 여지조차 없었다.

"엘리엇…… 엘리엇! 마을이, 우리 마을이……!"

"……큭! 목소리를 낮춰, 엘렌……."

"하지만……!"

엘리엇은 또 입을 열려 하는 엘렌을 꼭 끌어안았다. 엘렌의 눈물이 엘리엇의 가슴팍을 적셨다. 같이 피난한 엘렌의 여동생, 카렌 또한 입술을 꼭 깨문 채 엘리엇의 옷자락을 움켜쥐고 있었다.

너무나도 갑작스럽게 고향을 잃고 말았다. 아직 열 살 전후에 불과한 소년소녀들이 받아들이기에는 너무나도 무거운 참극이었다.

하지만— 단 한 사람…….

무미건조한 표정으로 불타고 있는 마을을 내려다보고 있는 소년이 있었다.

"……."

아이크는 열기를 품은 바람이 부는데도 눈조차 감지 않은 채, 잿더미가 되어가는 마을을, 총에 맞고 죽어가는 동포들을, 지그시 쳐다보고 있었다.

"아이크……?"

그가 무슨 생각을 하는지는 알 수 없지만— 엘리엇은 불빛에 비친 그 얼굴을 보면서, 말로 형용할 수 없는 위화감을 느꼈다.

인류에게 있어 이단(異端)인 메이거스. 그는 그런 메이거스 중에서도 그야말로 별개의 생물인 듯한—.

"엘리엇, 엘렌, 카렌."

바로 그때였다. 엘리엇의 생각을 끊으려는 것처럼, 아이크가 겨우 목숨을 부지한 이들의 이름을 입에 담았다.

"—세계를, 만들자. 인류를 추방하고, 메이거스를 위한 세계를 만드는 거야. 먼저 싸움을 건 건 그들이잖아? 우리가 가만히 당하고만 있을 이유는 없어."

그리고, 선언했다.

—지금 생각해보면, 그것이 DEM인더스트리의 가장 오래된, 그리고 출발점이 된 기억이다.

그 후로 십수 년이 흘렀다. 엘리엇 일행은 마술 연구에 몰두했다.

물론 열 살 밖에 안 된 아이들이 살기에 이 세상은 녹록치 않았다. 몇 년 동안은 고아원의 신세를 져야만 했다.

하지만 총명한 미소년인 아이크가 자산가 노부부의 마음에 드는 데는 그렇게 긴 시간이 걸리지 않았다. 그리고 그 노부부가 불행한 사고로 목숨을 잃는 데도 그렇게 긴 시간이 걸리지는 않았다.

충분한 자산과 은신처를 손에 넣게 된 아이크는 엘리엇

일행을 집으로 불렀으며, 그들은 시간이 허락하는 한, 마음껏 신비(神秘)를 탐구했다.

신지학(神智學). 은비학(隱秘學). 연금술. 그리고 카발라[#1]. 『인간』에게 공개하기 위해 만들어진 허구 속에서, 차근차근 『진짜』만을 찾아냈다.

그리고— 드디어 그때가 찾아왔다.

—그 날.

유라시아 대륙 중앙부에는 태풍이 몰려오는 걸 알리듯 바람이 조용히 불고 있었다.

그리고 그 들판에는 세 사람이 서 있었다.

아이크, 엘리엇, 엘렌.

그 후로 못 알아볼 만큼 성장한 세 명의 메이거스가, 그곳에 있었다.

"—자, 시작하자. 카렌, 준비해줘."

『예.』

아이크가 그렇게 말하자, 관측소에 있는 카렌의 목소리가 통신기에서 흘러나왔다.

그와 동시에 원형을 그리듯 설치된 장치— 마력로가 낮은 소리를 내며 작동하기 시작했다.

하늘에서, 땅에서, 공기 중에서…….

#1 카발라 중세부터 근대에 걸쳐 퍼진 유대교의 신비 사상.

이 세계를 구성하는 온갖 물질에 깃들어 있는 에너지(마나)가, 찬란한 빛이 되어 주위에서 소용돌이쳤다.

—『정령술식』.

그것이, 엘리엇 일행이 이 의식에 붙인 명칭이었다.

이 세계에 존재하는 마나를 한곳으로 모아서, 새로운 생명을 창조한다.

그리고 그 힘을 차지함으로써, 책과 주문에 의지해 약간의 마나만을 겨우 다룰 수 있는 엘리엇 일행은 공상 속에만 존재하는 전지전능한 마법사가 되는 것이다.

"아이크. 이걸로—."

"그래. 정령이 태어날 거야. —**세계를 뒤덮는 새로운 세계**와 함께 말이지."

아이크는 엘렌의 말에 미소를 지으며 그렇게 말했다.

"—임의영역. 인간의 상상을 현실로 만드는 만능의 공간. 계산이 정확하다면, 이제부터 탄생하는 정령이 지닌 그 공간은 지구를 뒤덮을 정도의 규모일 거야. 그야말로 또 하나의 세계— 인계(隣界), 라고 불러도 될 규모지."

아이크는 앞으로 내민 손을 말아 쥐었다.

"그게 우리의 세계야. **우리는 인계를— 이 세계에 덧씌울 거야.**"

"……."

엘리엇은 그 말을 듣고, 아이크의 얼굴을 보고 마른 침을 삼켰다.

이제 와서 아이크의 뜻에 이의를 제기할 생각은 없다. 엘리엇 일행은 그 목적을 위해 십수 년이나 되는 세월을 바쳤다.

하지만, 어째서일까—.

희망을 이야기하고 있는 아이크의 얼굴이, 그날 봤던 얼굴과 겹쳐 보였던 것이다.

"—시간이 됐어. 정령이 나타나는 순간, 여파가 발생할 거야. 엘리엇, 호부(護符)를 준비해줘."

"……그, 그래."

엘리엇은 어깨를 희미하게 떨면서 호부를 꺼낸 후, 마나를 집중해서 세 사람을 둘러싸는 장벽을 만들었다.

다음 순간…….

"——윽!"

엄청난 충격이 발생하며 시야가 새하얀 색깔로 물들었다.

장벽을 만들었는데도 진동이 온몸을 덮치더니, 한순간 아무 소리도 들리지 않았다.

마치 머리 위편에서 미사일이 터진 듯한 착각이 들 정도로 엄청난 규모의 대폭발이 발생했다. 지면이 도려내지더니, 장벽에 감싸인 채 낭떠러지 밑으로 떨어지고 있는 듯한 느낌이 엘리엇 일행을 덮쳤다.

"하아……, 하아……."

잠시 후에 진동이 멎자, 엘리엇은 장벽을 풀었다.

그리고 흙먼지가 가라앉을 때까지 기다린 후, 주위를 둘러본 그는— 말문이 막히고 말았다.

아무 것도, 없었다.

산도, 들도, 한참 떨어진 곳에 있던 마을도…….

전부, 그 모든 것이 사라지고 말았다.

아니— 정확하게 말하자면, 단 하나…….

방금까지 없었던 것이, 엘리엇 일행의 눈앞에 떠 있었다.

"……후, 하하, 하하하하하하하핫!"

아이크의 웃음소리가 아무것도 없는 허허벌판에 울려 퍼졌다.

—그것은, 소녀였다.

옅은 빛을 온몸에 두른 아름다운 소녀가, 이곳에 나타난 것이다.

—정령.

그렇게, 기나긴 인연은 시작되고 말았다.

제1장 개전의 봉화

"――, ……윽―."

자신은 목소리를 냈다고 생각했지만, 입술에서 흘러나온 것은 가는 숨소리뿐이었다.

극한의 긴장과 흥분은 짧은 시간 동안 몸과 정신을 피폐하게 만들었다. 토키사키 쿠루미는 희미하게 다리를 떨더니, 그 자리에 주저앉았다.

"『저』!"

"괜찮나요?"

그러자 주위에 있던 소녀들이 걱정스러운 목소리로 그렇게 말을 걸어왔다.

좌우 불균형하게 묶은 머리카락과, 시계 같은 왼쪽 눈. 쿠루미와 똑같은 외모를 지닌 그 소녀들은 바로 쿠루미의 분신이었다.

쿠루미는 몇 번이나 거친 숨을 내쉰 후, 천천히 몸을 일으켰다.

"예…… 괜찮답니다."

현재 그녀들은 한밤중의 빌딩 옥상에 있었다. 달은 구름에 가려져 있으며, 지상의 빛만이 흐릿하게 주위를 비추고 있었다.

"……."

쿠루미는 어둠 속에 녹아들어 있는 자신의 그림자를 쳐다보더니, 천천히 발을 들어올린 후— 발꿈치로 짓밟았다.

딱히 천사, 혹은 그림자 안에 숨어있는 분신들을 불러내려는 것은 아니다.

그저— **방금 그림자에 빨려 들어간 정령**이 신경 쓰였을 뿐이다.

그렇다. 쿠루미는 방금, 이곳에서 어떤 정령과 싸웠다.

식별명 〈팬텀〉.

노이즈로 자신의 모습을 감춘 정체불명의 존재이자, 인간을 정령으로 만드는 정령.

그리고, 그 노이즈에 감춰져 있던 정령의 정체는 바로— 시도의 부담임이자 〈라타토스크〉의 해석관인 무라사메 레이네였다.

하지만 그림자를 걷어찬다고 해서 그 안의 상황을 알 수 있는 것은 아니다.

입구는 하나지만, 쿠루미의 그림자에는 크게 두 영역이 존재한다.

하나는 분신들이 들어 있고 출입 자체가 자유로운 은신처 같은 공간이다.

그리고 다른 하나는 삼킨 자의 『시간』을 송두리째 빼앗는 위장 같은 공간이다.

쿠루미가 레이네를 집어넣은 곳은 바로 두 번째 공간이었다.

그 공간은 쿠루미도 뜻대로 다룰 수 없다. 한 번 삼킨 것을 토해낼 수도 없으며, 내부의 상황을 살필 수도 없는 것이다. 인간이 자신의 몸속을 눈으로 볼 수 없는 것과 마찬가지다.

……쿠루미가 그림자를 짓밟은 것은 마음속에서 타오르는 격렬한 감정을 풀 길이 없었기 때문이다.

아무리 강대한 정령일지라도, 그 공간에 삼켜지면 살아남을 수 있을 리가 없다. 쿠루미는 정적에 휩싸인 채 작게 한숨을 내쉬었다.

"허무……하군요. 자기 힘을 남에게 지나치게 나눠준 정령은…… 이렇게 약해빠진 건가요."

쿠루미는 자기 자신을 향해 말하듯 그렇게 중얼거렸다.

그녀의 진짜 힘은 이 정도가 아닐 것이다. 쿠루미가 허를 찌른 바람에 천사와 영장을 현현시키지도 못했으니까 말이다.

하지만 중요한 것은 결과다. 레이네는 사라졌고, 쿠루미는 지금 이 자리에 서 있다. 그저 그 사실만이 이 투쟁의 결말이었다.

쿠루미는 한 번 더 가늘게 숨을 내쉰 후, 시선을 날카롭게 만들면서 천천히 고개를 들었다.

"자, 『저희들』. 아직 전부 다 끝난 건 아니에요. 제 표적은 방금 해치운 약해빠진 정령이 아니라, 전성기를 자랑하던 30년 전의 괴물이에요."

""""……."""

쿠루미가 차분한 목소리로 그렇게 말하자, 분신들은 고개를 끄덕였다.

"그리고 목적을 달성하기 위해서는 시도 씨의 영력이 꼭 필요하답니다. ─자, 가죠."

"예, 가죠."

"DEM의 모략을 박살내고, 시도 씨를 『저의 것』으로 만드는 거예요."

"힘을 분배한 〈팬텀〉이 이렇게 약해빠진 걸 보면, 태어나기 전에 박살을 내는 건 간단할 거예요."

"예, 그래요. 하지만─."

바로 그때, 분신 하나가 불가사의한 표정을 지었다.

"왜 〈팬텀〉은 자신의 힘을 나눠주면서까지 정령을 늘린 걸까요. 그게 자신을 약하게 만든다는 걸 몰랐을 리도 없는데 말이죠."

"……."

쿠루미는 그 분신의 말을 듣고 잠시 입을 다물었다.

맞는 말이었다. 만약 레이네가 만전의 상태였다면, 아무리 쿠루미라도 승산은 없었을 것이다.

자신의 목숨과도 연관되는 일인 만큼, 장난삼아 인간을 정령으로 만들었을 리는 없다.

뭔가— 뭔가 이유가 있을 것이다.

자신이 힘을 잃는 한이 있더라도, 해내고 싶은 무언가가…….

자신의 목숨이 위험해지더라도, 해내야만 하는 무언가가…….

"……."

하지만 아무리 생각을 해봐도 답은 나오지 않았다. 유일하게 그 대답을 알고 있을 여자는 이미 시꺼먼 그림자 안에서 잠들어 있다.

"—흥."

쿠루미는 짜증 섞인 코웃음을 친 후, 분신들과 함께 이 자리를 벗어났다.

◇

"—사령관님! 시도 군의 반응을 포착했습니다!"

텐구시 상공에 떠 있는 공중함 〈프락시너스〉.

〈프락시너스〉의 함교에서 승무원의 목소리가 울려 퍼졌다.

그 목소리에 반응하듯, 함장석에 앉아 있던 소녀의 어깨, 그리고 둘로 나눠묶은 머리카락이 흔들렸다.

"윽! 잘했어! 대체 어디 있는 거야?!"

〈프락시너스〉의 함장이자 〈라타토스크〉의 사령관인 이츠카 코토리는 입에 물고 있던 막대사탕의 막대부분을 쫑긋 세우더니, 몸을 앞으로 쑥 내밀면서 메인 모니터를 주시했다.

하지만 그녀의 반응이 지나치다고 생각하는 이는 없었다.

그도 그럴 것이, 코토리의 오빠인 이츠카 시도는『최악의 정령』토키사키 쿠루미와 접촉 도중에 행방불명이 된 것이다.

몇 초 후, 메인 모니터에 한 소년의 모습이 표시됐다.

평범한 체격을 지닌 그는 다리가 풀린 것처럼 비틀거리고 있었다. 고개를 숙이고 있어서 표정은 알 수 없지만, 코토리의 오빠인 시도가 틀림없었다.

왠지 아까보다 옷이 더러워진 것처럼 보였다. 게다가 같이 있을 줄 알았던 쿠루미의 모습이 보이지 않았다. 대체 무슨 일이 있었던 걸까.

"아무튼 일단 시도를 회수해!"

"예!"

코토리가 지시를 내리자, 승무원들이 콘솔을 조작했다.

그러자 다음 순간, 희미한 구동음을 내면서 〈프락시너스〉가 이동하기 시작하더니, 모니터에서 시도의 모습이 사라졌다.

그리고 잠시 후, 거의 같은 타이밍에 함교 내부에 설치된 전송장치 위에 시도가 옅은 빛에 휩싸인 채 모습을 드러냈다.

"시도!"

코토리는 함장석을 박차고 일어나 자신의 오빠를 향해 뛰어갔다.

"무사해?! 대체 무슨 일이 있었던 거야?! 쿠루미는—."

시도의 멱살을 잡으며 질문 공세를 펼치던 코토리는 갑자기 입을 다물었다.

시도에게 다가가 그의 얼굴을 본 순간, 그가 어떤 표정을 짓고 있는지 깨달은 것이다.

번민과, 비애와, 약간의 회한.

그리고 그것들을 통해 이뤄진— 결의로 가득 찬 표정이 코토리의 눈에 들어왔다.

분명 시도는 쿠루미의 영력을 봉인하겠다는 명확한 의지를 품으며 그녀를 대했다. 하지만 지금 시도에게서 느껴지는 것은 그것마저 뛰어넘는, 약간의 광기마저 내포한 것만 같은 비장한 사명감이었다.

그야말로— 자신의 생명을 버리는 한이 있더라도, 무언가를 구해야만 한다는 생각으로 마음속이 가득 차 있는 것만 같았다.

시도의 두 눈에 어린 빛을 본 순간, 코토리는 한순간 압도

당하고 말았다.

"—코토리."

시도는 조용히 고개를 들며 입을 열었다.

"다른 애들을 불러주지 않을래? 전부 다 이야기할게. 지금, 아니— **지금까지**, 무슨 일이 있었는지를. 쿠루미가 뭘 했는지를. 나를 위해, 그녀가 뭘 해왔는지를……."

물어볼 것은 잔뜩 있었다. 게다가 쿠루미의 소재를 파악하지 못한 지금 상황에서는 한시라도 빨리 정보를 입수해야만 했다. 평소의 코토리라면 괜히 폼 잡지 말라며 재촉했을 것이다.

하지만, 코토리는 그러지 못했다. 그 정도로 단호한 분위기와, 만지기만 해도 부서지고 말 듯한 참담함이 지금의 시도에게서 느껴진 것이다.

"……응. 알았어."

코토리는 가볍게 숨을 삼킨 후 고개를 끄덕였다.

그리고 마음을 다잡으려는 것처럼 심호흡을 한 후, 승무원들에게 지시를 내렸다.

"시이자키, 맨션에 있는 정령들을 회수해! 미노와는 오리가미, 미쿠, 니아에게 연락을 해줘! 카와고에, 미키모토는 쿠루미의 반응을 계속 추적해!"

""""예!""""

코토리가 흔들림 없는 어조로 지령을 내리자, 승무원들이

한 목소리로 대답했다. 코토리는 살며시 고개를 끄덕인 후, 왼편을 쳐다보았다.

"그리고 레이네, 마나에게 연락을—."

—바로 그때였다.

코토리는 말을 이으려다 갑자기 미간을 찌푸렸다.

그녀의 시선은 콘솔 앞에 앉아있던 한 여성을 향하고 있었다. 아무렇게나 묶은 긴 머리카락, 졸린 듯한 두 눈 밑에 존재하는 두꺼운 다크서클, 갈색 군복의 가슴 호주머니에서는 상처투성이 곰인형이 고개를 쏙 내밀고 있었다.

그녀는 〈라타토스크〉 해석관이자 코토리의 친구인 무라사메 레이네였다.

"……응. 알았어. 마나도 부를게."

레이네는 고개를 살짝 끄덕이면서 코토리의 말에 대답했다.

딱히 이상한 구석은 없었다. 그녀의 외모도, 목소리도, 대답도, 전부 평소와 다름없었다.

하지만 왜일까. 코토리는 그 광경을 보면서 기묘한 위화감을 느꼈다.

"……코토리?"

"윽—!"

레이네가 말을 걸자, 코토리는 화들짝 놀라며 어깨를 부르르 떨었다.

"아…… 미안해. 아무튼, 부탁해."

아무래도 자신이 약간 신경이 날카로워진 것다고 생각한 코토리는 고개를 가볍게 저은 후, 다시 앞을 쳐다보았다.

◇

시도가 〈프락시너스〉로 회수되고, 약 한 시간이 흘렀다.

"""""……."""""

공중함 안에 있는 브리핑 룸은 침묵에 지배당하고 있었다.

실내에는 시도를 비롯해 열세 명이나 되는 이들이 있었다. 토카, 오리가미, 코토리, 요시노, 카구야, 유즈루, 미쿠, 나츠미, 니아, 무쿠로 같은 정령들과 레이네, 마나, 그리고 〈프락시너스〉의 관리AI인 마리아도 화면을 통해 이 상황을 지켜보고 있었다.

하지만 이렇게 많은 이들이 모여 있는데도 누구 한 명 말을 하지 않았으며, 다들 침묵에 잠긴 채 표정을 굳히고 있었다. 그 중에서도 마나는 이해는 하지만 납득은 되지 않는다는 듯이 팔짱을 낀 채 미간을 찌푸리고 있었다.

하지만, 그것도 무리는 아니었다.

다들, 듣고 만 것이다. 알고 만 것이다. 시도가, 알려주고 만 것이다.

〈나이트메어〉 토키사키 쿠루미라는 정령이 어떻게 태어났으며, 왜 최악의 정령이라는 악명을 짊어지게 된 것인지를…….

그리고 그런 그녀가, 시도를 죽음의 운명으로부터 구하기 위해, 몇 번이나 세계를 되풀이해 왔다는 것을…….

시도는 알려줬다. 숨기지도, 과장하지도, 왜곡하지도 않고 말이다.

그 발자취를, 그 세월을, 그리고 그— 비통하기 그지없는 마음을…….

홀로 그것들을 받아들일 수 있을지 불안했다. 어떻게 해야 쿠루미에게 보답할 수 있는지, 다른 이들과 상의하고 싶다는 마음도 분명 있었다.

하지만 무엇보다— 시도는, 알아줬으면 했다.

토키사키 쿠루미라는 소녀가, 그저 사리사욕이나 쾌락 때문에 죄를 지은 악당이 아니라는 것을…….

의도치 않게 범한 실수로부터, 사람들을, 친구를, 세계를 구하기 위해 가시덤불로 이루어진 길을 나아가기로 결심한, 그녀의 고결한 결의를…….

……뭐, 어쩌면 쿠루미 본인은 그것이 다른 사람들에게 알려지는 걸 원치 않을지도 모른다.

"으음…… 쿠루미에게 그런 연유가 있었을 줄이야."

"깜짝…… 놀랐어요."

침묵을 깨듯 입을 연 이는 토카와 요시노였다. 두 사람 다 눈을 크게 뜨고 있었으며, 볼을 타고 땀방울이 흘러내리고 있었다.

"……솔직히 믿기지는 않네요."

바로 그때, 눈 밑에 눈물점이 있고 머리카락을 하나로 모아 묶은 소녀가 그렇게 말했다.

타카미야 마나. 〈라타토스크〉에 소속된 마술사(위저드)이자, 자칭 시도의 친동생이다. 그녀의 늠름한 두 눈동자는 미심쩍음과 당혹스러움에 의해 일그러져 있었다.

"그 극악무도하고 인면수심에, 더불어 성격도 최악인 데다 못된 〈나이트메어〉가 모든 사람을 구하려 한다? 그야말로 질 나쁜 농담이네요."

마나는 그렇게 말하더니, 과장스럽게 어깨를 으쓱했다.

하지만 그것도 당연했다. 마나와 쿠루미는 지금까지 몇 번이나 싸워왔던 숙적 사이인 것이다. 느닷없이 이런 말을 듣고 납득할 수 있을 리가 없었다.

"마나, 네 심정은 이해해. 하지만—."

그러나 시도가 말을 이으려던 순간, 마나는 고개를 숙이면서 그의 말을 막듯 손바닥을 펼쳤다.

"……하지만 오라버니가 마나한테 거짓말을 할 확률을 고려해보면, 근소한 차이로 믿을 수밖에 없어 버리네요."

마나는 그렇게 말하면서 한숨을 내쉬었다.

"마나……."

"아, 착각하지 마세요. 어디까지나 나는 오라버니의 말을 믿어 버리는 거지, 그 여자를 인정해 버리는 건 아니에요."

"……정말 까다롭네……. 이거나 그거나 같은 말 아냐? 뭐, 하고 싶은 말이 뭔지는 알겠지만……."

나츠미는 식은땀을 흘리며 그렇게 말했다. 하지만 마나는 딱히 개의치 않으면서 말을 이었다.

"저기, 오라버니. 그것 말고도 좀 신경 쓰이는 부분이 있어 버리는데요."

"으음…… 뭔데?"

시도가 고개를 갸웃거리자, 마나가 손가락 하나를 세우고 진지한 눈길로 시도를 응시하며 물었다.

"오라버니가 체험했다는 〈나이트메어〉, 토키사키 쿠루미의 과거— 그 과거에 등장했다는 『타카미야 미오』라는 여자예요."

"……."

시도는 마나의 말을 듣고 마른 침을 삼켰다.

그렇다. 시도는 쿠루미의 천사 〈각각제(刻刻帝)(자프키엘)〉의 탄환을 통해 그녀의 과거를 알았다.

그리고 그 과거에서는 타카미야 미오라는 이름의 소녀가 등장했다.

그 소녀는 평범한 존재가 아니었다. 쿠루미에게 영결정(靈結晶)(세피라)을 줘서 정령으로 만들고, 그 힘을 이용해 정령을 사냥하게 한, 쿠루미의 철천지원수였다. 즉, 이 모든 일의 발단이라고 할 수 있는 존재다.

게다가, 마나가 그 소녀를 신경 쓰는 이유 또한 충분히 예상이 되었다.

『타카미야』—.

미오는 마나와 같은 성을 쓴 것이다.

게다가 『미오』라는 이름은 예전에 자신의 몸에 봉인한 영력이 폭주한 탓에 자기 자신을 잊어버린 시도가 입에 담았던 이름이기도 했다.

너무나도 기묘한 우연이었다. 신경이 쓰이지 않는 게 이상할 것이다.

"응……. 실은 나도 그게 신경 쓰였어. 미오라는 애는 대체 정체가 뭘까?"

"쿠루미에게 세피라를 줘서 정령으로 만들었다, 라…… 마치 우리 앞에 나타난 〈팬텀〉 같네."

코토리가 시도의 말에 답하듯 그렇게 중얼거렸다. 팔짱을 끼고 다리를 꼰 채 의자에 앉은 그녀가 입에 문 막대사탕의 막대부분이 위아래로 흔들렸다.

〈팬텀〉. 그 자는 코토리와 오리가미, 미쿠, 니아, 무쿠로에게 세피라를 줘서 정령으로 만든 정체불명의 정령이다. 코토리가 말한 것처럼, 쿠루미의 기억 속에 등장한 미오와 공통점이 많았다.

"〈팬텀〉과 같은 능력을 지닌 정령인 걸까? 아니면 〈팬텀〉의 정체가 타카미야 미오인걸까? 그렇다면 그 목적은 대체 무엇일까? 그리고 애초에 시도와 마나는 그 미오와 어떤 관계일까……. 수수께끼가 줄을 잇네."

코토리는 그렇게 말하면서 두 손 두 발 다 들었다는 듯이 어깨를 으쓱했다.

그러자 마나는 고개를 끄덕이며 말을 이었다.

"물론 우연히 성이 같을 뿐이거나, 그 이름이 가짜일 가능성도 없지는 않아 버리지만, 연관이 있다는 가정 하에 생각을 해본다면 저나 오라버니의 친척이려나요? 적어도 저나 오라버니와 면식이 있는 것 같으니까요."

마나는 턱을 쓰다듬으면서 그렇게 말했다.

하나같이 불확실한 말이지만, 그것도 어쩔 수 없다. 남매인 시도와 마나는 과거의 기억이 없기 때문이다.

DNA 검사를 통해 두 사람이 친남매라는 것은 증명됐지만, 마나가 처음으로 시도를 오라버니라고 부른 이유는 그녀가 가지고 있던 로켓(locket) 안에 들어 있던 남매의 사진, 그리고 직감 때문이었다.

"으음…… 글쎄, 그것만으로는 좀……."

시도가 낮은 신음을 흘리자, 니아는 뭔가를 눈치챈 것처럼 고개를 갸웃거렸다.

"어라? 하지만 소년은 아까부터 미오찌라는 애를 이름으로 그냥 부르고 있잖아? 그건 좀 이상하지 않아?"

"어? 왜?"

"아니, 그게 말이야~. 쿠루밍이 미오찌라는 애와 만난 건 수십 년 전의 일이지? 만약 친척이더라도 할머니뻘이나 고모뻘은 될 걸? 그런 사람을 이름으로 그냥 부르는 건 좀 이상하지 않아? 기억을 잃기 전의 소년이 꽤나 와일드한 애였다면 모르지만 말이야~."

"아……."

듣고 보니 맞는 말이었다. 시도는 으음, 하고 신음을 흘리며 볼을 긁적거렸다.

하지만 바로 그때, 오리가미가 반론을 하듯 입을 열었다.

"그렇다고도 할 수 없어. 타카미야 미오가 정령, 혹은 그에 준하는 힘을 지닌 건 의심할 여지가 없는 사실이야. 그렇다면 토키사키 쿠루미의 앞에 나타났을 때와 같은 모습으로 시도와 마나 앞에 나타났을 가능성이 있어."

"아~, 그렇구나~. 나도 봉인되기 전에는 밤샘을 하거나 술을 죽자고 마셔대도 항상 피부가 뽀송뽀송하긴 했어~."

니아는 장난스러운 어조로 그렇게 말하면서 두 손으로 자기 볼을 매만졌다. 그리고 나츠미가 「……지금은 어떤데?」 하고 괜한 질문을 던지자, 「잠깐만 방심하면 피부 위에서 도랑타기로 코너링을 할 수 있을 만큼…… 괜한 걸 묻지 마~!」라며 태클을 날렸다. 항상 재미있는 반응을 보여주는 정령이다.

시도는 쓴웃음을 지으며 그런 두 사람을 쳐다본 후, 다시 낮은 신음을 흘리며 생각에 잠겼다.

하지만 아무리 머리를 굴려도 답을 찾아낼 수 없었다. 그럴 만도 했다. 알고 있는 정보가 너무 적은 것이다. 시도나 마나가 과거의 기억을 조금이라도 떠올린다면 이야기가 달라지겠지만—.

"흐음."

시도가 이런저런 생각을 하고 있을 때, 갑자기 그런 귀여운 한숨소리가 들렸다.

고개를 돌려보니, 정령 중 한 명인 호시미야 무쿠로가 단정하게 땋아서 어깻죽지에 두른 머리카락의 끝부분을 손으로 만지작거리면서 시도를 쳐다보고 있었다.

"정말 기이한 이야기구나. 나리가 그렇게 신경이 쓰인다면, 떠올리면 되지 않느냐."

그리고 가벼운 어조로 그렇게 말했다.

그것은 순진무구하기 짝이 없는 말이었다. 시도는 그 말을 듣고 한순간 눈을 동그랗게 뜬 후, 쓴웃음을 지었다.

"아하하…… 그래. 떠올릴 수 있으면 좋겠……지, 만—."

하지만…….

시도는 말을 이으려다, 무쿠로가 한 말의 의미를 눈치챘다.

무쿠로는 농담을 한 것도 아니며, 시도 일행의 이야기를 이해하지 못한 것도 아니다.

말 그대로, 그야말로 있는 그대로의 의미로 그렇게 말한 것이다.

"……할 수 있는, 거야?"

시도가 진지한 표정으로 묻자, 무쿠로는 당연하다는 듯이 고개를 끄덕였다.

"무쿠의 〈봉해주(封解主)〉는 절대적인 열쇠이니라. 보이는 것, 보이지 않는 것. 만질 수 있는 것, 만질 수 없는 것. 〈미카엘〉은 그 어떤 것이든 남김없이 열 수 있느니라. ―설령 그것이 굳게 닫혀 있는 기억의 문일지라도 말이다."

"……."

시도는 무쿠로의 말을 듣고 마른 침을 삼켰다.

무쿠로가 지닌 열쇠의 천사 〈미카엘〉.

말 그대로 만물을 『열거나』, 혹은 『닫을 수 있는』 힘을 지닌, 강력한 천사다.

확실히 〈미카엘〉의 힘을 사용하면 닫혀 있는 시도의 기억을 깨우는 것도 가능할 것이다. 시도는 빠르게 뛰고 있는 심장을 진정시키려는 것처럼 가슴에 손을 댔다.

아니, 시도만이 아니었다. 이 자리에 있는 다른 정령들 또한 놀라워하거나, 혹은 기대에 찬 표정으로 무쿠로를 주시하고 있었다.

"……시도."

그런 와중에 가장 현저한 반응을 보인 이는 바로 코토리였다. 그녀는 굳은 표정으로 시도를 응시하고 있었다.

그 표정에 어려 있는 것은 경악이나 당혹이 아니라— 긴장이었다.

마치 무쿠로가 말한 〈미카엘〉의 가능성을 알고 있었으면서, 그것을 말하지 않은 듯한 반응이었다.

"—코토리."

시도는 그 표정을 보고, 코토리의 생각을, 우려를 눈치챘다.

만일 일이 잘 풀려서 시도가 과거의 기억을 되찾더라도, 그것이 시도에게 있어 바람직한 것이리라고 단정 지을 수는 없다. 시도와 마나의 과거에 어떤 일이 있었는지는 그 누구도 알지 못하기 때문이다.

그뿐만 아니라, 진짜 기억을 되찾은 후에도 시도의 현재 인격이 그대로 유지될 거라는 보장도 없다. 시도의 과거 인격에 현재의 인격이 삼켜진다……는 사태가 벌어지지는 않더라도, 과거의 기억이 시도에게 어떤 식으로든 영향을 끼칠 가능성은 부정할 수 없다.

하지만…….

"괜찮아. 나는 무슨 일이 있더라도 네 오빠야."

그렇게 말한 시도는 코토리의 머리를 거칠게 쓰다듬으며 씨익 미소 지었다.

"오빠……."

코토리는 한순간 감격한 것처럼 눈물을 글썽거렸지만, 남들이 보고 있다는 것을 깨닫고 고개를 내저으면서 흥 하고 코웃음을 쳤다.

"……따, 딱히 걱정 안 했어. 그, 그건— 당연한 거잖아."

코토리는 볼을 붉히면서 입술을 삐죽 내밀었다. 시도는 그 모습이 사랑스러운지 그녀의 머리를 쓰다듬는 손에 더욱 힘을 줬다.

"하하…… 응. 그래."

"어험, 어험."

그 순간, 헛기침 소리가 들려왔다. 고개를 돌려보니, 마나가 약간 언짢은 표정을 짓고 있었다.

"아, 저기, 그러니까 말이야. 마나도 물론 내 귀여운 여동생이거든……?"

시도가 허둥지둥 그렇게 말하자, 마나는 알고 있다는 듯이 어깨를 으쓱했다.

"알아요. 마나도 오라버니가 변하지 않기를 바라는 건 마찬가지예요."

하지만, 하고 마나는 말을 이었다.

"만약 과거의 기억을 되찾을 수단이 있다면, 시험해보고 싶기는 해요. 대체 타카미야 미오가 누구인지, 저와 오라버니에게 무슨 일이 있었는지, 알고 싶은 건 산더미처럼 있어버려요."

"……그래."

시도는 결의를 다지며 고개를 끄덕인 후, 눈을 살며시 감으며 오른손을 천천히 내밀었다.

그리고 가늘게 숨을 내쉬면서 정신을 집중했다.

몸 안을 돌아다니는 힘의 흐름을 의식한 후, 그것에 방향성을 주는 듯한 감각을 떠올렸다.

시도의 의지에 따라, 정령들로부터 봉인한 영력이 오른손으로 모이면서 몸이 뜨겁게 달아올랐다.

예전에는 이 감각을 느끼는 것도 쉽지 않았지만, 영력이 한 번 폭주한 이후로는 정신을 집중할 수 있는 환경과 시간만 있으면 어느 정도 자유롭게 힘을 컨트롤할 수 있게 됐다.

"―〈미카엘〉."

천사의 이름이 시도의 입에서 흘러나왔다.

그러자, 그 목소리에 호응하듯 몸 안을 돌고 있는 뜨거운 감각이 오른손에서 배어나오더니― 끝부분이 열쇠 형태인 거대한 석장이 모습을 드러냈다.

"오오……!"

"〈미카엘〉……."

정령들이 숨을 삼켰다.

시도는 마음을 진정시키려는 듯이 심호흡을 한 후, 현현된 〈미카엘〉을 양손으로 움켜잡으면서 자신의 머리에 꽂으려 했다.

……하지만, 〈미카엘〉이 너무 거대해서 뜻대로 되지 않았다. 정령들은 그 우스꽝스러운 모습을 보며 쓴웃음을 지었다.

"으윽……."

"나리, 그대로는 쓰기 힘들 것이니라. 〈미카엘〉을 현현시켰으니, 〈미카엘〉이 지닌 힘도 알고 있겠지. 【작은 열쇠(테페테)】를 쓰거라."

무쿠로는 제자에게 가르침을 내리는 신선 같은 어조로 그렇게 말하며 손가락 하나를 들어보였다.

"【테페테】……."

시도는 그 말을 중얼거렸다. 그러자 불가사의한 느낌이 들었다. 들은 적이 없는 말인데도, 시도는 그 말을 이미 알고 있었다.

하지만 이런 감각을 느끼는 것은 지금이 처음은 아니었다. 정령들의 천사를 손에 쥐면, 그 천사가 지닌 권능을 머릿속으로 흐릿하게 떠올릴 수 있게 되는 것이다.

알 리 없는 것을 알고 있는 기묘한 감각이 느껴졌다. 시도는 머릿속으로 그 이미지를 더욱 굳건하게 만든 후, 다시 그 이름을 입에 담았다.

"〈미카엘〉—【테페테】."

그러자 시도가 쥔 거대한 석장이 점점 작아지더니, 손바닥에 쏙 들어가는 크기로 변모했다.

이 정도 크기라면 다루기 쉬워 보였다. 아마 무쿠로도 자신의 머리에 석장을 꽂을 때는 이 형태로 변형시켜서 사용했을 것이다.

"좋아……."

시도는 다시 호흡을 가다듬은 후, 손에 쥔 열쇠를 천천히 자신의 관자놀이에 댔다.

"—그럼, 간다."

"음……!"

"너무 걱정하지 말거라. 〈미카엘〉의 힘을 믿거라."

"아앙! 달링의 몸속에 저렇게 뾰족한 게 들어가는 건가요~?!"

"……미쿠, 입 좀 다물고 있어."

정령들이 차례차례 그렇게 말하자, 시도는 아하하 하고 쓴웃음을 지었다.

그 덕분에 어깨에 들어가 있던 힘이 적당히 빠져 나갔다. 시도는 다시 한 번 심호흡을 한 후, 단숨에 〈미카엘〉의 끝부분을 머리에 꽂았다.

◇

—새하얗다.

『그것』을 말 한 마디로 표현하려면, 그렇게 말할 수밖에 없을 것이다.

신앙심이 깊은 자가 봤다면 인간에게 정나미가 떨어진 신의 심판이라 생각할 것이며, 음모론자가 봤다면 적대국가가 핵공격을 한 것이라 생각할 것이다. 그리고 상식에 사로잡힌

자가 봤다면 환각이나 백일몽이라 여길 게 틀림없다. ―즉, 그런 생각이 들게 하는 광경인 것이다.

폭발.

그렇다. 아마도 폭발……일 것이다.

하지만 『그것』은 소년의 머릿속에 있는 『폭발』의 이미지와 규모가 너무 달랐기에, 그 현상에 걸맞은 표현을 찾는 데 잠시 시간이 걸렸다.

몇 초 전, 그는 평소와 마찬가지로 일상 속에 있었다.

그 길을 걷고 있었던 것도, 그저 책을 사기 위해 상점가로 향하고 있었기 때문이었다.

하지만 그가 잘 닦인 길을 따라 느긋하게 걸으면서 오늘 저녁 메뉴를 상상하고 있을 때, 눈앞에 펼쳐진 익숙한 마을 풍경이 느닷없이 발생한 눈부신 빛에 휩싸였다.

아니, 정확하게 말하자면, 그 마을을 포함한 수십 킬로미터에 달하는 광대한 영역이 그 빛에 휩싸였다.

다음 순간, 엄청난 굉음과 충격파가 주위를 휩쓸더니, 그의 몸은 나뭇잎처럼 가볍게 휩쓸려 날아가고 말았다.

"커……억……!"

지면에 내동댕이쳐진 그는 고통에 찬 신음을 흘렸다.

몇 초 후, 대기를 뒤흔들던 충격파가 가라앉더니, 주위에 정적이 감돌았다.

아니, 정확하게는 방금 발생한 엄청난 굉음 때문에 일시

적으로 귀가 먹먹해진 것 같았다.

"크……."

그는 자신의 몸에 흩뿌려진 건물 파편과 돌을 털어낸 후, 고통을 참으며 몸을 일으켰다.

"뭐가…… 어떻게 된 거야……. 대체 무슨 일이 일어난 거지……?"

소년은 흐릿해진 눈을 비비면서 고개를 들었다. 그리고—.

"아니—?!"

눈앞에 펼쳐진 광경을 보고 할 말을 잃었다.

뭔가가 눈앞에 있는 것은 아니었다.

그저, **아무것도 없었을 뿐**이다.

빌딩도, 집도, 차도, 전봇대로, 신호등도, 가로수도, 도로도, 그리고— 사람들의 모습도 말이다.

『마을』이라는 말을 듣고 머릿속에 떠오를 요소가 단 하나도 존재하지 않았다.

존재하는 것은 깨끗하게 정리된 허허벌판, 그리고 황량한 바람뿐이었다.

그렇게 엄청난 폭발이 일어났으니 그것도 당연하다고 생각할 수 있을지도 모르지만— 그렇지 않다.

강렬한 위화감이 느껴졌다. 그는 눈을 치켜뜬 채 다시 한 번 주위를 둘러보았다.

건물 파편의 양이 명백하게 적었다.

만약 운석이 떨어졌거나 폭탄 혹은 가스 폭발 같은 것이 일어났다면, 그 자리에 있는 것들이 파괴되기는 하더라도 잔해가 주위에 흩뿌려졌을 것이다.

하지만 지금 그의 주위에 흩뿌려져 있는 잔해는 폭발에 의한 것이 아니라, 그 여파에 의해 부서진 건조물들뿐이었다.

차량의 잔해도, 나무 파편도— 인간의 사체도…….

폭발의 중심으로 보이는 장소에는 그런 당연히 있어야 할 것들이 존재하지 않았다.

그렇다. 수십 킬로미터 정도 되는 광대한 영역이 허허벌판이 되어 버렸는데, 그 자리에 있어야 할 방대한 물질이, 생물이, 그 어디에도 존재하지 않았다.

마치— 그 범위만이 소거된 것처럼 말이다.

"……."

아니— 소년은 마른 침을 삼키며 자신의 생각을 부정했다.

비정상적인 상황인 것은 명백했다. 상식에서 벗어난 사태가 벌어진 것이다.

하지만, 이 현상이 무엇인지 짐작이 됐다.

—공간진(空間震).

몇 달 전 유라시아 대륙에 커다란 구멍을 만들었다는, 원인불명의 대재해.

그 세기의 대사건은 매일같이 텔레비전과 신문을 장식했다. 그리고 그 뒤를 잇듯 세계 각지에서 소규모 공간진이 발생하고 있는 것이다.

지금 눈앞에 펼쳐진 광경은 텔레비전에서 본 공중 촬영 영상과 똑같았다.

"이게…… 공간진……?"

그는 망연자실한 목소리로 그렇게 중얼거리면서 그 주위을 둘러본 후, 몸을 부르르 떨었다.

인류사에서 유례를 찾아볼 수 없을 정도로 엄청난 재해라는 것은 알고 있었다. 대처법도, 회피법도 규명되지 않은, 그야말로 악마의 소행 같은 일로 인식하고 있긴 했다.

하지만 이 광경을 두 눈으로 — 그것도 몇 분만 집을 일찍 나섰다면 휘말리고 말았을 정도의 상황에서 — 목격하자, 왠지 허구(픽션)의 한 장면을 보고 있는 듯한 느낌이 들기 시작했다.

하지만…….

"……윽?!"

다음 순간, 그는 공포 이외의 감정을 느끼며 몸을 부르르 떨었다.

한참 떨어진 곳— 허허벌판이 된 대지 위에 있는 누군가의 모습이 눈에 들어온 것이다.

원래라면 그렇게 먼 곳에 있는 사람이 보일 리가 없다. 시야를 가릴 장애물이 전부 사라졌기에 이렇게 보이는 것이다.

방금 그 폭발 속에서 살아남은 이가 있다고 생각하는 것은 어렵지만, 건물 지하에 숨어있던 사람이 밖으로 나왔을 실낱같은 가능성은 존재했다.

"큭……."

그도 방금 대폭발이 일어난 장소에 들어가고 싶지는 않았다. 폭발의 원인을 알 수 없기 때문이다. 방금 같은 폭발이 또 일어나지 않을 거라는 보장은 없었다.

하지만, 어쩌면 저 사람은 부상을 입었을지도 모른다. 어쩌면 꼼짝도 할 수 없는 상태일지도 모른다. —그런 상상이 머릿속을 스친 순간, 그의 다리는 반쯤 자동적으로 움직였다.

방금까지 사람들이 삶을 영위하고 있었던 죽음의 공간을 일직선으로 내달렸다.

빨리 저 사람의 상태를 확인해야 한다는 생각과, 어쩌면 저 사람을 짊어지고 이곳을 벗어나야 할지도 모른다는 초조함이 그의 다리를 평소보다 빠르게 움직이게 했다.

하지만—.

"거기, 당신! 괜찮—."

한참을 달린 끝에, 겨우 그 사람을 알아볼 수 있는 거리까지 다가간 순간…….

그는 무심코 그 자리에서 멈춰서고 말았다.

"어—."

목에서, 무의식적으로 목소리가 흘러나왔다.

이유는 그야말로 단순했다.

모든 것이 사라지고 만 대지 위에서 몸을 웅크리고 있는,

실오라기 하나 걸치지 않은 소녀.

그 존재가, 그를 그 자리에서 멈추게 만들었다.

시선을—.

주의를—.

마음마저—.

—순식간에, 빼앗기고 말았다.

그 정도로—.

너무나도—.

비정상적일 정도로—.

그녀는, **폭력적일 만큼 아름다웠던 것이다.**

"너, 는……."

"……."

소년의 말을 듣고서야 처음으로 그의 존재를 눈치챈 것처럼, 소녀는 천천히 고개를 들었다.

—두근.

심장이, 뛰었다.

"……, ……, ……."

소녀의 입술이 희미하게 움직였다.

소년은, 그 목소리를—.

◇

"……너는……."

의식이 흐릿한 상황에서, 그런 목소리가 들려왔다.

그로부터 몇 초 후, 그것이 자신의 목에서 나온 목소리라는 것을 깨달았다.

"어……? 어라, 여기는……."

흐릿한 시야가 서서히 맑아졌다. 눈에 익은 방이었다. 아무래도 〈프락시너스〉의 의무실에 누워있는 것 같았다.

"……아, 신. 정신이 들었구나."

위편에서 다른 누군가의 목소리가 들려오자, 시도는 고개를 들어 올리고 그쪽을 쳐다보았다.

"으윽……?!"

그리고 다음 순간, 시도는 무심코 눈을 크게 떴다.

아무래도 침대 위쪽에 레이네가 서 있는 것 같은데, 시도의 위치에서는 그녀의 얼굴보다 폭력적이기 그지없는 가슴쪽이 먼저 눈에 들어왔다.

"……응? 왜 그래?"

"아, 아무것도 아니에요……."

시도는 볼을 붉히고 슬그머니 고개를 옆으로 돌렸다.

그러자 침대 옆에서 시도를 지켜보고 있던 정령들의 모습이 눈에 들어왔다.

"시도! 괜찮으냐?!"

"무리……하지 마세요."

걱정스러운 표정을 지은 정령들이 시도의 곁으로 뛰어오며 그렇게 말했다. 그러자 시도는 당혹스러운 표정을 지었다.

"뭐, 뭐야? 다들 왜 이러는 거야?"

"그걸 몰라서 묻는 거야?! 느닷없이 쓰러져서 엄청 놀랐거든?!"

"긍정. 〈미카엘〉을 머리에 꽂은 후, 잠시 동안 중얼거리더니 곧 의식을 잃었어요."

"어……."

시도는 야마이 자매의 말을 듣고 고개를 잠시 갸웃거린 후—「아」 하고 입을 벌렸다.

그렇다. 그러고 보니 시도는 〈미카엘〉을 자신의 머리에 꽂은 후부터의 기억이 없었다.

"그래……. 걱정을 끼쳤네. 미안해."

"아냐. 정신이 들어서 다행이야."

"그래요~. 별일 없어서 다행이에요~."

"내 키스가 잠들어있던 공주님을 깨웠어."

"뭐……?!"

오리가미가 은근슬쩍 당치도 않은 발언을 입에 담자, 시도는 눈을 치켜뜨며 경악했다.

하지만 다음 순간, 코토리가 오리가미의 머리를 가볍게 때렸다.

"말도 안 되는 소리 하지 마! 시도도 덜컥 믿지 말란 말이야!"

"하지만 내 말을 들어봐. 이 공간에는 수많은 분자가 떠다니고 있고, 내 숨결에 포함된 분자가 시도의 입에 닿았을 가능성 또한 없다고 단정 지을 수 없어. 즉, 간접 키스를 했다고 봐도 딱히 문제는 없을 거야."

"윽?! 자, 잠깐만요, 교수님~! 그럼 아까부터 쭉 이 방에 있었던 저와 여러분은……!"

"단체 딥키스 상태."

"재야에 이런 천재가 있을 줄은 몰랐어요! 학회는 대체 뭘 하고 있었냔 말이에요~!"

토비이치 교수의 획기적 학설을 들은 이자요이 연구원이 흥분을 감추지 못하며 그 학설에 동의했다. 코토리는 이마를 손으로 짚으며 한숨을 내쉬었다.

그런 와중에 미안해하는 것처럼 고개를 푹 숙인 채 몸을 웅크리고 있는 소녀가 있었다. ―무쿠로였다.

"으음……."

"무쿠로?"

시도가 말을 걸자, 무쿠로는 몸을 부르르 떨면서 말을 이었다.

"……나리, 미안하구나. 무쿠가 〈미카엘〉을 쓰라고 말한 바람에……."

그렇게 말한 무쿠로의 표정이 송구스러워하듯 흐려졌다.

시도는 가볍게 한숨을 내쉰 후, 괜찮다는 것처럼 몸을 일으켰다.

"자, 봤지? 나는 멀쩡해. 그리고 무쿠로가 자기 책임이라고 생각할 필요는 없어. 실은 오늘 아침부터 수면이 부족해서 몸 상태가 좋지 않았거든."

"나리……."

무쿠로는 시도의 뜻을 이해한 것처럼 고개를 끄덕였다.

정령들은 그 모습을 보고 미소를 머금었다.

그리고 몇 초 후, 벽 쪽에 서서 다른 이들의 대화가 일단락될 때까지 기다리고 있던 마나가 입을 열었다.

"—저기, 방금 일어난 사람한테 이런 소리를 해서 미안한데요. 오라버니, 어떻게 되어 버렸나요?"

"뭐?"

"그러니까, 〈미카엘〉을 쓴 결과 말이에요. 보아하니 인격이 변한 것 같지는 않아 보이는데…… 뭔가, 생각나 버린 게 있나요?"

""""……."""""

마나가 그렇게 묻자, 다들 마른 침을 삼켰다. 정령들의 시선이 시도에게 일제히 집중됐다.

마나의 질문은 옳았다. 애초에 시도는 잃어버린 과거의 기억에 『타카미야 미오』에 관한 단서가 없는지 찾기 위해 〈미카엘〉을 사용한 것이다.

그리고— 시도는 봤다.

자신의 것이지만, 자신의 것이 아닌 기억을…….

분명 본 적이 없지만, 이미 알고 있는 광경을…….

"아, 그게 말이야……."

하지만, 시도는 말을 멈췄다.

딱히 뜸을 들이는 것도 아니며, 이 기억을 숨기려는 의도도 없었다.

그저, 단순히— 무엇을 봤는지 생각이 잘 나지 않았던 것이다.

"어…… 이상하네. 분명…… 나는 뭔가를 봤는데 말이야."

시도는 이마를 손으로 짚으면서 신음을 흘리듯 그렇게 말했다. 하지만 머릿속에서 산산히 흩어져버린 그 광경은 아무리 머리를 쥐어짜도 다시 생각나지 않았다.

마치 꿈에서 깬 것 같은 느낌이었다. 분명 방금까지 꿈을 꾸고 있었으나 눈을 뜬 순간, 그 세계가 산산조각이 나면서 『뭔가를 봤다』라는 꿈의 잔해 같은 실감만이 머릿속에 남아 있는 것이다.

"……큭, 어째서야. 나는 왜 그렇게 중요한 걸……."

시도가 머리를 감싸쥐자, 누군가가 상냥한 손길로 그의 어깨를 움켜잡았다. —레이네였다.

"……진정해, 신. 조바심을 낼 필요는 없어. 또 다른 방법을 생각해보면 돼."

"레이네 씨……."

시도가 고개를 들자, 이 방에 있던 정령들도 그 말에 동의한다는 듯이 고개를 끄덕였다.

"그렇다, 시도. 분명 다른 방법이 있을 거다!"

"……뭐, 실마리가 제로인 상황에 변화가 없는 것뿐이잖아. 신경 쓰지 않아도 되지 않아?"

"맞아~. 소년은 애태우는 걸 참 잘하네~."

"……응. 그래. 다들 고마워."

시도는 다른 이들의 말을 듣고 한숨을 내쉬며 그렇게 말했다.

솔직히 말해 무력감과 자기혐오를 느끼고 있지만, 그런 모습을 보여서 다른 이들이 불안하게 할 수는 없다. 시도는 마음을 다잡으려는 것처럼 두 손으로 볼을 치며 「좋아!」 하고 고개를 들었다.

"그래야 제 오라버니죠. ―저기, 제안이 하나 있어 버리는데 말이죠."

바로 그때, 마나가 손가락 하나를 세우면서 그렇게 입을 열었다. 시도는 그 말을 듣고 고개를 갸웃거렸다.

"제안?"

"예. 아까 사용한 천사― 〈미카엘〉이라고 했죠? 그걸 이번에는 마나의 머리에 확 꽂아보지 않을래요~?"

"뭐……?"

시도는 그 말을 듣고 눈을 동그랗게 떴다.

하지만 마나가 무슨 말을 하려는 건지 바로 눈치챘다.

기억을 잃은 사람은 시도만이 아니다. 마나 또한 과거의 기억이 봉인되어 있는 것이다.

그리고, 시도의 친동생인 그녀의 기억 속에도 『타카미야 미오』에 관한 정보가 있을지도 모른다. 분명 그 제안은 일리가 있는 것 같았다.

"그래. 맞아……."

하지만 바로 그때, 코토리가 마나와 시도 사이에 끼어들듯 섰다.

"자, 그건 다음에 하자. 일단 시도가 회복된 후에 말이야."

"어? 저기, 나는 이제……."

시도가 말을 이으려던 순간, 이번에는 뭔가를 눈치챈 듯한 니아가 끼어들었다.

"맞아. 남자애는 한 번 배출하고 나면 한동안 휴식을 취해 줘야 하거든. 마나티, 소년이 젊다고 너무 무리시키지는 마. 아, 어디까지나 천사 이야기를 한 거야."

니아는 그렇게 말하면서 시도 쪽을 힐끔 쳐다보았다.

시도는 몇 초 동안 어안이 벙벙한 표정을 지었지만— 이윽고 두 사람이 어떤 생각을 하고 있는지 눈치챘다.

"아……."

분명 마나의 기억은 봉인되어 있다.

하지만 그 안에는 시도 일행이 원하는 『타카미야 미오』에 관한 정보만이 아니라, 마나가 과거에 DEM인더스트리에 잡혀 몸에 마력 처리를 당했을 때의 기억도 포함되어 있다.

그녀가 어떤 짓을 당했는지는 정확하게 알 수 없지만, 결코 유쾌한 기억은 아닐 게 틀림없다.

〈미카엘〉이 기억을 선택적으로 풀어줄 수 있다는 보증이 없는 상황에서, 마나에게 그 천사를 사용하는 것은 피하는 편이 좋으리라.

"……그래. 마나, 미안하지만 다음에 해봐도 될까?"

"흠……."

시도가 그렇게 말하자, 마나는 입을 꾹 다물면서 턱을 매만졌다.

다른 이들의 의도를 완전히 파악한 건 아니지만, 뭔가 이유가 있을 거라는 점은 눈치챈 것 같았다. 결국 마나는 한숨을 내쉬면서 손을 내저었다.

"알았어요. 오라버니의 뜻에 따를게요."

마나는 그렇게 말하며 순순히 자신의 뜻을 접었다.

여전히 마음이 넓다고나 할까, 이해심이 많은 소녀다. 겉보기에는 중학생 같아 보이지만, 그녀의 사려 깊은 마음과 관록은 어른을 연상케 했다. 솔직히 말해 자신과 마나 중에서 누가 더 연상인지 분간이 되지 않을 지경이었다.

"응……. 미안해, 마나."

"아뇨. 나야말로 무리한 부탁을 해서 면목이 없어요."

마나가 그렇게 말하자, 코토리는 안도의 한숨을 내쉬었다. 이 여동생님도 시도보다 훨씬 머리 회전이 빠르고, 믿음직한 사령관이었다.

"뭐, 아무튼 지금은 좀 쉬어. 『뭔가가 보였다』라는 감각은 남아있는 것 같으니까, 딱히 문제가 없는 것 같으면 다음에는 뇌파를 측정하면서 〈미카엘〉을 써보자. 어쩌면 뭔가를 알 수 있을지도 몰라."

"좋아. 그러자."

시도가 그렇게 말하자, 코토리는 고개를 끄덕였다. 그리고 손뼉을 치며 입을 열었다.

"자, 그럼 다들 돌아가자. 우리가 너무 떠들면 시도가 편하게 쉴 수 없을 거야."

"걱정하지 마. 기척을 감추는 건 자신 있어."

"저기~! 제가 자장가를 불러줄게요~!"

"아! 저는 잠자는 소년을 스케치할래요!"

"저 세 사람은 화장실 갈 때 감시를 붙여."

코토리는 도끼눈을 뜨면서 그렇게 말한 후, 정령들의 등을 밀면서 의무실을 나섰다.

시도는 그런 그녀들을 쳐다보며 쓴웃음을 지은 후, 천천히 한숨을 내쉬면서 침대에 등을 맡겼다.

"……타카미야, 미오……."

그리고 그 이름을 중얼거리면서 천장을 향해 손을 뻗더니, 손가락을 하나씩 천천히 움직여서 주먹을 말아 쥐었다.

—딱 하나.

그렇다. 시도는 다른 이들에게 말하지 않은 것이 딱 하나 있었다.

딱히 거짓말을 한 것은 아니다. 뭔가를 본 느낌은 있지만, 그 내용을 떠올리지 못하는 것은 사실이다.

하지만— 어째서일까.

기억에 존재하지 않을 타카미야 미오의 이름을 들을 때마다, 생각할 때마다, 읊조릴 때마다…….

심장이 옥죄어드는 듯한 느낌을 받는다.

"……."

시도는 아무 말 없이 손을 내린 후, 이불을 덮고 눈을 감았다.

◇

"……."

엘렌 메이저스는 회사의 어느 한 방에서 의자에 앉은 채, 짜증을 내듯 다리를 흔들고 있었다.

달빛을 모은 듯한 옅은 노르딕 블론드 빛깔 머리카락과

푸른 눈동자를 지닌 그녀는 DEM인더스트리 제2집행부 부장이라는 직함만 듣고는 상상도 안 될 만큼 젊고, 요정처럼 가련한 용모를 지닌 소녀였다.

하지만 그 아름다운 외모는 현재 극도의 스트레스 때문에 일그러져 있었다.

원인은 명백했다.

"―저기, 저기, 엘렌은 아빠와 소꿉친구지?"

"아빠는 옛날에 어떤 사람이었어?"

"그것보다 아르테미시아라는 이름은 발음이 어렵지 않아? 애칭 같은 건 없어?"

"뭐가 좋을까? 아르미?"

"꺄하하하하하!"

"참, 엘렌은 어떤 샴푸를 써?"

"아, 머리털 끝이 갈라졌네."

……등등.

평소 조용한 이 방 안은 현재, 여자 고등학교 교실을 방불케 할 만큼 시끌벅적했다.

방 안에서는 스무 명이 넘어 보이는 소녀들이 시끌벅적하게 떠들어대고 있었다.

진한 회색을 띤 머리카락과 녹청색 눈동자를 지닌 그녀들은 믿기지 않게도 전부 똑같은 외모를 지녔다.

〈니벨코르〉. 마왕 〈신식편질(神蝕篇帙)〉(벨제붑)의 힘과 DEM인더스트리의 기술력이 만들어낸 유사 정령들이다.

똑같은 외모와 똑같은 목소리를 지닌 그녀들이 사방팔방에서 엘렌에게 말을 걸어대고 있었다. 게다가 그녀들이 탄생한 후로 거의 매일같이 이런 상황이었다. 원래 너그러운 편이 아닌 엘렌에게 있어 이 환경은 견디기 힘들 지경이었다.

"……〈니벨코르〉. 좀 조용히 해주지 않겠어요?"

엘렌이 짜증을 내며 그렇게 말하자, 〈니벨코르〉들은 무슨 말을 들은 건지 모르겠다는 것처럼 일제히 눈을 동그랗게 떴다.

"뭐? 그냥 말을 거는 것뿐이잖아."

"저기, 나이를 먹으면 그런 게 신경 쓰이는 거야?"

"히스테리를 부리는 거구나? 무서워라~."

"……."

〈니벨코르〉가 시끄러운 목소리로 그런 말들을 늘어놓자, 엘렌의 눈썹이 꿈틀거렸다.

그러자 맞은편에 앉아 있던 아르테미시아가 엘렌을 달래려는 것처럼 손바닥을 펼쳐보였다.

"진정해……. 나쁜 뜻이 있어서 이러는 건 아니잖아."

"그래서 더 문제예요. 교육을 제대로 시키지 않은 어린애는 원숭이나 별반 다르지 않죠. 악의가 있고 없고를 떠나 결과 자체만을 봐야 해요."

엘렌이 발끈하면서 그렇게 말하자, 〈니벨코르〉들은 불만을 드러내듯 입술을 쑥 내밀었다.

"말이 너무 심하네. 그렇게 치면 엘렌도 문제가 있잖아."

"맞아, 맞아. 평범하게 말을 걸었을 뿐인데 트집 잡는다니깐."

"젊은이를 질투하는 것도 좀 적당히 하란 말이야."

"현현장치(리얼라이저)가 없으면 일반인보다도 약하면서 말이야."

"쭉정이 부장~."

"윽! 잠깐만요. 마지막 별명은 누구한테 들은 거죠……?!"

엘렌은 자리에서 벌떡 일어섰다. 그러자 〈니벨코르〉들이 즐거워하듯 「꺄하하!」 하고 웃으면서 방 안을 날아다녔다.

"이잇! 적당히 좀—."

참다못한 엘렌이 리얼라이저를 발동시키려다— 참았다.

엘렌이 자리에서 일어난 순간, 문이 열리면서 한 남자가 들어왔기 때문이다.

어둠을 모아서 인간의 형태로 만든 듯한 인상을 지닌 남자였다.

애시블론드빛 머리카락과 탁한 녹을 연상케 하는 빛깔의 두 눈동자를 지녔으며, 30대인데도 불구하고 그 연령에 걸맞지 않은 매서운 위압감을 지녔다.

Sir. 아이작 레이 펠럼 웨스트코트. DEM인더스트리라는 거대한 기업을 일군, 위저드들의 왕이었다.

"—아, 다들 모여 있었군. 마침 잘됐는걸."

""""아버님!""""

웨스트코트가 모습을 보인 순간, 방 안에 있던 〈니벨코르〉들이 일제히 그를 향해 몰려들었다.

"일은 끝났어?"

"저기, 내 말 좀 들어봐. 엘렌은 정말 너무해."

"맞아, 맞아. 우리는 아무 잘못도 안 했는데, 시비를 걸어 댄다니깐."

"화내기 시작하면 아무도 못 말려. 콧방귀만 펑펑 뀐다니깐."

"생긴 건 쭉정이, 머리는 고릴라야."

"이익……!"

엘렌은 더 이상 참을 수 없었다. 그녀가 분노를 터뜨린 순간, 몸 주위에 눈에 보이지 않는 테리터리가 전개되더니, 근처에 있던 〈니벨코르〉의 몸을 옥죄었다. 그러자 〈니벨코르〉는 고통스러운 비명을 지르며 사라졌다. 그 후, 한 장의 낡은 종이가 하늘거리면서 바닥에 떨어졌다.

딱히 엘렌이 리얼라이저로 〈니벨코르〉의 몸을 변질시킨 것은 아니다. 그녀들은 원래 서적의 마왕 〈벨제붑〉의 종이를 통해 탄생한 존재다. 생명활동이 중단되자, 원래 모습으로 되돌아갔을 뿐인 것이다.

하지만 〈니벨코르〉들은 하나이자 전부, 전부이자 하나다. 기억과 인격을 전원이 공유하고 있는, 『개인』이라는 감각이 애매한 마도생명체인 것이다.

그녀들에게 있어서 방금 같은 것은 『죽음』이라 할 수 없다. 그저 누가 손가락 끝을 가볍게 때린 듯한 감각일 것이다. 실제로 남아있던 〈니벨코르〉들은 동료의 소멸을 비탄하는 것은 고사하고, 불만어린 표정으로 엘렌을 쳐다보고만 있었다.

"꺄아~, 심하네~."

"너무하잖아~."

……이렇게 귀에 거슬리는 목소리로 떠들어대고 있었다. 엘렌은 다른 개체들을 날카로운 눈길로 쳐다보았다.

하지만 바로 그때, 웨스트코트가 차분한 목소리로 입을 열었다.

"진정해, 엘렌. 일부러 아군의 숫자를 줄일 필요는 없잖아."

"……예. 죄송합니다, 아이크."

엘렌은 그렇게 말하면서 테리터리를 풀었다. 〈니벨코르〉를 향한 짜증이 가라앉지는 않았지만, 웨스트코트의 말이 옳다고 생각한 것이다.

웨스트코트는 옅은 미소를 지으면서 걸음을 옮기더니, 바닥에 떨어져 있던 종이 한 장 — 몇 초 전까지 〈니벨코르〉였던 것 — 에 손을 댔다.

그 순간, 종이가 옅은 빛을 띠며 그 안에서 한 소녀가 모습을 드러냈다. 방금 엘렌이 테리터리로 죽였던 〈니벨코르〉였다.

"메롱~!"

〈니벨코르〉는 엘렌을 향해 혀를 쏙 내민 후, 웨스트코트의 등 뒤에 숨었다.

"……."

엘렌은 한 번 더 저 〈니벨코르〉를 죽이고 싶었지만, 마음을 진정시키며 한숨을 내쉬었다.

그리고 마음을 다잡으려는 것처럼 어험 하고 헛기침을 한 후, 웨스트코트를 쳐다보았다.

"……그런데 아이크, 마침 잘됐다는 게 무슨 소리죠?"

"아, 그게 말이지."

엘렌의 물음에 웨스트코트는 문득 생각났다는 듯이 고개를 끄덕였다.

그리고 오른손을 들어올리더니 칠흑색을 띤 책을 현현시켰다.

마왕 〈벨제뷔〉. 웨스트코트가 정령에게서 강탈한, 전지(全知)의 마왕이다.

"조금 시간이 걸렸지만, 드디어 조사가 끝났어. —역시, 〈나이트메어〉는 우리의 습격 계획을 알고 방해공작을 펼치고 있는 것 같군."

"……그게 무슨 소리죠?"

"말 그대로의 의미야. 〈나이트메어〉는 이미 우리의 습격 사실을 알고 있었어. ……아니, 정확하게 말하자면 실제로 체험한 거지. 그리고 그 체험을 통해 곧 일어날 사태를 저지하고 있는 거야. 이츠카 시도를 찾아올 죽음의 운명을 막아 온 거지. —시간의 천사 〈자프키엘〉의 힘을 이용해서 말이야."

"맙소사……."

엘렌은 웨스트코트의 말을 듣고 미간을 찌푸렸다.

하지만 그녀는 곧 이해했다. 천사의 힘은 무시무시하기 그지없다. 하지만 그런 일조차 가능하기에, 웨스트코트는 그 힘을 손에 넣으려 하는 것이다.

"……그렇습니까. 성가시게 됐군요. 이쪽에서 어떤 수를 쓰든, 상대방이 대책을 마련할 수 있다는 거니까요."

"흐음, 역시 그렇구나~."

"그 애, 좀 이상하긴 했어. 마치 우리가 나타날 타이밍을 아는 것 같았다니깐."

"맞아. 그렇지 않고서야 엘렌이라면 몰라도 우리가 실패할 리가 없잖아."

"……오늘은 하루살이가 잔뜩 날아다니는 것 같군요. 살충제라도 좀 뿌려둘까요."

엘렌이 힐끔 노려보자, 〈니벨코르〉는 「꺄아~!」, 「아버님, 무서워~!」 하고 비명을 지르면서 웨스트코트에게 매달렸다.

"아무튼, 〈나이트메어〉가 〈자프키엘〉을 지닌 한, 우리는 계속 밀릴 수밖에 없는 거군요."

"그래. 하지만 그렇다고 꼭 불리하기만 한 건 아니지."

"그게 무슨 말씀이시죠?"

엘렌의 질문에 웨스트코트는 입술 가장자리를 말아 올렸다.

"우리에게 있어서는 몇 번의 작전이, 〈나이트메어〉에게 있어서는 수백 번의 작전이었지. 같은 일의 반복은 상상 이상으로 정신을 피폐하게 만들어. 그때마다 사랑하는 이의 죽음을 지켜봤을 테니 그 피로는 더욱 심각하겠지."

"……."

엘렌은 그 말을 듣고 상상해봤다. 자신이 사랑해 마지않는 이가 몇 번이나 살해당하고, 그걸 막기 위해 끝없는 시행착오를 반복해야 하는 상황을 말이다.

최강의 위저드인 엘렌조차도 온몸이 부르르 떨렸다. 그 고통을 지금까지 견뎌온 〈나이트메어〉 토키사키 쿠루미에게, 적이지만 경의를 표하고 싶다는 생각이 들 정도로 말이다.

"……〈나이트메어〉가 포기할 때까지 기다린다는 건가요?"

"뭐, 그게 가장 확실하겠지. 우리에게 있어서는 며칠 동안 일어난 일에 불과하니까 말이야. 잠시 기다리는 것도 나쁜 생각은 아니겠지."

하지만, 하고 웨스트코트는 이어 말했다.

"영원한 시간이라는 것은 그 자체만으로도 무시무시하지. 똑같은 상황을 수천, 수만 번 반복하는 와중에 그녀가 우리는 생각도 못할 해결법을 찾아낼 수도 있으니까 말이야. 그렇다면 한시라도 빨리 체념하도록 우리가 전력을 다해야만 할 거야."

"전력, 인가요."

"그래. 말 그대로 전력을 말이지. DEM인더스트리가 지닌 모든 힘을 총동원해서 이츠카 시도를 완전히 말살하는 거야. 〈나이트메어〉가 그 미래를 알고 있더라도 절대 막을 수 없을 정도로, 희망도, 이상도, 전부 박살을 내주는 건 어떨까?"

웨스트코트는 그렇게 말하면서 더욱 진한 미소를 지었다.

바로 그 순간, 천장에 설치된 통풍구에서 소리가 들리더니 종이 몇 장이 방 안으로 떨어졌다.

낡은 종이는 하늘거리면서 내려오더니, 바닥에 닿기 직전에 옅은 빛을 뿜으면서 소녀의 모습으로 변모했다. 물론, 〈니벨코르〉의 모습으로 말이다.

"아버님, 아버님. 이것 좀 봐."

"이런 걸 잡았어."

〈니벨코르〉는 그렇게 말하면서 등 뒤에 숨기고 있던 것을 웨스트코트에게 보여줬다.

엘렌은 그것을 보고 미간을 살짝 찌푸렸다.

"……윽."

"이건……."

옆에 있던 아르테미시아 또한 놀란 나머지 눈을 치켜떴다.

하지만 두 사람이 그러는 것도 당연했다. 〈니벨코르〉가 손에 든 것은 절단된 소녀의 머리였던 것이다.

좌우 불균형하게 묶은 검은 머리카락과 새하얀 피부, 완전히 감기지 않은 왼쪽 눈에는 시계 문자판 같은 문양이 있었다. 목이 잘리고 얼마 지나지 않은 건지, 절단면에서 피가 뚝뚝 떨어지고 있었다.

이런 인상적인 얼굴을 알아보지 못할 리가 없다. 토키사키 쿠루미— 방금 이 자리에 있는 이들이 나눈 이야기에 나온 정령 〈나이트메어〉다.

그녀는 천사의 능력으로 자신의 과거로부터 분신을 만들 수 있다. 그 분신을 이곳에 침입시킨 것이리라. 아마 첩보, 혹은 암살을 위해서 말이다.

"호오. 참 잘했구나, 〈니벨코르〉."

웨스트코트가 그렇게 말하자, 〈니벨코르〉는 기뻐하듯 「에헤헤」 하고 배시시 웃었다. 그녀가 손에 든 것이 피가 뚝뚝 떨어지고 있는 머리가 아니었다면, 부녀간의 훈훈한 대화 장면 같아 보였을지도 모른다.

"하지만 같이 있던 몇 명은 놓치고 말았어."

"어쩌면 아버님의 이야기를 들었을지도 몰라."

〈니벨코르〉는 미안해하면서 그렇게 말했다. 하지만 웨스트코트는 개의치 않는다는 듯이 웃었다.

"괜찮아. 그녀는 〈자프키엘〉을 지녔으니 언젠가는 알게 될 테니까 말이야. 마침 잘 된 걸지도 모르겠는걸. 우리와 〈나이트메어〉, 서로가 쥔 카드를 완벽하게 파악한 상태에서 총력전을 벌여보도록 할까?"

웨스트코트는 연극의 한 장면처럼 과장스럽게 두 손을 펼치더니, 하늘을 우러러보려는 것처럼 고개를 들었다.

"〈나이트메어〉의 첨병이여, 아직 한 명 정도는 남아있나? 만약 남아 있다면 네 주인에게 전해다오."

그리고, 그는 씨익 웃으면서 이렇게 말했다.

"—이츠카 시도는, 내가 죽일 거다.

네가 몇 번이든 시간을 거슬러 올라가더라도…….

네가 몇 번이든 세계를 되풀이하더라도…….

네가 몇 번이든 역사를 뜯어고칠지라도…….

절대 막을 수 없을 만큼 철저하게 말이다.

자, 저항해봐라—『최악의 정령』."

그 선언에 대한 대답은 들려오지 않았지만, 엘렌은 주위에 존재하는 그림자가 분노에 떨듯 흔들리는 듯한 느낌을 받았다.

제2장 몽마의 암약

"……역시, 위험하려나."

소년은 자신의 방에서 머리를 감싸쥐고 있었다.

하지만 그것도 당연했다. 왜냐하면—.

"……으음."

소년은 방구석— 침대 쪽을 힐끔 쳐다보았다.

정확하게 말하자면, 침대에 걸터앉아 있는 한 소녀를 쳐다본 것이다.

"……."

인형처럼 아름다운 소녀가 방 안을 멍하니 둘러보고 있었다. 아까까지 소년이 입고 있던 상의를 걸치기는 했지만, 그 안에는 아직 아무것도 입지 않았다. 그래서 그녀가 움직일 때마다 요염하기 그지없는 피부가 때때로 모습을 드러냈다.

그렇다. 정체불명의 대폭발이 일어나고 약 한 시간 후.

소년은 그 폭발이 일어난 현장에 있던 소녀를 자기 방으로 끌고 온 것이다.

"……아, 아, 아냐."

소년은 머릿속에 떠오른 위험천만한 단어를 부정하려는 것처럼 고개를 저었다.

아니다. 결코 음흉한 속셈이 있어서 그녀를 자기 방으로 데려온 것이 아니란 말이다. 불가항력이었다고나 할까…… 어쩔 수 없는 일이었다.

소년은 머릿속으로 변명을 늘어놓으면서, 한 시간 전에 있었던 일을 멍하니 떠올렸다.

『—저, 저기, 괜찮아? 다친 데는 없어?』

문명이 종적을 감춘 허허벌판의 한가운데에서 천사나 여신으로 착각할 만큼 아름다운 소녀에게 눈길을 빼앗겼던 소년은 겨우겨우 정신을 차리고 그렇게 말을 걸었다. 물론 눈앞에 있는 소녀의 실오라기 하나 걸치지 않은 몸을 최대한 보지 않으려 하면서 말이다.

이 소녀가 대체 누구인지는 모르겠지만, 지금 이 상황이 범상치 않다는 것만은 명확했다. 우선 이 기적적인 생존자의 상태를 확인하는 게 최우선이라고 소년은 생각했다.

하지만 소녀는 소년의 말에 반응하듯 천천히 그를 쳐다보기는 했지만, 아무 말 없이 그를 지그시 응시하기만 했다.

『으…….』

소년은 자신을 응시하고 있는 보석 같은 두 눈동자를 보더니, 볼을 더욱 붉혔다.

바로 그때, 소녀가 드디어 입을 열었다.

『……, 아……, 으…….』

하지만 그것은 언어라고 할 수 있는 게 아니었다. 신음—아니, 고통스러워하는 게 아니라, 그저 성대를 통해 소리를 자아내기만 하고 있는 것 같았다.

『……어? 마, 말을 못하는…… 거야?』

소년은 눈썹을 찌푸리며 생각에 잠겼다.

—어쩌면 방금 그 폭발의 충격으로 말을 못하게 된 것일까. 옷을 입지 않은 것도 그 폭발에 휘말렸기 때문이라고 여기는 것도 가능할 것 같았다. 뭐, 그녀의 피부에는 생채기 하나 없지만 말이다. ……어쩌면 그녀는 악의 비밀결사에 잡혀 있던 특별한 소녀이며, SF 작품에서 흔히 볼 수 있는 거대한 원통형 장치에 알몸으로 들어 있었던 걸지도 모른다. 방금 그 폭발은 그 비밀결사의 실험이 실패하면서 발생한 것이며, 지하에 잡혀 있던 그녀는 우연히 탈출을…….

『……하아, 정말. 아무래도 상관없다고.』

소년은 머릿속에서 펼쳐지고 있는 스펙터클한 스토리를 떨쳐내듯 고개를 흔든 후, 입고 있던 상의를 벗어서 소녀에게 입혀줬다.

이대로는 감기에 걸릴지도 모르는데다— 무엇보다, 신성

함마저 느껴지는 그녀의 실오라기 하나 걸치지 않은 몸이 공기 중에 훤히 드러나 있는 것을 참을 수가 없었다.

『으……! 으……?』

상의가 어깨에 닿은 순간, 소녀는 놀란 것처럼 눈을 치켜 뜨면서 몸을 희미하게 떨었다.

『아, 미, 미안해……. 놀랐어? 하지만, 이대로는…….』

소년이 허둥지둥 변명을 하자, 소녀는 눈을 깜빡거리면서 어깨에 닿은 상의를 매만지거나 잡아당겼다.

『…….』

그리고 그것이 따뜻하다는 사실을 이해한 것처럼, 안도한 표정을 지었다.

『저, 저기…… 걸을 수 있겠어? 아, 맨발이니까 아플 거야. 너만 괜찮다면 업어줄 테니까, 아무튼 이곳에서 벗어나자. 너, 너희 집이 어디인지…….』

『……?』

소년이 그렇게 말하자, 소녀는 어리둥절한 표정으로 쳐다보았다.

『……알 리가 없지.』

소년은 볼을 긁적이면서 쓴웃음을 지은 후, 소녀를 향해 몸을 숙였다.

—그리고, 현재에 이르렀다.

"아냐. 아니라고."

소년은 허공에 대고 변명을 하듯 그렇게 중얼거렸다.

소년도 처음에는 이 소녀를 병원으로 데려가려 했다. 하지만 소녀를 업고 건물이 남아있는 시가지에 도착한 순간, 마을은 세기말이라도 맞이한 것처럼 엄청난 혼란에 휩싸여 있다는 사실을 알았다.

차분하게 생각해보니 당연했다. 아무런 징후도 없이 수십 킬로미터에 이르는 공간이 허허벌판으로 변해버린 것이다. 주위로 퍼져나간 충격파 때문에 주변도 파괴되었으며, 어마어마한 숫자의 부상자 또한 발생했다. 게다가 그들을 수용해야 하는 인근 대형 병원은 아까 발생한 폭발에 휩쓸려 사라져 버리고 말았다.

그런 혼란한 상황에서 소년이 일단 소녀가 쉬게 하기 위한 장소로서 겨우겨우 피해를 면한 자기 집을 선택한 것은 어찌 보면 당연했다. ……적어도 소년은 자기 자신을 그렇게 납득시키고 있었다.

소년은 4인 가족이지만, 부모님은 장기 출장으로 오랫동안 집을 비우고 있다. 한동안 학교를 쉬는 건 문제가 아니지만—.

"—오라버니! 무사한가요?!"

바로 그때였다.

그런 목소리가 들리더니 방문이 힘차게 열렸다.

방문 쪽을 쳐다보니, 한 소녀가 서 있었다. 하나로 모아 묶은 머리카락과, 인상적인 눈물점을 지닌 여자아이였다. 오늘은 휴일이지만, 부활동을 하러 학교에 가야 하기 때문에 검은색 세일러 교복을 입고 가방을 어깨에 메고 있었으며, 한 손에는 죽도 가방을 쥐고 있었다. 여기까지 뛰어왔는지 이마에는 구슬 같은 땀방울이 맺혀 있으며, 어깨 또한 거칠게 들썩이고 있었다.

"—마나."

소년은 대답 대신 상대방의 이름을 입에 담은 후, 여동생이 무사해 다행이라 생각하며 안도의 한숨을 내쉬었다.

"……히익!"

하지만 다음 순간, 소년은 숨을 삼켰다.

소년의 얼굴을 보고 안심한 것 같던 여동생의 얼굴에 점점 미심쩍은 표정이 어리고 있었던 것이다.

하지만 그것도 무리는 아니었다. 오빠의 방에 반라 상태의 미소녀가 있다면, 그 누구라도 같은 반응을 보일 것이다.

"저, 저기, 마나. 그게 말이야……."

"……."

마나는 소년과 소녀의 얼굴을 번갈아 쳐다보며 잠시 침묵한 후, 천천히 소년의 곁으로 다가가서 그의 어깨에 상냥히 손을 얹었다.

"……괜찮아요. 마나는 오라버니의 편이에요. 이제부터라도 제대로 속죄를 하면 돼요."

"뭐가 괜찮다는 거야?!"

소년이 무심코 외쳤지만, 마나는 들은 척도 하지 않았다. 결국 소년은 오해를 풀기 위해 필사적으로 고개를 저어댔다.

"자, 잠깐만 있어봐! 왜 그렇게 생각하는 건데?! 오해를 할 거라면 하다못해 「꺄아, 오라버니가 애인을 집에 데려왔군요! 실례했어요!」 같은 식으로 하란 말이야!"

"오라버니한테 그런 일이 일어날 리가 없어 버리거든요?! 이 여동생을 얕보지 말아줄래요?!"

"인마, 딱 잘라서 그렇게 말하는 건 너무하잖아!"

"그럼 진짜로 애인을 데려온 건가요?"

"……물론 그렇지는 않지."

"거 봐요! 내 말이 맞잖아요!"

소년은 마나의 질문에 고개를 돌리며 그렇게 대답했다. 그러자 마나는 분노를 터뜨리더니, 죽도 가방 안에서 애용하는 죽도인 돈로마루(마나가 붙인 이름)를 뽑아들며 소년에게 달려들었다. 소년은 허둥지둥 양손을 들어 올려 죽도가 이마에 닿기 전에 잡았다.

"빨리 이실직고해버리세요! 대체 어디서 납치해온 거죠?!"

"으윽?! 그, 그러니까 오해라고! 혼자 있어서 데려왔을 뿐이야!"

"그런 걸 두고 납치라고 한단 말이에요오오오오오오!"

"실은 나도 방금 말하면서 그렇게 생각했어어어어어!"

마나의 외침에, 소년 또한 절규로 답했다. 확실히 방금 자신이 입에 담은 말만으로 판단한다면 명백한 유죄다.

"아, 아무튼 내 말 좀 들어봐! 이 애…… 아까 그 폭발이 일어났던 장소에 있었어!"

"……예?"

소년이 호소하는 듯한 어조로 그렇게 외치자, 마나는 그제야 죽도를 쥔 손에서 힘을 뺐다.

"뭐가 어떻게 되어 버린 거죠?"

"방금 말한 대로야. 나, 아까 폭발에 휘말렸었는데— 그 직후에 발견했어."

소년은 소녀와 만났을 때의 상황, 그리고 이곳으로 데려온 경위를 간략하게 설명했다.

그러자 마나는 「흐음……」 하면서 생각에 잠기는 듯한 반응을 보인 후, 소녀를 쳐다보았다.

"오호라, 오라버니가 머리를 다쳐서 환각을 봐 버린 게 아니라는 전제 하에 생각을 해보자면……."

"아, 거짓말을 하는 거라고는 생각하지 않는 구나."

"오라버니가 마나한테 거짓말을 할 리가 없잖아요. 오라버니는 마나의 오라버니니까요."

마나는 소년의 말에 딱 잘라서 그렇게 말했다. ……오빠를 믿는 건지 믿지 않는 건지 알쏭달쏭한 여동생이다.

"아무튼, 그런 전제로 생각을 해볼 때, 이상한 점이 너무 많아요. 저 애는 대체 누구이고, 왜 그런 곳에 있어 버린 거죠?"

"그, 글쎄……. 그걸 내가 어떻게 아냐고……."

소년이 당혹스러운 표정을 지으며 그렇게 말하자, 마나는 날카로운 시선으로 소녀를 노려보았다.

"……설마 이 애가 그 폭발을 일으켜버린 건 아니겠죠?"

"뭐……? 마, 말도 안 되는 소리 하지 마. 인간이 그런 걸 할 수 있을 리가—."

"—에취!"

그렇게 소년과 마나가 작은 목소리로 이야기를 나누고 있을 때, 갑자기 침대 쪽에서 그런 귀여운 소리가 들려왔다.

아무래도 소녀가 재채기를 한 것 같았다. 그러고 보니 상의를 걸치기는 했지만, 소녀는 그 안에 아무것도 입지 않았던 것이다.

"괘, 괜찮아?"

"하아, 정말. 오라버니, 뭐하는 거예요. 어쩔 수 없네요. 마나의 옷을 가져올 테니까, 잠시만—."

"……으응, 아……."

바로 그때였다.

마나가 자신의 방으로 향하려 한 순간, 소녀는 코를 훌쩍이면서 마나를 지그시 쳐다보았다.

그러자 다음 순간, 소녀의 주위에 옅은 빛을 띤 입자가 생겨나더니, 마나가 입고 있는 것과 똑같은 세일러 교복이 그녀의 몸을 감쌌다.

"응……?"

"어……?"

눈앞에서 일어난 비현실적인 현상을 본 소년과 마나는 입을 쩍 벌린 채 서로를 쳐다보았다.

◇

"……커억!"

복부에 가해진 강렬한 충격에 시도가 눈을 떴다.

"……헉?! 어……?! 뭐, 뭐야?! 습격을 당한 거야?!"

시도는 영문을 모르겠다는 듯이 어리둥절한 표정을 지었다.

그리고 곧 자신의 배 위에 서 있는 눈에 익은 누군가를 발견했다.

몇 초 후, 뇌가 서서히 깨어난 시도는 자신에게 어떤 일이 일어난 것인지 이해했다.

"아, 일어났구나~. 그래도 오빠~『커억!』은 예전에 했었잖아. 레파토리 좀 늘려~."

시도의 배 위에 선 코토리가 새하얀 리본으로 묶은 머리카락을 흔들면서 손가락을 좌우로 까딱거리며 그렇게 말했다.

아무래도 코토리가 거친 방식으로 자신을 깨운 것 같았다. 요즘 들어 이런 짓을 당하지 않아 방심하고 있었던 시도는 여러모로 놀라고 말았다.

시도가 주위를 둘러보니, 눈에 익은 자신의 방이 보였다. 그렇다. 지금 시도가 누워있는 곳은 〈프락시너스〉의 의무실이 아니라, 텐구시에 있는 자택의 방이었다.

아까 의무실에서 잠시 쉰 후, 다른 이들과 함께 식사를 마친 시도는 지상으로 돌아왔던 것이다.

"코토리……."

"이얍!"

"으끄윽!"

코토리가 시도의 배를 박차고 바닥으로 몸을 날리더니 멋지게 착지했다. 그 과정에서 또 충격을 받은 시도가 비명을 지르며 몸을 웅크렸다.

"이, 인마…… 매번 하는 말인지만, 좀 상냥하게 깨워줄 수는 없는 거야?"

"잠깐만, 방금 그 말은 오해를 부를 수 있거든? 마치 내가 느닷없이 오빠에게 달려든 것 같잖아. 그렇지 않거든요? 평범하게 깨우는 단계를 거친 후에 어쩔 수 없이 이런 방식을 사용했을 뿐이거든? 어디까지나 잠꾸러기인 오빠한테 문제가 있다고 생각하는 바입니다~."

"나를 깨우기 위해 구체적으로 어떤 방식을 사용했는지 말해볼래?"

"계단을 올라오면서 발소리를 크게 냈어."

"……이동 과정에서 부차적으로 발생한 소음을 이용하려

한 점은 높이 평가해드리지요.”

시도가 한숨을 내쉬면서 그렇게 말하자, 코토리는 그 말에 담긴 진짜 의미를 눈치채지 못한 것처럼 「에헤헤, 칭찬받았어」 하고 멋쩍은 듯이 말하며 웃음을 흘렸다.

하지만 곧 뭔가를 떠올리며 도끼눈을 뜨더니 시도를 노려보기 시작했다.

“왜, 왜 그래?”

“으음…… 그러고 보니 오빠가 아까 잠꼬대로 『마나』, 『오해』, 『스리자야와르데네푸라코테』 같은 말을 중얼거렸거든~. 대체 어떤 꿈을 꾼 거야? 그리고 왜 내가 아니라 마나가 꿈에 나온 건데~?”

“잠깐만, 마지막의 그건 뭐야?! 나, 진짜로 그런 소리를 한 거야?!”

시도는 새된 목소리로 그렇게 말하면서 방금 꿨던 꿈을 필사적으로 떠올리려 했다. 하지만 아무리 기억을 뒤져도 아무것도 생각나지 않았다. 특히 코토리가 마지막에 했던 단어는 눈곱만큼도 생각나지 않았다.

그런 시도를 본 코토리가 즐거운 듯이 아하하 하고 웃었다.

아무래도 방금 코토리가 한 말은 농담 같았기에, 시도는 하아 하고 한숨을 내쉬었다.

“……하아, 정말. 이제 됐어. 지금 몇 시지?”

시도는 그렇게 말하면서 베갯머리에 둔 스마트폰을 향해

손을 뻗었다.

이미 창문을 통해 햇살이 쏟아져 들어오고 있었다. 코토리가 와일드하기 그지없는 방식으로 깨운 걸 납득한 건 아니지만, 확실히 평소보다 깊이 잠든 것 같았다.

"……어, 아홉 시?! 맙소사, 수업이 시작됐을 시간이잖아!"

시도는 스마트폰을 보고 눈을 크게 떴다. 그리고 허둥지둥 침대에서 일어나 방을 뛰쳐나가려 했다.

하지만 바로 그때, 코토리가 시도의 소매를 잡았다.

"어, 코토리, 왜 그래? ……아, 너도 빨리 학교에 가야 하잖아. 하다못해 2교시부터라도—."

"……하아."

코토리는 시도의 말을 듣고 땅이 꺼져라 한숨을 내쉬었다.

그리고 고개를 절레절레 저은 후, 호주머니에서 검은색 리본을 꺼내 익숙한 손놀림으로 머리카락을 묶은 리본을 바꿨다.

코토리는 자기 자신에게 마인드 세팅을 해뒀다. 흰색 리본을 맸을 때는 순진무구한 소녀, 그리고 검은색 리본을 맸을 때는 늠름하기 그지없는 〈라타토스크〉의 사령관으로 변모하는 것이다.

"—시도, 왜 당황하는 거야? 설마 학교에 가려는 건 아니지?"

"아니, 빨리 학교에 가야…… 어, 어라? 오늘은 휴일이었어?"

아무래도 요즘 여러모로 정신이 없었던 탓에 날짜 감각이 좀 이상해진 것 같다고 생각한 시도는 손에 쥔 스마트폰의 화면을 다시 쳐다보았다. ……하지만 오늘은 주말이나 공휴일이 아니었다. 학교에 등교해야 하는 날이었다.

하지만 코토리는 또 한숨을 내쉬더니, 시도를 타이르는 듯한 어조로 이렇게 말했다.

"저기 말이야, 잠이 덜 깬 거야? DEM이 시도의 목숨— 아니, 쿠루미의 말을 믿는다면 원래는 이미 죽었을 거잖아? 그런데 왜 경비가 허술한데다 주위에 영향을 끼칠 수 있는 장소에 가려고 하는 건데?"

"아……."

시도는 그 말을 듣고 눈을 크게 떴다.

전적으로 옳은 말이었다. 시간을 확인하고 조건반사적으로 몸이 움직였지만, 이런 비상 상황에 등교를 하는 것 자체가 말이 안 됐다.

"미안해. ……하지만……."

그러나…… 시도는 그런 사실을 알고 있으면서도 학교가 마음에 걸리는 이유가 딱 하나 있었다.

"쿠루미는…… 학교에 왔을까? 그럼— 가야만 해."

그렇다. 현재 시도는 DEM인더스트리라는 거대한 조직의 표적이 된 상태다. 그러니 함부로 움직일 수 없다.

하지만 시도는 현재 쿠루미를 공략하고 있는 중이었다.

게다가 시도는 아직 쿠루미에게 고맙다는 말을 하지 못했다. 만약 쿠루미가 시도를 만나기 위해 학교에 등교했다면, 그는 학교에 갈 수밖에 없다.

코토리도 그런 시도의 마음을 이해하고 있는 것 같았다. 그녀는 휴우 하고 한숨을 내쉬면서 고개를 끄덕였다.

"응, 그건 알아. 우리 입장에서도 쿠루미를 내버려둘 수는 없거든. 지금 〈프락시너스〉에서 학교에 자율형 카메라를 보냈어. 만약 쿠루미가 학교에 왔으면, 특별히 접촉하는 걸 허락해줄게. 물론 등하교는 위험하니까 〈프락시너스〉에서 직접 학교로 전송할 거야."

"응…… 고마워. 그걸로 충분해."

시도는 그렇게 말하면서 코토리를 향해 고개를 숙였다. 그러자 코토리는 볼을 긁적이면서 약간 부끄러워하듯 고개를 옆으로 돌렸다.

하지만 다음 순간—.

"어머, 어머. 『저』를 위해 그렇게까지 해주시는 건가요? 정말 기쁘군요."

"앗—!"

"어……?"

느닷없이 오른편에서 뜻밖의 목소리가 들려오자, 시도와 코토리는 동시에 그쪽을 쳐다보았다.

그러자 어느새 이 방 안에 나타난 한 소녀가 눈에 들어왔다.

윤기 넘치는 흑발과 도자기처럼 새하얀 피부, 그리고 소녀의 발은 무릎 아랫부분이 바닥에 드리워져 있는 그림자 안에 들어가 있었다.

"……쿠루미?!"

시도가 그녀를 알아보지 못할 리가 없다. 그는 경악으로 가득 찬 눈을 치켜뜨며 그녀의 이름을 외쳤다.

하지만— 아니었다. 시도는 그림자에서 천천히 나오고 있는 그녀를 보면서 숨을 삼켰다.

그녀는 토키사키 쿠루미가 틀림없다. 그것만은 확실했다.

하지만 지금 두 사람 앞에 나타난 쿠루미는 평소와 머리 모양이 달랐으며, 장미 모양 머리장식을 착용하고 있었다. 또한 고스로리 스타일의 단색 옷을 입었으며— 왼쪽 눈을 의료용 안대로 가리고 있었다.

시도는 이 복장이 눈에 익었다. 그가 5년 전의 세계로 거슬러 올라갔을 때 만났던 쿠루미이자— 일전에 쿠루미의 진실을 그에게 말해준 분신이었다.

"우후후, 안녕하세요. 시도 씨, 코토리 양."

안대를 착용한 쿠루미는 그림자에서 완전히 빠져나오더니, 치맛자락을 살며시 들어 올리면서 우아하게 인사를 했다.

하지만 상대방이 정중하게 인사를 건네는데도 코토리는 경계심을 풀지 않았다. 코토리는 긴장감이 어린 시선으로 그녀를 응시하면서 입을 열었다.

"안녕, 쿠루미. 오늘은 꽤 멋진 복장을 하고 있네."

"우후후, 코토리 양은 칭찬에 능하시군요. 역시 피가 이어져 있지 않다고 해도 시도 씨의 여동생다우세요."

쿠루미는 우아한 미소를 지었다. 그녀의 태도에서 독기가 느껴지지 않자, 코토리도 약간 위화감을 느끼기 시작한 것 같았다.

"……그래도 남의 집에 멋대로 들어오는 건 매너 위반 아냐?"

"어머, 어머. 이거 실례했군요."

코토리가 그렇게 말하자, 쿠루미는 순순히 고개를 숙였다.

하지만 이내 다시 요염한 미소를 머금으면서 말을 이었다.

"그 대신 좋은 정보를 알려드리죠. 아, 사과 삼아 말씀드리는 건 아니랍니다."

"좋은 정보……?"

코토리가 미심쩍은 듯이 눈썹을 찌푸리자, 쿠루미는 「예」 하고 손가락으로 요염하게 입술을 매만졌다.

그리고 시도와 코토리를 똑바로 쳐다보면서 차분한 어조로 정보를 말했다.

"—지금으로부터 나흘 후인 2월 20일. DEM인더스트리가 총력을 당해 시도 씨를 죽이려 할 거랍니다."

그, 절망적이기 그지없는 내용을 말이다.

"…………뭐?"

그 말의 의미를 이해하지 못한 것은 아니다. 하지만 너무나도 느닷없이 자신을 타깃으로 삼은 살해 계획을 들은 탓에, 시도는 눈을 동그랗게 떴다.

"……그게 무슨 소리야?"

코토리 또한 식은땀을 흘리며 쿠루미를 노려보았다. 그러자 쿠루미는 시선을 내리깔며 말을 이었다.

"그러니까, 방금 제가 한 말 그대로의 의미랍니다. 세계제일의 리얼라이저 제조사이자 이 세상에서 위저드를 가장 많이 거느린 조직이, 전지의 마왕의 정보력과, 수천수만의 자동인형, 그리고 수많은 유사 정령을, 단 한 명의 인간을 죽이기 위해 총동원할 것이다— 라는 말이죠."

"뭐……."

시도는 그 말을 듣고 경악했다.

DEM는 지금까지도 몇 번이나 시도의 목숨을 노렸으며, 쿠루미의 말에 따르면 그를 이미 몇백 번이나 죽였다고 한다.

하지만 그것은 어디까지나 시도가 빈틈을 보였을 때 그의 목숨을 취하는, 이른바 『암살』이었다.

하지만 방금 쿠루미가 한 말은 압도적인 병력으로 적을 섬멸하는— 그야말로 『전쟁』 그 자체였다. ……아니, 쿠루미가 정보를 제공해주지 않았다면 그것은 일방적인 『학살』이라고 해야 타당할지도 모른다.

"—그래서?"

시도가 아무 말도 하지 못하자, 험악한 표정을 지은 코토리가 팔짱을 끼면서 입을 열었다.

"그 고마운 정보를 쿠루미, 네가 일부러 알려준 이유가 뭐야? —네 목적은 대체 뭔데?"

"어머, 어머. 코토리 양, 괜한 의심은 하지 말아 주시겠어요? 저는 그저 시도 씨를 걱정하는 것뿐이랍니다."

"흐음……."

코토리는 미심쩍다는 듯이 눈을 가늘게 떴다. 그리고 안대를 착용한 쿠루미의 속셈을 알아내려는 것처럼 그녀의 얼굴을 노려보았다.

안대를 쓴 쿠루미는 그런 코토리를 보더니 후훗 하고 쓴웃음을 흘렸다.

"코토리 양은 착각을 하고 계신 것 같군요."

"……착각?"

"예."

안대를 착용한 쿠루미는 과장스럽게 고개를 끄덕이더니, 연극배우 같은 어조로 말을 이었다.

"분신(제가)이 여기에 있다는 걸, 『저』— 여러분이 진짜라고 여기는 토키사키 쿠루미는 모른답니다. 방금 그 정보를 여러분에게 알려준 것도 저의 독단이죠."

"뭐……?"

"그게 정말이야?"

시도와 코토리는 당혹스러운 표정을 지었다. 그럴 만도 했다. 지금 눈앞에 있는 쿠루미는 진짜 쿠루미가 자신의 과거를 잘라내서 만든 분신이다. 기본적으로는 쿠루미의 지시에 따라 움직이는 첨병인 것이다.

안대를 착용한 쿠루미는 그런 시도와 코토리의 표정을 재미있다는 듯이 응시하면서 말을 이었다.

"『저』는 이 일을 『저희』끼리 해결할 생각이랍니다. —시도 씨가 살아남을 미래를 쟁취할 때까지, 몇 번이고 되풀이할 생각이죠."

"……윽!"

"하지만, 적들은 그런 『저』의 생각을 알고 있을 테죠. 그래서 총력전을, 섬멸전을 펼치려는 거랍니다. 단순히 시도 씨를 죽이기만 하려는 게 아니라, 시간을 건널 수 있는 『저』의 마음을 무너뜨리려는 심산인 거죠. 묘수(妙手), 기책(奇策), 기계(奇計). 그런 잔꾀로는 막을 수 없는, 강철의 폭풍우. 이야기에 강제적으로 종언을 가져오는 기계장치의 신(데우스 엑스 마키나)이라는 이름에 걸맞은, 맹렬한 공격을 펼치려는 거랍니다."

"……그렇구나."

코토리는 잠시 침묵에 잠긴 후, 입을 열었다.

"즉, 네가 우리를 찾아온 건 시도에게 피난을 권하기 위해서……인 거야? 너희가 싸우는 동안, 〈라타토스크〉가 시도를 보호하라는 거네."

코토리의 말에 안대를 착용한 쿠루미는 「으음……」 하고 중얼거리면서 턱에 손가락을 댔다.

"그렇게 해주신다면 감사하겠지만, 그것만으로는 정답이라고 할 수 없겠군요."

"……뭐? 그럼 왜 진짜 쿠루미 몰래 우리에게 그걸 전하러 온 건데?"

코토리가 미심쩍은 표정을 지으며 그렇게 묻자, 안대를 착용한 쿠루미는 장난기 섞인 미소를 지었다.

"그 이유는 단순하답니다. 『제』가 이렇게 최선을 다하고 있는데, 보호 받고 있는 시도 씨가 그걸 모르는 건 좀 그렇잖아요?"

안대를 착용한 쿠루미는 그렇게 말하더니, 시도를 향해 윙크를 했다. 그 모습을 보고 가슴이 뛴 시도는 쓴웃음을 지었다.

"……그렇구나."

"뭐…… 쓸데없이 이야기를 빙빙 돌려 하는 것보다는 간단해서 이해하기 쉽네. 진짜 쿠루미도 너처럼 말이 통하는 상대라면 정말 좋을 텐데 말이야."

코토리가 팔짱을 끼면서 빈정거리듯이 그렇게 말하자, 안대를 찬 쿠루미가 즐거워하듯 웃음을 터뜨렸다.

"우후후, 후후. 죄송하군요. 『저』는 꽤 고집이 강한 편이랍니다. —하지만, 시도 씨를 지키려는 마음은 진심이죠. 그것만은 꼭 알아주셨으면 해요."

"흥……. 『시도의 영력을 빼앗기 위해』, 라는 말이 덧붙지만 않는다면 한번 고려해보겠어."

"……우후후."

코토리가 그렇게 말하자, 안대를 찬 쿠루미는 변명을 늘어놓지 않으며 조용히 웃음을 흘렸다.

그 후 그녀는 치마를 휘날리며 뒤돌아섰다.

"—자, 제 목적은 달성했으니 이제 실례하겠어요. 『저』를 위해 꼭 살아남아 주세요, 시도 씨."

안대를 착용한 쿠루미는 그렇게 말하면서 자신의 그림자 안으로 빠져 들어갔다.

"쿠루미!"

시도는 안대를 착용한 쿠루미의 등을 쳐다보며 허둥지둥 외쳤다.

"예? 시도 씨, 왜 그러시죠?"

가슴 언저리까지 그림자 안으로 들어간 쿠루미는 시도를 향해 돌아섰다. 그 모습은 호수에서 물놀이를 하고 있는 소녀를 연상케 했다. ……뭐, 그 호수의 물은 칠흑색이라 좀 흉흉한 느낌이 감돌지만 말이다.

시도는 안대를 착용한 쿠루미의 눈을 지그시 응시하면서 입을 열었다.

"가르쳐줘서, 고마워. 혹시 괜찮다면, 쿠루미에게 전해줘. —고마워. 나는 네 덕분에 지금도 살아있어. 일전에 고맙다는 말도 제대로 못해서 미안했어. 네가 이제부터 뭘 하려는 건지도 들었어. 나를 지켜줘서, 정말 고마워. 그래도……."

시도는 날카로운 시선을 머금더니, 가슴 속에 결의를 품으며 말을 이었다.

"—미안하지만, 나한테도 남자로서의 고집이 있어. 너한테 계속 도움만 받을 수는 없어. DEM을 한꺼번에 처리한 후, 다시 네 앞에 서겠어. 그리고 네 영력을 봉인…… 아니, 그게 아냐."

시도는 잠시 눈을 감은 후, 두 눈을 치켜떴다.

"—이번에는 내가, 네 입술을 훔쳐 주겠어. 각오 단단히 하고 있으라고, 내 사랑(마이 허니)."

그리고 자신이 생각해도 얼굴이 벌게질 만큼 느끼한 말을 했다.

"……."

안대를 착용한 쿠루미는 몇 초 동안 얼이 나간 듯한 표정으로 시도를 쳐다보더니…….

"……푸, 후후."

이윽고 더는 못 참겠다는 듯이 배를 잡으며 웃기 시작했다.

"아하하하, 하하하하하하! 어머, 어머나…… 위세 한 번 정말 좋군요. 『저』는 정말 행운아예요."

안대를 착용한 쿠루미는 한참을 웃은 후, 손으로 눈가를 훔치면서 이렇게 말했다.

"……하지만, 시도 씨는 정말 잔혹한 말씀을 하시는군요, 아까 말씀드렸잖아요? 저는 『저』 몰래 이곳에 왔답니다. 그런데 방금 그 말을 전해준다는 건, 제가 독단적으로 행동했다는 걸 실토하는 거나 다름없죠. 자기 뜻대로 움직이지 않는 손발은 처단당할 수밖에 없는 운명이랍니다. 설마 저한테 죽으라고 말씀하시는 건가요?"

"아……."

시도는 그 말을 듣고 눈을 크게 떴다.

확실히 맞는 말이었다. 시도는 허둥지둥 고개를 숙이며 방금 한 말을 취소했다.

"미, 미안해. 그런 뜻으로 한 말은……."

"예, 시도 씨처럼 상냥한 분이 그런 생각을 하실 리가 없다는 건 알고 있답니다. 하지만 저는 이 거짓된 목숨을 『저』를 위해 쓰기로 결심했어요. 죄송하지만, 그 말을 반드시 전해주겠다는 약속은 할 수 없군요."

"……응. 정말 미안해."

시도의 사과에 안대를 찬 쿠루미는 웃음을 흘리면서 돌아섰다.

"아아, 정말 뭘 모르시는 분이군요. ―이렇게 되면 제 목숨을 거는 한이 있더라도, 『저』에게 방금 그 말을 전해야 하지 않겠어요?"

그리고 진심으로 즐거워하는 듯한 목소리로 그렇게 말한 후, 그림자 속으로 들어갔다.

"……."

"……."

한동안, 방 안에 침묵이 흘렀다.

시도도, 코토리도, 안대를 찬 쿠루미가 사라진 장소를 응시하며 조용히 생각에 잠겼다.

"……저기, 코토리."

"……응."

이윽고 시도가 입을 열자, 코토리는 이때를 기다렸다는 듯이 바로 대답했다.

"네 말이 맞아, 시도. 정령에게 전부 떠넘겨서야 〈라타토스크〉의 체면이 손상될 거야."

그리고 호주머니에서 막대사탕을 꺼내 손가락으로 빙글빙글 돌리더니, 그것을 입에 집어넣었다.

"—쿠루미에게, DEM에게, 우리 방식을 보여주자."

◇

"……."

레이네는 공중함 〈프락시너스〉의 휴게 에어리어에 있는

벤치에 앉아서 아무 말 없이 하늘을 응시하고 있었다.

그렇다. 그녀는『하늘』을 보고 있었다. 휴게 에어리어의 천장은 일반적으로 벽에 쓰이는 소재가 아니라 투명한 강화유리로 되어 있었다. 그래서 푸른 하늘과 거기에 떠 있는 구름이 보일 뿐만 아니라, 눈부신 햇살이 공중함 안으로 스며들고 있었다.

리얼라이저로 가동되고 있는 공중함은 테리터리로 선체를 보호하고 있기 때문에, 일반적인 전함처럼 본체 장갑이 튼튼할 필요는 없다. 그렇기에 다소 강도를 희생시키더라도 비상시에 장기간에 걸쳐 정령을 수용할 가능성을 고려해, 이렇게 휴게 에어리어와 쾌적한 숙박환경, 레크리에이션 시설 등이 충실하게 갖춰져 있다.

……뭐, 그럴 듯한 이유를 대고 있지만, 결국은 코토리와 엘리엇 우드먼이 이런『유희』를 즐기는 것이다.

하지만, 그것도 나쁘지는 않다. 애초에 공중함, 그리고 리얼라이저라는 것 자체가 원래라면 이 세상에 존재하지 않아야 하는 것이니까 말이다.

—정령이라는 존재가 가져다 준, 인간의 지혜를 초월하는 공상 구현 장치.

그렇다면 그것이 정령을 위해 쓰이는 것도 지극히 당연하리라. 실제로 〈프락시너스〉가 개조된 후에 이곳을 찾은 정령들은 이 경치를 보며 기뻐했다.

“……훗.”

게다가— 레이네도 이 장소를 싫어하지 않았다.

레이네는 작게 한숨을 내쉬면서 벤치에 드러누운 후, 하늘을 올려다보았다.

그리고 〈라타토스크〉의 제복 호주머니에서 고개를 내밀고 있는 곰 인형을 꺼내더니 아기를 어르는 것처럼 두 손으로 들어올렸다.

“……”

하늘을 배경 삼으며 존재하는 그 곰을 응시했다.

꽤 오래된 봉제인형이었다. 귀엽게 생기기는 했지만, 몸 곳곳에 바느질이 된 탓에 좀비나 프랑켄슈타인 영화에 나오는 괴물 같아 보였다.

“……앞으로 하나, 아니…… 둘일까.”

레이네는 혼잣말을 하듯 작게 중얼거렸다.

바로 그때, 그 말에 답하려는 것처럼 호주머니에 넣어둔 통신단말이 진동했다.

“……으음.”

몸을 일으킨 레이네는 곰 인형을 가슴 호주머니에 집어넣은 후 통신단말을 꺼냈다. 그리고 통화 버튼을 누르자, 곧 귀에 익은 목소리가 들려왔다.

『—아! 무라사메 해석관. 시이자키예요.』

상대는 〈프락시너스〉 승무원 중 한 명인 시이자키였다. 그녀의 목소리에서는 긴장감과 초조함이 묻어나고 있었다. 아무래도 무슨 일이 일어난 것 같았다.

"……응. 무슨 일이야?"

『지금 바로 브리핑 룸으로 와주세요. ―오늘 아침, 사령관님과 시도 군 앞에 토키사키 쿠루미가 나타나서 DEM이 총공격을 해올 거라는 걸 알려줬대요. 그래서 지금부터 대책회의를 가질 거예요……!』

"……흠."

레이네는 미간을 살짝 찌푸리면서 통신단말을 들지 않은 손으로 턱을 매만졌다.

DEM의 총공격. 그 가능성 자체는 염두에 두고 있었다. DEM의 수장은 바로 그 아이작 웨스트코트이며, 그는 마왕 〈벨제붑〉을 지녔다. 그라면 머지않아 쿠루미가 시간을 뛰어넘으며 암약하고 있다는 사실을 간파할 거라고 생각했다.

"……알았어. 지금 바로 갈게."

『예. 알겠습니다.』

레이네는 시이자키의 대답을 들은 후 통신단말의 버튼을 눌렀다.

그리고 그것을 호주머니에 집어넣고 벤치에서 일어났다.

"……해보자는 거구나, 『마술사』."

레이네는 차분한 목소리로 그렇게 말한 후, 작게 한숨을 내쉬었다.

◇

―〈프락시너스〉의 브리핑 룸에는 현재 많은 이들이 모여 있었다.

방에 놓여 있는 거대한 원탁에는 사령관인 코토리가 앉아 있으며, 그 옆에는 시도와 정령들이 앉아 있었다. 그리고 맞은편에는 칸나즈키와 레이네를 비롯한 〈프락시너스〉 승무원들이 앉아 있었다.

또한 원탁 중앙에는 4방향 디스플레이가 설치되어 있으며, 거기에는『MARIA』라는 글자가 표시되어 있었다.

그들은 코토리의 요청에 따라 이 자리에 모인 DEM인더스트리 대책팀이었다.

시도와 코토리는 이런 일에 정령들을 휘말리게 하고 싶지 않았지만, 한심하게도 지금은 그런 소리를 할 상황이 아니었다. 그것도 그럴게, DEM은 총력을 기울여 시도를 죽일 심산인 것이다.

수적 열세인 〈라타토스크〉는 정령들에게 도움을 받을 수밖에 없는데다― 그런 중요한 작전에 정령을 뺐다간, 그녀들의 정신상태가 흐트러질 수도 있었다.

예전 같았으면 정령들에게 아무것도 알려주지 않고 대피시킨다는 선택지를 고를 수도 있겠지만…… 토비이치 오리가미라는 정령 때문에 그것이 곤란해졌다. 초인적인 통찰력과 온갖 대화를 도청하는 기술력을 겸비한 그녀 몰래 대규모 작전 행동을 취하는 것은 아무리 〈라타토스크〉라도 거의 불가능했다.

그 결과, 정령과 인간이 이렇게 한자리에 모여 대책회의를 가지게 되었다. 코토리는 이 자리에 있는 이들을 둘러보며 자리에서 일어났다.

"—다들, 이렇게 모여 줘서 고마워."

코토리의 담담한 목소리가 브리핑 룸에 울려 퍼졌다. 그러자 이곳에 있는 이들의 시선이 일제히 코토리에게 집중됐다.

"이미 이야기를 들었겠지만— 오늘 아침, 우리 앞에 나타난 쿠루미가 DEM인더스트리가 대규모 습격을 계획하고 있다는 정보를 알려줬어. 목적은— 시도를 살해함으로써 일어날 정령들의 반전이야."

""""……윽.""""

정령들과 〈라타토스크〉의 승무원들은 코토리의 그 말을 듣고 숨을 삼켰다.

"물론 쿠루미의 말이 거짓일 가능성도 없지는 않지만, 현재 상황으로 유추해본다면 이 정보의 신빙성은 상당해. 그러니 〈라타토스크〉로서는 대책을 세울 수밖에 없어. —마리아."

『예.』

코토리가 그렇게 말한 순간, 이 방에 설치된 스피커에서 소녀의 맑은 목소리가 흘러나왔다. 〈프락시너스〉의 관리AI인 마리아의 목소리였다.

『—가장 먼저 고려한 건, 시도와 정령들을 안전한 장소로 대피시켜서 DEM의 습격을 피하는 작전이에요. 〈라타토스크〉는 세계 각지에 기지를 보유하고 있으니 대피할 장소는 얼마든지 있죠. 하지만—.』

"그래. 상대에게는 전지의 마왕 〈벨제붑〉이 있어. 니아가 꼼수를 부린 덕분에 성능을 최대한 발휘할 수는 없다고 해도 시도의 위치에 초점을 맞춰서 검색한다면, 어디에 숨어 있든 발각되고 말 거야."

『그래요. 정말 성가신 마왕을 찬탈당하고 말았군요. 누구누구 씨가 신경을 제대로 썼으면 이런 사태는 벌어지지 않았을 거예요.』

마리아는 한숨을 내쉬며 그렇게 말했다. 뭐랄까, 인간미가 뚝뚝 흘러넘치는 인공지능이었다. 화면의 문자가 반짝이고 있을 뿐인데, 왠지 소녀가 고개를 내저으며 어깨를 으쓱하고 있는 모습이 보인 것 같은 느낌이 들었다.

"예이~ 예이~, 거 참 죄송합니다. 미안해요, 쏘리~."

니아는 턱을 괴고 삐친 듯한 목소리로 그렇게 말했다. 사실 웨스트코트가 지닌 마왕 〈벨제붑〉은 니아의 천사 〈섭고편질(囁告篇帙)(라지엘)〉이었다.

하지만 그것을 빼앗긴 것은 DEM의 악랄한 모략 때문이었으며, 니아의 잘못이라고는 할 수 없다.

그건 다들 알고 있지만…… 왠지 마리아는 니아한테만 좀 쌀쌀맞게 대하는 것 같았다. 니아도 처음에는 그런 마리아 때문에 충격을 받았지만, 이제는 익숙해졌는지 손을 가볍게 내저으며 통명한 표정을 짓고 있었다.

『뭐, 이제 와서 이런 소리를 해봤자 아무 소용없겠죠. 건설적인 이야기나 하기로 할까요.』

마리아가 화제를 바꾸려는 듯이 그렇게 말하자, 니아는 초등학생 남자아이처럼 「메롱이다~」 하며 혀를 쏙 내밀었다.

마리아는 약간 화가 난 것 같았지만, 니아에게 어울려 주다간 자기 정신연령도 내려갈 거라고 생각한 건지 깔끔하게 무시하면서 말을 이었다.

『대피가 효과적이지 않다면, 남은 방법은 두 가지 뿐이에요. 하나는— 교섭.』

"……뭐, 그것도 현실적이라고는 할 수 없을 거야."

마리아의 말에 시도는 식은땀을 흘리면서 그렇게 대꾸했다. 정령들도 동의한다는 듯이 고개를 끄덕였다.

뭐, 틀린 말은 아니었다. 상대는 지금까지 몇 번이나 대적했던 정령의 천적이다. 게다가 그들의 목적은 시도를 죽여서 정령을 반전시킨 후, 세피라를 빼앗는 것이다. 그러니 정령을 보호하는 것이 목적인 〈라타토스크〉와는 교섭 자체가 성립하지 않는 것이다.

"으음, 그렇다면—."

토카가 턱에 손을 대며 그렇게 말하자, 코토리는 힘차게 고개를 끄덕이며 입을 열었다.

"응. 남은 수단은 딱 하나 뿐이야. 즉— DEM을 쓰러뜨리는 거지."

""""……윽!""""

코토리가 그렇게 말한 순간, 브리핑 룸 안이 긴장감으로 가득 찼다.

DEM의 습격이 예고된 시점에서…….

그리고, 이 방에 모인 시점에서…….

다들, 그 선택지를 떠올렸을 것이다.

하지만 사령관인 코토리가 그 말을 입에 담은 순간, 우려가, 생각이, 가능성이, 엄연한 사실로 변했다.

"물론 그게 쉬운 일이 아니라는 건 알고 있어. 리얼라이저의 성능은 우리가 뛰어나지만, 보유한 위저드의 숫자는 열 배 이상 차이가 나. 게다가 〈밴더스내치〉와 〈니벨코르〉까지 더하면 병력면에서 상상을 초월할 정도로 열세야. 그 어마어마한 병력이 주위에 끼치는 피해나 사회적 추문 등을 개의치 않으며 단 하나의 목적을 달성하는 것에 총력을 기울인다면, 그걸 막는 건 어려울 거야."

"""""……."""""

다들 마른 침을 삼켰다. 하지만 코토리는 그런 그들을 탓하지 않았다. 오히려 공감한다는 듯이 고개를 끄덕였다.

"하지만 해내야만 해. 습격 자체는 돌발적으로 결단한 걸지도 모르지만, 적은 이 상황에 이르기까지, 용의주도하게 우리의 빠져나갈 구멍을 차단해 왔어. 그 결과가 바로 200번이 넘는 시도의 죽음이야."

"……으음."

토카는 입을 꾹 다물었다. 다른 정령들도 얼굴을 찡그렸다.

"쿠루미가 없었다면 우리의 이야기에는 이미 마침표가 찍혔을 거야. 시도의 죽음이라는 최악의 결말을 맞이하면서 말이지. 그리고 적은 그런 쿠루미를 무너뜨리기 위해, 이런 방법을 동원했어. 다음에 시도가 죽었을 때, 쿠루미가 또 시간을 거슬러 올라갈 거란 보장은 없어. 그러니 우리는 공세를 펼칠 수밖에 없는 거야. 우리 손으로 직접 내일을 거머쥐기 위해서 말이야."

『—그래. 이츠카 사령관의 말이 옳다네.』

바로 그때였다.

코토리가 연설을 하듯 열정적인 목소리로 말을 잇고 있을 때, 갑자기 스피커에서 그런 목소리가 흘러나왔다.

그것은 마리아의 목소리가 아니었다. 낮게 울려 퍼지는 그 목소리는 꽤 나이를 먹은 듯한 남성의 음성이었다.

"아……."

코토리는 원탁 중앙에 있는 모니터를 쳐다보며 눈을 동그랗게 떴다.

그리고 덩달아 그 모니터를 쳐다본 시도 또한 경악에 찬 표정을 지었다.

지금까지 『MARIA』라는 글자만 떠 있던 그 모니터에는 안경을 쓴 노령의 남성이 표시되어 있었다.

"우드먼 씨!"

시도는 무심코 그 남성의 이름을 외쳤다. 그렇다. 그는 바로 〈라타토스크〉의 의사결정기관인 원탁회의의 의장, 엘리엇 우드먼이었다.

『다들 잘 지냈나. 지금까지 연락을 못해서 미안하네.』

"아뇨. 그것보다 몸은 괜찮으신가요?"

『음, 이제 괜찮다네. 걱정을 끼쳤군.』

우드먼은 빙긋 웃으면서 그렇게 말하더니, 안경을 고쳐 쓰며 말을 이었다.

『자, 실은 자네들과 즐겁게 잡담을 나누고 싶지만, 그럴 수도 없을 것 같군. ―사태는 파악했네. 물론 내 쪽에서도 〈라타토스크〉의 신형 장비를 최대한 제공할 생각이지만, 절대적인 「수적 열세」를 뒤집는 건 무리겠지. 정면대결을 벌였다간 결국 밀리고 말 걸세.』

"그건……."

시도는 말을 이으려다 입술을 꼭 깨물었다.

하지만 우드먼이 곧 말을 이었다.

『—하지만 DEM인더스트리는 아이작 웨스트코트의 카리스마와 엘렌 메이저스의 실행력에 지배되고 있는 조직이지. 거꾸로 말하자면 그 두 가지만 제거할 수 있다면, 위저드와 자동인형이 아무리 많더라도 문제가 되지 않을 걸세. 그의 조직은 지나칠 정도로 비대해졌거든. 지금은 전혀 단결이 되고 있지 않지. 그 두 사람만 사라진다면, 회사 내부에 존재하는 대항세력이 알아서 뒤처리를 해줄 거라네.』

"……아!"

시도는 우드먼의 말을 듣고 마른 침을 삼켰다.

하지만 그것이 얼마나 어려운 일인지 이해했다.

그것도 그럴 것이 상대는 인류 최강의 위저드, 그리고 마왕의 힘을 얻은 남자다. 게다가 후자는 〈밴더스내치〉와 〈니벨코르〉로부터 보호를 받고 있으니, 대면하는 것조차 어려울 것이다. 목표가 줄어들기는 했지만, 결국 적의 압도적인 병력을 어떻게든 해결해야만 한다는 사실에는 변함이 없었다.

하지만, 바로 그때—.

『그렇군요. 그렇다면 그것을 시험해 볼 가치가 있을지도 몰라요.』

스피커에서 흘러나온 마리아의 목소리가 브리핑 룸에 울려 퍼졌다.

"뭐……?"

"마리아? 『그것』이 대체 뭐야?"

코토리가 의아한 목소리로 묻자, 마리아는 잠시 뜸을 들이고 나서 대답했다.

『저도 확신을 가지고 있는 건 아니니, 너무 기대하지는 말아주세요. 어디까지나 가능성이 있을 뿐, 진짜로 실현이 가능할지는 아직 알 수 없어요.』

"뜸 좀 그만 들이고 말해줘. 대체 무슨 소리를 하는 거야?"

코토리는 짜증이 났는지 손가락으로 원탁을 두드리면서 그렇게 말했다.

그러자 마리아는 한숨을 내쉬는 듯한 소리를 낸 후, 이렇게 대답했다.

『어쩌면 〈니벨코르〉를 무력화시킬 수 있을지도 몰라요.』

"……읏?! 뭐—."

시도는 마리아의 말을 듣고 경악했다.

물론 시도만 그런 반응을 보인 건 아니었다. 정령과 승무원들 또한 경악을 금치 못하면서 눈을 치켜떴다.

하지만 그런 와중에도 표정에 변함이 없는 이가 딱 한 명 있었다.

"—마리아, 그게 정말이야?"

오리가미의 차분한 목소리가 동요한 다른 이들의 귀에 스며들었다. 그 말에 답하듯 스피커에서 마리아의 목소리가 흘러나왔다.

『예, 정말이에요. 「진짜로 실현가능한지 알 수 없다」는 점까지 포함해서 말이죠.』

“지금 상황에서는 그것만으로도 충분해. —만약 진짜로 그렇게만 된다면, 이길 수 있을지도 몰라.”

““““……뭐?””””

브리핑 룸 안에 있는 모든 이들의 시선이 오리가미를 향했다. 시도 또한 그녀를 쳐다보았다.

“오리가미? 방금 뭐라고 했어……?”

시도의 물음에 오리가미는 생각을 정리하듯 턱에 손을 대면서 말을 이었다.

“확실히 목표를 달성하는 건 쉽지 않을 거야. 하지만 마리아가 〈니벨코르〉를 무력화시키고, 내가 생각한 방법으로 〈밴더스내치〉에 대처한다면 충분히 가능성은 있어.”

“뭐……? 그게 무슨 소리야?!”

코토리는 경악으로 가득 찬 눈을 치켜뜨면서 물었다. 그러자 오리가미는 천천히 고개를 끄덕이면서 입을 열었다.

“〈밴더스내치〉는 DEM이 만든 새로운 병기야. 구상 자체는 예전부터 해왔지만, 그걸 실현시킬 정도의 성능을 지닌 리얼라이저가 존재하지 않았어.”

“……아! 그래요! 〈애시크로프트-β〉! 그 빌어먹을 정도로 성능이 뛰어난 리얼라이저 말이군요!”

마나가 오리가미의 말에 반응을 보였다. 그녀는 과장스럽게 손뼉을 치더니, 뭔가를 눈치챈 듯한 표정을 지으며 생각에 잠기듯 이마에 손을 댔다.

〈애시크로프트-β〉. 시도는 그 말을 전에도 들은 적이 있다. 그것은 DEM이 개발한 신형 리얼라이저의 명칭이다. 그것이 등장한 바람에 〈라타토스크〉와 DEM 사이에 존재하던 리얼라이저의 성능 차가 큰 폭으로 줄어들었다며 코토리가 투덜거린 적이 있었다.

하지만 오리가미와 마나가 무슨 이야기를 하는 건지는 짐작조차 할 수 없었다. 시도는 물음표로 머릿속을 가득 채우면서 고개를 갸웃거렸다.

“자, 잠깐만 있어봐. 그 리얼라이저가 어쨌다는 건데?”

“그래. 너희 둘만 납득하지 말고 설명을 해봐. 마리아도 마찬가지야. 대체 뭘 어떻게 하면 〈니벨코르〉를 무력화시킬 수 있는 건데?”

코토리가 당혹스러운 표정을 지으며 그렇게 묻자, 우드먼이 표시되어 있던 화면 구석에 떠 있던 『MARIA』라는 문자가 반짝였다.

『예. 지금부터 설명할게요. 〈니벨코르〉는 DEM의 기술력으로 조성된 유사 생명체로 추정돼요. 그리고 베이스가 된 건 다름 아닌 마왕 〈벨제붑〉의 영력이죠. 그렇다면—.』

“……윽! 스톱, 스톱! 잠깐만 기다려!”

마리아가 이야기의 요점을 말하려고 한 순간, 니아가 허둥지둥 끼어들었다.

"니아?"

『대체 왜 그러죠? 아무리 전생에 돼지였더라도 느닷없이 꿀꿀대지는 말아주세요.』

마리아는 담담한 어조로 독설을 입에 담았다.

하지만 니아는 충격을 받거나 짜증을 내지 않았다. 그녀는 진지한 표정을 유지한 채, 손가락을 좌우로 까딱거렸다.

"오리링과 마나티와 2차원(성인 게임) 히로인. 그 이야기는 이 자리에서 하지 않는 편이 좋지 않을까?"

"왜?"

"우리는 정보공유를 위해 모인 건데, 왜 그딴 소리를 지껄이는 거죠?"

『그것보다 마지막 호칭에 대한 설명을 요구하겠어요. 대답 여하에 따라서는 공중함 밖으로 내던져버릴 거예요.』

오리가미, 마나는 미심쩍은 표정을 지으며 니아를 응시했다. 참고로 화면에 표시된 『MARIA』라는 글자는 분노를 표시하듯 격렬하게 반짝이고 있었다.

니아는 그런 셋의 반응을 보며 어깨를 으쓱하더니, 장난스러운 말투로 이렇게 말했다.

"뭐, 나도 너희의 그 엄청난 작전이 어떤 건지 알고 싶긴 하거든? 하지만 지금 그 정보를 이 세상에서 가장 알고 싶어 하는 사람은 과연 누구일 것 같아?"

"……뭐?"

시도는 니아의 말을 듣고 고개를 갸웃거렸지만—.

“윽! 아…….”

곧 그 말의 의미를 깨닫고, 어깨를 부르르 떨었다.

오리가미를 비롯한 다른 이들도 거기까지 생각이 미쳤는지, 미간을 찌푸리거나 입을 꾹 다물었다.

그렇다. 이 자리에서 작전을 발표한다는 것은 웨스트코트가 〈벨제붑〉으로 그 정보를 검색할 수 있게 된다는 의미다.

다른 이들의 반응을 보고 자신의 의도가 전해졌다는 것을 눈치챈 니아는 과장스럽게 고개를 끄덕였다.

“다들 이해했나 보네. 물론 〈벨제붑〉에 재밍(jamming)을 해뒀으니 원하는 정보를 순식간에 찾아낼 수는 없겠지만, 그래도 위협적이라는 사실에는 변함이 없잖아? 〈벨제붑〉도 『미래의 일』과 『인간의 생각』만큼은 들여다볼 수 없어. 그러니까 단발 역전의 작전이 있다면, 전투가 시작되기 직전까지 아군에게도 알려선 안 돼.”

“““““…….”””””

니아는 가벼운 어조로 그렇게 말했지만, 다른 이들의 표정에서는 긴장감이 묻어났다.

그럴 만도 했다. 지금 이 광경조차도 적이 훔쳐보고 있을지도 모르는 것이다.

다들 머리로는 알고 있지만, 체감을 하지 못했다. 『작전회의에서 작전을 이야기해선 안 된다』라는 것은 본말전도이니 말이다.

하지만 니아는 그런 분위기를 날려버리려는 것처럼 가벼운 어조로 말을 이었다.

"뭐, 그건 쉬운 일이 아니니까 어쩔 수 없어. —그래도 어디 사는 우수한 AI님께서 미리 파악해서 적절하게 대응해 줬으면 했는데 말이야~."

니아는 평소에 당한 걸 복수하려는 듯이 비아냥거리는 말투로 그렇게 말했다.

『…….』

그러자 마리아는 한동안 침묵에 잠긴 후, 하아 하고 크게 한숨을 내쉬는 듯한 소리를 냈다.

『……분하지만 그 말이 맞아요. 니아, 고마워요.』

"아하하~! 알았으면 됐어! 솔직함은 미덕이잖아, 스탠딩 CG(엑스트라)도 없는 아가씨~."

『……저기, 니아. 테이블 위에 있는 콘솔에 손을 대보지 않겠어요?』

"응? 이렇게 말이야~?"

니아는 마리아의 말을 듣고 콘솔에 손을 댔다.

그러자 다음 순간, 불똥이 튀면서 파지직 하는 소리가 나더니 니아가 만화의 한 장면처럼 펄쩍 뛰었다.

"끄악?!"

아무래도 마리아가 콘솔을 통해 니아를 감전시킨 것 같았다. 니아는 울먹거리면서 왼손을 향해 입김을 불어댔다.

"뭐, 뭐하는 거야~?! 실수를 지적해 준 사람한테 이러기야?! 진짜 어른스럽지 못하네~!"

『무슨 소리를 하는 거죠? 저는 방금 일에 대해서는 솔직하게 반성했고, 니아에게도 경의를 표했어요. 방금 감전은 저를 폭언에 가까운 호칭으로 부른 것에 대한 복수예요.』

"우와~! 억지다~! 완전 억지쟁이네~!"

니아가 불만을 호소하듯 그렇게 외쳤지만, 마리아는 들은 척도 하지 않았다. 모니터 화면에는 여섯 개의 알파벳 문자만이 표시되어 있지만, 왠지 삐친 것처럼 고개를 획 돌리는 소녀의 모습이 보인 것 같은 느낌이 들었다.

"—아무튼 작전에 관해서는 니아가 말한 대로 하자."

코토리는 한숨을 내쉬면서 어깨를 으쓱한 후, 그렇게 말했다.

"이 자리에서 그 작전에 대해 상세하게 이야기를 했다간, 적이 미리 알고 대처할 가능성이 있어. 오리가미, 마나. 〈밴더스내치〉에 대한 대처는 너희에게 맡길게. 미안하지만, 각자가 작전을 짜봐. 마리아의 〈니벨코르〉 대비책을 포함해, 전투 직전에 정보를 공유하자."

"알았어."

"뭐…… 어쩔 수 없겠네요."

오리가미와 마나는 알았다는 듯이 고개를 끄덕였다. 코토리는 그런 두 사람을 쳐다보며 마주 고개를 끄덕인 후, 화면에 표시된 우드먼을 쳐다보았다.

"—우드먼 경. 이대로 진행해도 될까요?"

『그래. 다들 차분하게 대처해줘서 고맙네. 나 또한 최선을 다하도록 하지. 기대해주게. 자네들에게 미리 말을 해주지 못하는 게 정말 아쉽군.』

우드먼은 농담을 하는 듯한 투로 그렇게 말했다. 그러자 코토리를 비롯해 이 자리에 있는 모든 이들의 표정이 약간 부드러워졌다.

◇

"—변명할 말이 있다면 어디 늘어놔 보시죠."

쿠루미는 단총(短銃)의 총구로 자신의 분신을 겨누고, 차가운 목소리로 그렇게 말했다.

"어머, 어머. 무슨 소리를 하는 건지 모르겠군요."

총구가 자신을 향하자, 분신은 그렇게 말하면서 시선을 피했다. 분신이 노골적으로 시치미를 떼자, 쿠루미의 이마에 혈관이 불거져 나왔다.

현재 쿠루미가 총으로 겨누고 있는 분신은 그녀와 완벽하게 똑같은 외형을 지니지는 않았다.

얼굴과 몸은 똑같지만, 몸에 걸친 옷과 머리 모양이 쿠루미와 달랐던 것이다.

고스로리 스타일의 드레스와 장미 모양 머리장식을 착용했으며, 왼쪽 눈은 안대로 가리고 있었다. 쿠루미가 생각하기에도 여러모로 문제가 많았던, 5년 전 쿠루미의 모습을 하고 있는 분신이었다.

애초부터 행동에 문제가 많았던 개체지만, 아직 질리지 않은 건지 독단행동을 취한 것 같았다. 쿠루미는 언성을 높이면서 그 개체의 이마에 총구를 댔다.

"시치미를 떼지 마세요. 다른 『저』에게서 이미 보고를 받았어요. 시도 씨와 코토리 양에게 DEM이 습격을 할 거라는 사실을 알렸다면서요?"

"다른 『제』가 저를 감시하고 있었던 건가요? 저는 전혀 신뢰받지 못하고 있었던 거군요. 정말 슬퍼요. 눈물이 날 것만 같아요."

"『저』의 그 거짓 눈물이 저한테 통할 거라고 생각하지는 마세요."

쿠루미가 도끼눈을 뜨면서 그렇게 말하자, 안대를 찬 쿠루미가 「그것도 그렇군요」 하고 혀를 쏙 내밀었다. 그런 행동이 쿠루미를 더욱 신경질적으로 만들었다.

안대를 찬 쿠루미는 그걸 눈치채지 못했는지, 태연한 어조로 말을 이었다.

"하지만 저의 행동에는 아무런 문제도 없을 텐데요?

DEM의 계획을 시도 씨 일행에게 알린 게 그렇게 문제가 되나요?"

"……그건 나중에 다른 분신을 통해 알릴 생각이었어요. 자신이 표적이 되었다는 걸 자각하는 것도 중요하니까요."

쿠루미가 그렇게 말하자, 안대를 착용한 쿠루미는 그럴 줄 알았다는 듯이 밝은 표정을 지었다.

하지만 쿠루미는 안대를 찬 쿠루미에게 총을 겨눈 채 날카로운 눈길로 상대를 노려보며 말을 이었다.

"하지만, 그건 어디까지나 시도 씨 일행에게 피난을 촉구하기 위해서였어요. 목숨을 위협받고 있는 분을 부추겨서, 전장에 나서게 하면 어쩌자는 거죠?! 게다가 괜한 소리까지 하다니……!"

"으음~, 뭐가 괜한 소리라는 거죠~?"

"그, 그건……."

"그리고 그 어떤 식으로 전하더라도, 시도 씨와 코토리 씨는 같은 행동을 취했을 거랍니다. 아니면『저』는 말 한 마디로 시도 씨가 순순히 피난하게 만들 자신이 있는 건가요?"

"……으음."

안대를 찬 쿠루미가 그렇게 말하자, 쿠루미는 입을 다물었다.

분하지만 그녀의 말이 옳았다. 자신의 안전 같은 것은 신경 쓰지 않는 이츠카 시도가 쿠루미가 뭘 하려는지 알게 된다면, 어떤 식으로 그걸 전하든 그는 절대 도망치지 않을 것이다.

안대를 찬 쿠루미도 쿠루미가 거기까지 생각이 미쳤다는 걸 알았는지, 아하하 하고 웃었다. 그 웃음이 쿠루미의 화를 더욱 치밀게 했다.

"……그건 그거, 이건 이거예요. 당신이 제 지시에 따르지 않고 멋대로 행동한 것은 사실이니까요. 질서가 흐트러진 집단은 결국 파멸을 맞이하게 되죠. ─당신의 죄는 죽음을 통해 갚아줘야겠어요."

쿠루미의 말에 안대를 찬 쿠루미는 딱히 놀라지도 않은 듯한 말투로 「예, 예」 하고 말하며 고개를 끄덕였다.

쿠루미 또한 그녀가 이런 반응을 보일 거라고 예상하고 있었다. 안대를 찬 쿠루미가 죽음을 각오하고 그런 행동을 취한 것 같다고, 그녀를 감시하던 다른 분신이 보고했던 것이다.

"어쩔 수 없죠. ─참, 그래도 죽기 전에 시도 씨의 메시지를 전해드리고 싶군요."

"……."

쿠루미가 입을 다문 채 귀를 기울이자, 안대를 찬 쿠루미는 빙긋 웃으면서 말을 이었다.

"─I love you. 결혼해줘, 마이 허니."

"『마이 허니』 말고는 전부 지어낸 거잖아요!"

쿠루미가 고함을 지르자, 안대를 찬 쿠루미는 웃음을 터뜨렸다.

"우후후, 역시 다른 분신에게서 들었나 보군요."

"……윽!"

쿠루미는 아뿔싸 하며 얼굴을 붉혔다. 하지만 이미 늦었다. 안대를 찬 쿠루미는 전부 이해한다는 듯이 상냥한 미소를 짓고 있었다.

"그럼 제가 할 일은 이제 없는 거군요. —이제 그만 보내주세요."

안대를 찬 쿠루미는 그렇게 말하며 눈을 감았다. 그런 그녀의 얼굴은 만족감으로 가득 차 있었기에, 쿠루미는 짜증이 치솟았다.

"흥—."

쿠루미는 눈을 가늘게 뜨더니, 주저 없이 방아쇠를 당겼다.

—그 순간, 그림자 탄환이 안대를 찬 쿠루미의 볼을 스치며 날아갔다.

"……어머, 어머?"

안대를 찬 쿠루미는 일부러 빗맞혔다는 것을 눈치챘는지, 눈을 깜빡이면서 의아하다는 듯이 쿠루미를 쳐다보았다.

쿠루미는 거북하다는 듯이 고개를 숙인 후, 흥 하고 한숨을 내쉬면서 말을 이었다.

"저는 이 심각한 상황에서 병력을 줄일 정도로 바보는 아니랍니다. ―어차피 앞날이 없는 목숨. 당신도 『저』 나부랭이라면, 한 번쯤은 도움이 되고 전장에서 죽으세요."

쿠루미는 그렇게 말한 후, 자리를 벗어났다.

"……예, 알았어요―『저』."

등 뒤에서 들려오는 전형적인, 그리고 결의에 찬 목소리를 들으며…….

제3장 최후의 휴식

"……."

소녀는 아무 말 없이 손에 든 책의 지면을 쳐다보았다.

그리고 순식간에 거기에 적힌 문자를 해독하더니, 겨우 몇 초 만에 페이지를 넘겼다.

소녀가 손에 든 것은 역사 자료집이라는 서적인 것 같았다. 그 책에는 이 세계가 구성되기까지의 이력이 정리되어 있었다.

아무래도 학습을 위해 편찬된 서적 같으며, 문장이 전체적으로 평이했기 때문에 이해하기 쉬웠다. 아까 읽은 소설이란 책은 원래라면 말 한 마디로 끝마칠 수 있는 일을 일부러 난해한 표현을 사용하며 빙빙 둘러서 표현하고 있었기 때문에, 이해하는 데 약간 시간이 걸렸다.

하지만 그것이 인간의 세밀한 심정일 것이다. 소녀는 눈을 가늘게 뜨면서, 고막을 흔들고 있는 음성의 변화를 감지했다.

지금 소녀의 주위에는 텔레비전과 라디오, 카세트 플레이어 같은 전자기기가 즐비하게 놓여 있었으며, 그것들 하나하나가 음성을 자아내고 있었다. 뉴스, 연극, 중계, 만담, 음악— 다양한 형태를 지닌 소리가 뒤엉킨 채 소녀의 뇌에 스며들어 갔다.

"……휴우."

얼마나 그러고 있었을까. 소녀는 마지막 책을 덮고 작게 한숨을 내쉬었다.

"……응. 언어 체계는 얼추 파악했어."

소녀는 주위를 시끌벅적하게 만드는 텔레비전과 라디오를 끄면서 그렇게 말했다.

""…….""

그러자, 소녀의 맞은편에 앉아있던 소년과 소년의 여동생 — 이름은 마나인 것 같다 — 이 아연실색한 표정으로 소녀를 쳐다보고 있었다.

"……응? 왜 그래?"

"아, 아니, 그게 말이야……."

"어제까지만 해도 『아……』, 『으으……』 같은 소리만 내던 애가 이렇게 유창하게 말을 지껄여대는데, 놀라는 게 당연하잖아요."

소년과 마나는 그렇게 말하더니, 식은땀을 흘리면서 미간을 찌푸렸다.

"문자 및 음성 정보를 충분히 확보하면, 그것들의 공통요소를 통해 언어체계를 유추하는 게 가능해. 물론, 추측이 꽤 섞여 있기 때문에 세세한 부분이 틀렸을 가능성은 있어."

"그래도 아직까지는 완벽 그 자체네요."

"응. 마나보다 일본어를 올바르게 쓰고 있는 거 아냐?"

"오라버니는 이제부터 한동안『아……』,『으으……』같은 말밖에 못하게 되어버릴 테니까, 적어도 오라버니보다는 낫겠죠."

마나는 빙긋 웃으면서 죽도 가방을 향해 손을 뻗었다. 그러자 소녀은 허둥지둥 그런 그녀를 말렸다.

"자, 잠깐만! 진정해. 나는 개성적인 네가 좋다고."

"알면 됐어요."

마나가 흥 하고 코웃음을 치면서 팔짱을 끼자, 소녀은 가슴을 쓸어내렸다.

바로 그때, 마나는 뭔가를 떠올린 것처럼 소녀를 쳐다보았다.

"—맞다. 말이 통하게 됐으니까 뭐 좀 물어볼게요."

"……응? 뭔데?"

"당신의 정체는 대체 뭐죠? 당신이 지닌 능력은 범상치가 않아요. 오라버니의 말에 따르면 당신은 그 대폭발이 일어난 곳에 있었다던데, 혹시 당신이 그 폭발을 일으킨 건가요?"

마나는 날카로운 시선으로 소녀를 쳐다보며 그렇게 말했다.

하지만 그것도 무리는 아니었다. 텔레비전 뉴스에서는 어제 관동에서 일어난 대재해에 대해서 계속 보도되고 있었다. 그 대재해가 벌어진 현장에 있었던 이가 눈앞에 있으니, 신경이 쓰이는 것도 무리는 아니었다.

하지만…… 소녀는 잠시 동안 망설인 후, 고개를 저었다.

"……미안해. 모르겠어."

소녀는 솔직하게 대답했다.

사실 소녀 또한 뭐가 어떻게 된 것인지 알지 못했다. 자신이 무엇인지, 왜 그런 곳에 있었는지도 말이다.

"흠……. 거짓말을 하는 것 같지는 않네요."

"그럼 아는 것만 말해주지 않겠어? 저기, 그러니까, 너에 대해— 알고 싶어."

소년은 상냥한 목소리로 그렇게 말했다. 어찌된 영문인지, 마나가 그런 소년을 힐끔 쳐다보면서 고개를 절레절레 저었다.

"아는 것……."

소녀는 기억을 뒤지듯 눈을 살짝 내리깔더니, 머릿속에 떠오른 단편적인 광경을 방금 익힌 언어로 표현하기 시작했다.

"기억하는 건…… 허허벌판. 그곳에…… 세 명의 인간이 있었어. 젊은 남자 두 명과, 소녀 한 명이었지. 그때는 무슨 말을 하는 건지 몰랐는데— 아마 그건 영어라고 하는 언어였던 것 같아."

"세 명의 인간……?"

"허허벌판…… 만약 폭발과 관련이 있다면, 유라시아 대공재(大空災)를 말하는 걸까요? 아니, 그렇다면 인간이 있을 리가……."

"몰라. 모은다, 만든다…… 창조한다? 그런 의미의 말이 들린 것 같아. 그리고…… 윽—!"

소녀는 가벼운 두통을 느끼며 이마에 손을 댔다.

소년은 걱정스러운 표정을 지으며 소녀를 쳐다보았다.

"괘, 괜찮은 거야? 무리는 하지 마."

"괜찮아. 좀 욱신거리는 것뿐이야."

소녀의 대답에 소년은 안도한 것처럼 한숨을 내쉬었다.

그 광경을 본 마나는 머리를 긁적였다.

"뭐…… 생각이 나지 않는다면 어쩔 수가 없죠. 그 이야기는 나중에 다시 해요."

마나는 앞 머리카락을 쓸어 올리더니, 소녀를 향해 날카로운 시선을 보냈다.

"—자, 이제 말이 통하는 것 같으니, 당신에 대한 나의 감상을 밝혀 버리도록 할까요."

"감상……?"

"예. 까놓고 말해 수상한 구석이 너무 많아요. 지금 바로 경찰에 연락해서 넘겨버리는 게 가장 좋을 것 같다는 생각이 들 정도죠."

"마나……."

소년은 난처한 표정을 지으며 마나를 쳐다보았다.

마나는 하아 하고 한숨을 내쉰 후, 말을 이었다.

"……하지만 정확하게 말하자면, 생각이 들어버렸다, 예요. 순식간에 의복을 만들어 내거나, 모르는 언어를 금방 습득하는 것만 봐도…… 평범한 인간이 아닌 건 틀림없잖아요? 만약 이대로 쫓아내 버렸다간 당신이 연구기관의 실험체가 될 가능성도 있죠. 솔직히 그건 좀 그렇다고요."

마나는「뭐」하고 어깨를 으쓱했다.

"아무튼 한동안은 당신을 이대로 지켜볼까 해요. 다행인지 불행인지 아버님과 어머님은 집을 비워 버려서, 방도 남아도니까요."

마나가 팔짱을 끼면서 그렇게 말하자, 소년의 얼굴이 환해졌다.

"……."

잠시 후, 소녀 또한 방금 들은 정보를 이해했다.

정확하게 말하자면 방금 그 말의 의미는 바로 이해했지만, 그들이 어떤 의도에서 그런 말을 한 것인지 이해하는 데 약간 시간이 걸리고 말았다.

아무래도 그들은 자신을 이곳에 머물게 할 생각인 것 같았다.

"왜……?"

"으음…… 이유를 물어보는 거예요? 지금은 그냥 확 오케이하고 재껴버릴 상황 아니에요? 보아하니 어차피 갈 곳도 없죠?"

"그건, 그런데……."

"그럼 됐잖아요. 당신…… 으음……."

바로 그때, 마나는 난처하다는 듯이 볼을 긁적였다.

"그러고 보니, 이름을 모르네요. 당신, 이름 같은 게 있나요?"

"이름……."

이름. 명칭. 사물을 구별하기 위한 기호. 그러고 보니, 자신에게는 그런 게 존재하지 않았다.

소녀가 대답을 하지 못하자, 마나는 그럴 줄 알았다는 듯이 어깨를 으쓱했다.

"난처하게 됐네요. 계속 『당신』이라고 불러댈 수도 없으니까요. 뭔가—."

"—미오."

바로 그때였다.

마나의 말을 끊듯, 소년이 그런 말을 입에 담았다.

"어?"

"……응?"

마나와 소녀는 눈을 동그랗게 뜨면서 소년을 쳐다보았다. 소년은 두 사람이 그런 반응을 보일 줄 몰랐던 건지, 약간 거북해 하면서 볼을 긁적였다.

"어라? 이상한 거야? 괜찮은 이름이라고 생각하는데……."

"아, 이상한 건 아니에요. 오히려 오라버니의 비정상적인 네이밍 센스를 고려한다면 엄청 좋은 이름이라고 생각해요."

"으으……."

소년은 마나의 신랄한 말을 듣고 식은땀을 흘렸다. 하지만 마나는 개의치 않으면서 말을 이었다.

"혹시 유래 같은 게 있나요? 만화 속 히로인의 이름이라든가, 머릿속 연인에게 붙인 이름 같은 거라면 완전 질색인데 말이죠."

"아, 그런 건 아냐. 우리가 만난 건 30일이었잖아? 그래서, 미오[#2]……라고 지어봤어."

"……으, 음……?"

마나는 복잡한 표정을 지으며 미간을 살짝 찌푸렸다. 좀 안이하기는 하지만 이름 자체는 나쁘지 않기에 부정하기 좀 그렇다는 듯한 표정이었다.

"뭐, 뭐어, 일단 본인의 의견을 들어봐야겠지만 말이야. — 저기, 어때?"

"어—?"

소년이 그렇게 말하자, 소녀는 눈을 동그랗게 떴다.

그제야 소녀는 그가 자신의 이름을 지어줬다는 사실을 실감했다.

#2 미오 일본에서는 「3」을 「미(み)」라고 읽기도 하며, 「0」은 영어 알파벳 「O」, 즉, 「오」로 발음한 것이다.

"뭐, 만약 여기서 살 거라면 우리 친척으로 해두는 편이 대외적으로 성가신 일이 없을 테죠. 그러니까 풀 네임은 『타카미야 미오』인 게 되어버리네요."

"타카미야 미오……."

소녀는 그 말을— 자신의 이름을, 읊조렸다.

문자로는 겨우 여섯 문자.

발음 또한 겨우 여섯 글자.

짧디 짧은 문자열에 불과했다.

하지만 어째서일까. 그 말을 입에 담은 순간, 소녀는 자신의 가슴 속에 따뜻한 무언가가 퍼져나가는 것을 느꼈다.

그리고 그와 동시에— 볼을 타고 무언가가 흘러내리는 감촉을 느꼈다.

"앗!"

"어……?!"

소년과 소녀는 깜짝 놀란 표정을 지었다.

"……응?"

소녀는 고개를 갸웃거렸지만, 곧 그 이유를 눈치챘다.

자신의 눈에서 체액이 흘러나오고 있었던 것이다.

방금 습득한 언어로 표현하자면, 그것은 눈물이라 불리는 액체였다.

"어…… 이상하네. 어째서……."

소녀는 여분의 체액이 흘러나오는 걸 막기 위해 눈가를

눌렀지만, 눈물은 하염없이 흘러나왔다.

"으, 아, 아아……."

그리고 그와 동시에 심장이 옥죄어드는 듯한 감각을 느낀 소녀는 몸을 앞쪽으로 숙이며 웅크렸다.

"오라버니."

"……그래."

그 모습을 본 마나와 소년이 옅은 미소를 짓더니, 소녀의 옆에 앉아서 그녀의 등을 상냥하게 쓰다듬어줬다.

그 기분 좋은 감촉을 느끼면서, 소녀— 타카미야 미오는 잠시 동안, 눈물을 흘렸다.

◇

〈프락시너스〉에서 작전회의가 열린 날로부터 이틀 후.

오리가미는 마나를 데리고 텐구시 외곽에 위치한 육상자위대 주둔지로 향했다.

"이야…… 이곳에 온 것도 진짜 오랜만이네요."

마나는 기나긴 펜스를 올려다보면서 감개무량한 목소리로 그렇게 말했다. 오리가미는 살며시 고개를 끄덕인 후, 스마트폰으로 현재 시간을 확인하면서 천천히 걸음을 옮겼다.

오리가미와 마나는 예전에 이 텐구 주둔지 자위대에 소속된 상사와 소위였다.

물론 연령상으로는 고등학생과 중학생인 두 사람이 자위대에 들어갈 수 있을 리가 없다.

하지만 『위저드』라는 조건이 더해진다면 이야기가 달라지는 것이다.

—대외적으로는 존재 자체가 은닉되고 있는 대(對) 정령부대, 통칭 AST.

세계를 죽이는 재앙이라 불리는 존재, 정령을 타도하기 위해 조직된 그 부대의 전투요원은 외과수술을 통해 뇌에 전자부품을 심어서 리얼라이저를 운용할 수 있게 된 인간—위저드다.

하지만 제아무리 가혹한 수련을 하더라도, 제아무리 고성능 기계를 심더라도, 적성을 지니지 못한 자는 리얼라이저를 운용할 수 없다.

위저드의 재능을 지녔으며, 또한 가혹한 임무에 종사할 의지를 지닌 자의 숫자는 결코 많지 않다. 그래서 오리가미와 마나 같은 미성년자도 대원으로 삼을 수밖에 없는 것이다.

뭐, 마나는 AST의 정식 대원이 아니라 DEM인더스트리에서 파견한 대원이었지만 말이다.

펜스를 따라 걷고 있던 마나가 갑자기 입을 열었다.

"하지만 오리가미 씨."

"새언니라고 불러도 돼."

"……**오리가미 씨**는 이미 제대해버렸고, 마나는 배신이나 다름없는 형태로 DEM에서 빠져나왔어요. 그런 우리가 찾아간다고 안으로 들여보내줄까요?"

마나는 오리가미의 말에 어찌된 영문인지 호칭 부분을 강조하는 듯한 어조로 의문을 입에 담았다. 뭐, 옛날의 『토비이치 상사』보다는 나을 것이다. 그래도 오리가미는 약간 아쉬워하면서 대답했다.

"그런 걱정이라면 할 필요 없어. —곧 약속 장소에 도착해."

"약속?"

오리가미의 대답에 마나는 의아하다는 듯이 고개를 갸웃거렸다.

바로 그때, 마치 타이밍을 맞추기라도 한 것처럼 펜스 너머에서 희미한 목소리가 들려왔다.

"—오리가미 씨, 마나 씨. 여기예요."

"어?"

마나는 느닷없이 자신을 부르는 목소리를 듣고 고개를 돌렸다. 오리가미 또한 목소리가 들려온 곳을 쳐다보았다.

그러자 펜스 너머의 수풀 안에서 아담한 체구를 지닌 두 소녀가 고개를 쏙 내밀고 있는 광경이 눈에 들어왔다.

한 사람은 양쪽 머리카락을 올려 묶은 소녀였고, 다른 한 사람은 금발과 안경이 인상적인 혼혈 소녀였다.

그녀들은 AST 대원인 오카미네 미키에 일병과 AST의 정비사인 밀드레드 F 후지무라 중사, 통칭 밀리였다. 두 사람

모두 오리가미의 옛 동료다.

"오카미네 일병과 후지무라 중사? 이런 데서 뭘 하는 거죠?"

마나가 묻자, 미키에는 살며시 고개를 끄덕이면서 근처에 있는 출입구를 손가락으로 가리켰다. 보통 저런 출입구는 잠겨있기 마련이지만―.

"밀리 씨에게 문을 열어달라고 했어요. 지금은 보는 사람이 없으니까 몰래 들어오세요."

"흐흥~, 저런 고전적인 실린더 잠금장치를 여는 건 CR-유닛 정비사에게 있어 식은 죽 먹기나 다름없어요~."

"……그건 쉬운 일이 아닌데다, 죄책감을 어마어마하게 느껴야 정상일 것 같거든요?"

밀리가 잘난 척하는 듯한 어조로 그렇게 말하자, 마나는 도끼눈을 뜨면서 대꾸했다.

하지만 마나도 저 두 사람을 보고 아까 오리가미가 한 말의 의미를 이해한 것 같았다.

"아하…… 그럼 별 문제없이 들어갈 수 있겠네요."

"그래."

오리가미는 짤막하게 대답한 후, 주위에 보는 이가 없는지 확인하면서 문을 약간만 열고 그 문틈으로 몸을 밀어 넣었다. 마나는 오리가미의 그 재빠른 동작을 보면서 휘파람을 불더니 그녀의 뒤를 따르며 문을 통과했다.

하지만 아직 방심할 수 없다. 기지 안의 상황을 살피며 몰래 이동하던 그녀들은 곧 AST의 병영(兵營)에 도착했다.

여기까지 오면 일반 자위대 대원에게 발각될 걱정을 할 필요는 거의 없다. 오리가미 일행은 그제야 작게 한숨을 내쉬었다.

"오리가미 씨, 오랜만이에요. 연말에 코믹콜로세움에서 만난 후로 처음 뵙는 거죠?"

"오랜만이야. 그때는 고마웠어."

"……."

오리가미가 짤막하게 대답하자, 미키에는 복잡한 표정을 지으며 식은땀을 흘렸다.

"왜 그래?"

"아…… 역시, 오리가미 씨의 분위기가 좀 달라진 것 같아서요……."

미키에는 그렇게 말하면서 쓴웃음을 지었다.

뭐, 그럴 만도 했다. 이 세계는 시도에 의해 『수정』되었으니 말이다. 미키에의 기억 속에 존재하는 오리가미와, 두 오리가미가 합쳐진 지금의 오리가미는 인상이 다르더라도 무리는 아니었다.

"역시…… 저기, 애인이 생기면, 달라지는 건가요?"

"응. 나는 몸도, 마음도 그에게 물들고 말았어."

오리가미는 미키에의 말에 주저 없이 그렇게 대답했다. 그러자 미키에는 충격을 받은 표정을 지었다.

참고로 옆에 있던 마나는 도끼눈을 뜨며 오리가미를 쳐다보고 있었다. 하지만 오리가미는 마나가 저러는 이유를 알지 못했다. ……새언니에게 어리광을 부리고 싶은 걸까?

“그것보다…….”

“아, 예……. 이쪽이에요.”

오리가미가 재촉을 하자, 미키에는 정신을 바짝 차리려는 것처럼 고개를 저은 후 오리가미와 마나를 어딘가로 안내하듯 앞장 서기 시작했다.

그런 미키에의 뒤를 따르며 오랜만에 방문한 건물 안으로 들어간 그녀들은 곧 어느 방의 문 앞에 도착했다. 미키에는 가볍게 헛기침을 한 후, 노크를 했다.

“대장님, 오카미네입니다.”

『들어와.』

미키에의 말에 누군가가 바로 대답했다. 미키에는 오리가미 쪽을 힐끔 쳐다본 후, 살며시 고개를 끄덕이며 문을 열었다.

“—오랜만이야, 오리가미. 여기서 너와 다시 만나게 될 거라고는 생각도 못했어.”

오리가미와 마나가 방 안으로 들어서자, 문 쪽을 향해 놓인 의자에 앉아있던 여성이 그렇게 말했다.

나이는 20대 후반 정도로 보이며, 육군 자위대 작업복 밖으로 드러난 팔과 목덜미에는 탄력적인 근육이 존재했다.

—쿠사카베 료코 대위. 오리가미와 마나의 옛 상관이자, AST의 대장이었다.

그리고 이 방에는 료코만 있는 게 아니었다. 료코의 좌우, 그리고 뒤편에는 눈에 익은 이들이 있었다. 다들 오리가미의 옛 동료였다. 그녀와 함께 전장에서 싸웠던 AST의 위저드들인 것이다.

그녀들은 오리가미와 마나를 보고도 딱히 놀라지 않았다. 애초에 그녀들에게 이렇게 모여 달라고 부탁을 한 사람은 다름 아닌 오리가미인 것이다.

"그런데, 대체 무슨 일로 이렇게 우리를 일부러 찾아온 거야? 그것도 지명수배 중인 마나까지 데리고 말이야."

"어? 지명수배?"

마나는 료코의 말을 듣고 눈을 동그랗게 떴다. 료코는 몰랐느냐고 묻는 것처럼 고개를 갸웃거렸다.

"공개적으로 지명수배가 된 건 아니지만, DEM에서 연락이 왔어. 전직 아뎁투스 넘버인 마나 타카미야가 전투 도중에 탈주했으며, 그 후로 DEM의 활동을 방해하고 있다던데? 그리고 너를 잡아 온 사람한테는 100만 달러를 주겠대."

"우와, 마나도 드디어 현상범이 되어 버린 건가요? —그럼, 어디 한 번 잡아볼래요?"

마나가 그렇게 말하자 료코는 코웃음을 쳤다.

"공교롭게도 가능한 한 부하와 장비의 피해를 줄이는 것도 내 업무의 일환이거든."

"아하하. 대장님의 그런 면은 완전 마음에 든다니까요."

마나의 웃음에 료코는 한숨을 내쉬면서 오리가미를 향해 고개를 돌렸다.

"우리도 바쁘니까 바로 본론으로 들어가자. 옛정을 생각해서 이렇게 모여주기는 했지만, 그다지 유쾌하지 않은 이야기는 듣고 싶지 않거든?"

"그렇다면 미안해. 그래도 들어줘."

오리가미의 말에 료코를 비롯한 AST 멤버들이 한숨을 내쉬었다.

"……뭐, 좋아. 말해봐."

료코는 체념한 것처럼 어깨를 으쓱하며 물었다. 그러자 오리가미는 고개를 끄덕이며 말을 이었다.

"DEM이 AST에 출동 요청을 하지 않았어?"

"뭐? 느닷없이 무슨 소리를 하는 거야? DEM에서 출동 요청……?"

료코는 그렇게 되물으며 부하를 힐끔 쳐다보았다. 그러자 그 시선을 받은 부하도 아는 게 없다는 듯이 고개를 가로저었다.

아무래도 아직 요청은 들어오지 않은 것 같았다. 오리가미는 료코의 얼굴을 응시하면서 말을 이었다.

"—2월 20일. 아마 텐구시 주변에서 대규모 전투가 벌어질 거야. 그때, DEM이 AST에도 출동 요청을 할 가능성이 있어. 하지만 그 요청을 무시해줬으면 해."

그렇다.

오리가미와 마나가 결전 직전의 귀중한 시간을 할애해 이곳을 찾은 이유는 바로 이것이다.

DEM은 자신이 보유한 모든 위저드 병력— 〈밴더스내치〉, 〈니벨코르〉, 그 전부를 동원해서 시도의 목숨을 앗아가려 할 것이다. 그렇다면 AST에 협력을 요청할 가능성도 충분히 있다.

물론 직접적으로 싸운다면 정령들이 그녀들에게 당할 리가 없다. 하지만 그녀들은 DEM의 자동인형과 달리, 순수하게 국가를, 국민을 지키기 위해 싸우고 있는 용사들이다. 정령들도 그들을 상대할 때는 주저하게 될지도 모르며, DEM도 그걸 노리고 AST 멤버들을 방패로 쓸 것이다. 가능하다면 그런 우려의 싹을 미연에 제거하고 싶었다.

"……뭐?"

료코, 그리고 이곳에 있는 AST 대원 전원이 오리가미의 말을 듣고 눈을 동그랗게 떴다.

"전투? 대체 누가 싸우는데?"

"DEM과 〈라타토스크〉. 그리고 어쩌면 〈나이트메어〉 토키사키 쿠루미도 참전할지도 몰라."

"자, 잠깐만 있어봐. 너 지금 무슨 소리를—."

"내 말을 들어봐."

오리가미는 료코의 말을 끊고 현재 상황을 간략하게 설명하기 시작했다.

DEM의 목적, 정령이라는 존재, 그리고 정령에 관여하고 있는 〈라타토스크〉라는 조직에 대해서도 말이다.

물론 〈라타토스크〉의 존재를 밝히는 것에 대해서는 코토리에게 허락을 받았다. 일부러 밝히지 않은 정보가 있긴 하지만, 가능한 한 거짓말을 하고 싶지 않았다.

아무리 교묘하게 말을 맞추더라도, 거짓말은 불신감을 부르며 진실의 가치를 떨어뜨리기 때문이다.

설령 백 개의 말 중에서 단 한 개만이 거짓일지라도, 상대는 그 거짓말을 듣고 다른 것도 거짓말일지도 모른다는 의심을 하게 된다. 지금처럼 상대방이 자신의 말을 믿어주기를 바라는 상황에서, 그것은 치명적인 실책이 될 수도 있는 것이다.

"……그렇게 된 거야."

""""……""""

오리가미가 자초지종을 설명하자, 이 자리에 있는 AST 멤버들이 다양한 반응을 보였다.

경악을 금치 못하며 눈을 치켜뜬 자, 이마를 짚은 채 생각에 잠긴 자, 미심쩍다는 듯이 눈썹을 찌푸린 자…… 각양각색의 반응을 보이고 있지만, 공통점이 있었다. 그것은 바로 느닷없이 이런 이야기를 듣고 당혹스러워하고 있다는 점이다.

하지만 그것도 무리는 아닐 것이다. 오리가미도 AST에 소속되어 있던 시절에 이런 이야기를 들었다면 저들과 같은 반응을 보였을 것이다.

"……그게 대체, 무슨 소리야?"

어느 정도 시간이 흐른 후, 료코가 무거운 어조로 입을 열었다.

"정령을 보호하는 비밀조직? 황당무계한 소리잖아. 그런 헛소리를 믿고, DEM의 협력 요청을 무시하라는 거야?"

"어라? 대장님. 협력 요청이 들어올 거라는 부분은 믿어주는 건가요?"

"……말꼬리 잡지 마."

료코는 마나를 노려보았다. 그러자 마나는 「어이쿠, 죄송하네요」라고 말했지만, 딱히 미안해하지는 않는 것처럼 어깨를 으쓱했다.

"너희도 알고 있겠지만, DEM의 요청을 거절한다는 건 상부의 명령을 무시한다는 것과 같은 뜻이야. 우리한테 직장을 잃을 뿐만 아니라 감방 생활도 하라는 소리니?"

"그 전에 전원이 AST를 사직해도 돼. 너희의 재취업은 〈라타토스크〉가 도와주기로 이미 이야기가 되어 있어."

"너 말이야……."

료코는 머리를 긁적이다가 이내 땅이 꺼져라 한숨을 내쉬었다.

“명령에 따를지 말지를 떠나서…… 정령을 공격하지 말라는 게 무슨 소리야? 그 녀석들은 공간진을 일으키는 인류의 천적이잖아? 우리는 그 녀석들로부터 사람들을 지키기 위해…….”

“정령이 파괴의지만을 지닌 생물이라는 정보 자체가 DEM의 흑색선전이야. 우리는 처음부터 DEM의 손바닥 위에서 놀아나고 있었을 뿐이었던 거야.”

“…….”

료코는 침묵에 잠긴 채 오리가미의 눈을 응시했다. 마치 그녀의 눈동자에 존재하는 진의를 파악하려는 것처럼 말이다.

하지만 그런 침묵을 견디다 못한 미키에가 오리가미와 료코를 번갈아 쳐다보며 떨리는 목소리로 이렇게 말했다.

“저, 저는 오리가미 씨가 거짓말을 한다고는 생각하지 않아요…….”

“아하하~. 저는 전장에 나가지 않으니까 아무래도 상관없지만, 〈라타토스크〉라고 했나요? 그곳의 유닛은 만져보고 싶네요~. 괜찮으면 그 조직에 취업시켜 주지 않을래요? 밀리는 실력이 좋다고요~. 도움이 될 거예요~.”

“……미안하지만, 입 좀 다물고 있어.”

료코는 미키에, 그리고 밀리를 향해 낮은 목소리로 그렇게 말했다. 그러자 미키에는 어깨를 부르르 떨었고, 밀리는 씨익 웃으며 입을 다물었다.

료코는 그 후로도 한동안 입을 다물고 있다가 곧 땅이 꺼져라 한숨을 내쉬었다.

"……그럴 수는, 없어."

"대장님……!"

미키에는 료코를 향해 걸음을 내디디며 호소하는 듯한 어조로 입을 열었다.

하지만 오리가미는 손을 내밀어 미키에를 말렸다.

"오, 오리가미 씨……."

"유감이야. 하지만 그런 선택을 한 대장을 탓할 생각은 없어."

오리가미는 눈을 살며시 내리깔더니, 마음을 다잡으며 다시 눈을 떴다.

애초부터 AST 멤버들이 자신의 말을 믿어줄 거라고는 생각하지 않았다. ―아니, 정확하게 말하자면 설령 믿어 주더라도 오리가미의 뜻에 따를 거라고는 생각하지 않았다.

오리가미는 마나와 시선을 교환한 후, 그대로 돌아섰다. 마나는 휴우 하고 한숨을 내쉬면서 그녀의 뒤를 따랐다.

"……."

그렇게 방을 나서려던 순간, 오리가미가 갑자기 걸음을 멈췄다.

"―만약 요청에 따라 전장에 나서게 된다면, 가능한 한 〈밴더스내치〉를 방패삼으며 후방으로 물러나."

"뭐……?"

"가능하면, 너희를 죽이고 싶지는 않아."

오리가미가 그렇게 말한 순간, 료코가 발끈하면서 의자를 박차고 일어서는 소리가 들렸다.

"……흥, 우리를 얕잡아보는 것 같네. 네가 뛰어난 위저드라는 건 인정하지만, 우리도 지금까지 놀고 있지는—."

그 순간, 푸슉 하는 작은 소리가 울려 퍼지더니 료코는 입을 다물었다.

느닷없이 공중에 무기질적인 깃털 같은 것이 생겨나 그 끝부분에서 광선이 뿜어져 나온다면 누구라도 그런 반응을 보이리라.

광선은 료코의 볼을 스친 후에 그대로 벽에 꽂혔고, 그 벽에서는 연기가 피어올랐다.

"부탁이야."

""""……""""

오리가미와 마나는 대원들이 숨을 삼키는 소리를 들으며 방을 나섰다.

◇

"……응?"

시도의 집 옆에 있는 정령 맨션. 그곳의 복도를 걷던 나츠미는 조그마한 소리를 듣고 갑자기 걸음을 멈췄다.

“어? 나츠미 씨, 왜 그러세요?”

『신발 끈이라도 끊어졌어~? 꺄아~, 불길해!』

옆에서 걷던 요시노가 고개를 갸웃거렸고, 그녀가 왼손에 낀 토끼 모양 퍼핏인형『요시농』이 짤막한 두 앞발로 자신의 얼굴을 감싸면서 그렇게 말했다. 나츠미는 혹시나 싶어 자신의 발치를 쳐다본 후, 고개를 저었다.

“그런 게 아니라…… 무슨 소리, 들리지 않았어?”

“소리…… 말인가요?”

“응. 이쪽에서…….”

나츠미는 그렇게 말하면서 발소리를 죽였다.

만전, 아니 지나칠 정도로 보안이 철저한 이 맨션에 도둑이 들 리는 없지만…… 나츠미는 성격상 그냥 넘어갈 수가 없었다. 그녀는 마음속으로 그런 변명을 늘어놓으면서 소리가 들리는 곳을 향해 걸어갔다.

“저기는…….”

『주방이지~? 누가 요리라도 하는 걸까~?』

나츠미의 말을 잇듯,『요시농』이 고개를 갸웃거리면서 그렇게 물었다.

『요시농』이 말한 것처럼, 저곳은 맨션 1층에 있는 대형 주방시설이다. 코토리의 말에 따르면 정령들이 함께 요리를 할 때를 대비해 준비해둔 설비다. 얼마 전의 밸런타인데이 때, 다 같이 저곳에서 초콜릿을 만들었던 기억이 아직 생생하게 머릿속에 남아 있었다.
"누가 있는 걸까요?"
"글쎄……."
나츠미는 고개를 갸웃거리면서 주방 안을 몰래 들여다보았다.
그러자…….
"흐음, 쉽지 않구나. 이 정도면 괜찮은 게냐?"
"음! 잘했다, 무쿠로! 그 정도면 딱 좋다!"
"……으음. 토카, 그대가 만든 건 꽤 큼지막하다만……."
"음? 이것 말이냐? 손바닥 사이즈에 불과한데?"
"……무쿠의 기억이 옳다면, 손바닥 사이즈라는 것은 한 손바닥으로 쥘 수 있는 크기를 가리키는 말이지, 두 손바닥을 한껏 펼쳐야 할 만큼 큰 걸 가리키는 말이 아닌데 말이다."
……이런 대화를 나누고 있는 두 소녀의 뒷모습이 눈에 들어왔다.
"토카와…… 무쿠로?"
나츠미가 눈을 동그랗게 뜨면서 그렇게 중얼거렸다. 그러자 그 목소리를 들은 토카와 무쿠로가 나츠미 일행을 향해 고개를 돌렸다.
"오오, 나츠미와 요시노와 『요시농』이지 않느냐!"
"음, 그런데서 뭘 하고 있는 게냐."
"아, 소리가 들려서 와 본 건데…… 그것보다 너희야말로

대체 뭘…….”

갑자기 말을 멈춘 나츠미의 눈썹 끝이 희미하게 떨렸다.

토카와 무쿠로가 돌아본 덕분에, 두 사람이 손에 들고 있는 것이 보였던 것이다. 갓 지은 새하얀 밥을 손으로 뭉쳐서 삼각형으로 만든 그것은 바로 주먹밥이었다.

“어? 밥 먹은 지 얼마 안 됐는데 벌써 배고픈 거야? 토카는 그렇다 치고 무쿠로까지…….”

나츠미는 말을 이으면서 자신의 시선이 무의식적으로 두 사람의 가슴 언저리로 향하는 것을 느꼈다. 토카는 물론이고 무쿠로 또한 조그마한 체구에 걸맞지 않은 풍만한 가슴을 자랑했다. ……역시 『가진 자』는 영양이 전부 『그쪽』으로 가는 게 아닐까?

나츠미가 멍하니 그런 생각을 하고 있을 때, 토카와 무쿠로의 가슴이 흔들렸다. 아니, 그것은 부차적으로 발생한 현상이며, 정확하게 말하자면 두 사람은 고개를 저었다.

“그런 게 아니다. ……아, 물론 나도 먹을 생각이긴 하다만, 그래서 이걸 만드는 게 아니다.”

“……그게 무슨 소리야?”

“음, 지금 나리와 나리의 여동생은 곧 시작될 싸움에 대비하고 있지. 그리고 머리를 쓰면 배도 고픈 법이니라.”

요시노는 두 사람의 말을 듣고 손뼉을 쳤다. 정확하게는 『요시농』의 손으로 말이다.

"아…… 혹시, 간식인가요?"
"음!"
"그러하니라."
토카와 무쿠로는 그렇게 말하면서 손에 쥔 주먹밥을 쑥 내밀었다. 나츠미는 「……그렇구나」 하며 고개를 끄덕였다.
"……뭐, 괜찮은 생각 같네. 그 두 사람도 기뻐할 거야."
"오오, 나츠미도 그렇게 생각하느냐?!"
"으, 응."
나츠미가 고개를 돌리면서 그렇게 대답하자, 토카는 기뻐하면서 환한 미소를 지었다. ……참고로 나츠미가 고개를 돌린 것은 마음에도 없는 말을 했기 때문이 아니라, 단순히 토카의 해맑은 시선이 너무 눈부셨기 때문이다. 참고로 나츠미는 요즘 들어 자기 조상 중에 흡혈귀가 있는 건 아닐까 하는 의심이 들기 시작했다.
바로 그때, 토카가 뭔가 생각난 듯한 표정을 지으면서 나츠미와 요시노에게 말을 걸었다.
"아, 그래. 혹시 시간이 있으면 너희도 만들지 않겠느냐? 꽤 재미있다!"
"뭐……? 아, 저기, 나는……."
토카가 느닷없이 그런 제안을 하자, 나츠미는 당황하고 말았다.
하지만 옆에 있던 요시노와 『요시농』은 그 말을 기다렸다는 듯이 눈을 반짝였다.

"그래도 될까요……? 그럼 할게요. 저희도, 다른 분들에게 도움이 되고 싶어요……!"

『므흐흐, 요시농의 발바닥이 불을 뿜겠는걸~! ……응? 토끼 발바닥에서는 불이 안 나와? 우후후~, 너처럼 머리 좋은 꼬맹이는 질색이라니깐.』

요시노와 『요시농』이 의욕에 찬 목소리로 그렇게 대답하자, 나츠미의 이마에 식은땀이 맺혔다.

"나, 나는 사양할까…… 싶은데—."

"나츠미 씨도…… 같이 해요. 그러면, 더 즐거울 거예요."

"어, 아, 저기……."

요시노의 말에 나츠미는 당황했다. 온몸에서 땀이 흘러나오더니 심장이 벌렁거렸다.

딱히 주먹밥을 만드는 게 서툴다거나 쌀 알레르기가 있는 것은 아니며, 시도와 코토리에게 간식을 만들어주기 싫은 것도 아니다.

그것보다 훨씬 단순하며, 간단한 이유 때문에 나츠미는 이러고 있었다. 심플하게 생각해줬으면 한다. 주먹밥이라는 것은 밥을 손으로 쥐어서 만드는 요리다.

—그렇다. 요리사가, 두 손으로, 직접, 말이다.

나츠미가 직접 만든 요리조차도 남들이 질색을 할 게 틀림없는데, 그녀가 두 손으로 직접 쥐어서 만든 요리라면 그 누구도 먹고 싶어 하지 않을 게 틀림없다……!

나츠미의 주먹밥은 폭격기에 가득 실어서 적국에 투하하거나, 아니면 며칠 동안 굶은 포로에게 주면서 「아사하고 싶지 않으면 먹어라. 뭐, 나츠미가 직접 만든 주먹밥이지만 말이다! 햐하하하하하!」 같은 식으로 절망감을 안겨주는 용도로나 써먹을 수 있을 것이다. 포로는 인간의 존엄성을 지키기 위해 주먹밥을 거부하겠지만, 결국 굶주림을 참다못해 주먹밥을 먹고 말 것이며, 지옥의 고통을 맛보며 숨을 거두고 말리라. ……왠지 여러모로 유효하게 활용할 수 있을 것 같은 느낌이 들었다.

하지만 동포에게 먹여도 되는 음식은 결단코 아니다. 낯빛이 나빠진 나츠미는 고개를 절레절레 저었다.

"저, 저기……내가 만든 주먹밥이 너희가 만든 것 사이에 섞여있는 건, 그야말로 독극물 투입 사건이나 다름없어. 법에 저촉될 거란 말이야."

나츠미는 그렇게 말하면서 한 걸음 물러섰다.

"그렇지는……."

그 말을 듣고 무슨 말을 하려던 요시노는 결의에 찬 눈길로 나츠미를 쳐다보며 입을 열었다.

"나츠미 씨, 손을 내밀어 보세요."

"뭐……? 이, 이렇게 말이야?"

나츠미는 당황한 채 요시노가 시키는 대로 오른손을 그녀에게 내밀었다.

그러자 요시노는 그 손을 뚫어져라 쳐다본 후…….

"냐암."

나츠미의 손가락을 입으로 살며시 물었다.

"우핫?! 요, 요시노?!"

나츠미는 너무 놀란 나머지 새된 목소리로 그렇게 외쳤다. 그러자 요시노가 왼손에 착용한『요시농』이 입을 뻐끔거렸다.

『어~, 요시노는 현재 입을 놀릴 수 없는 상황이니, 요시농이 대신 설명하겠습니다. 나츠미 씨의 손에는 독 같은 게 없어요! ……라고 말하고 있어! 진짜 멋지지? 반하지 마~!』

"히, 히이익……!"

황송함과 죄책감과 존경심 같은 다양한 감정이 나츠미의 머릿속에서 뒤섞였다. 그리고 나츠미의 얼굴에서 온갖 체액이 배어 나오더니, 그녀의 표정을 엉망으로 만들었다.

하지만 그것으로 끝이 아니었다. 이 일련의 상황을 지켜보고 있던 토카가 뭔가를 눈치챈 것처럼「오오!」하고 외치며 손뼉을 치더니, 요시노를 흉내 내듯 나츠미의 왼손가락을 살며시 깨문 것이다.

"끄아—?!"

양손이 봉쇄된 나츠미는 완전히 당황하고 말았다.

"흐음?"

그리고 그 행동을 보고 있던 무쿠로가 흥미롭다는 듯이

한 걸음 내디뎠다.

하지만 나츠미의 두 손은 요시노와 토카가 물고 있었기에, 무쿠로는 잠시 동안 생각에 잠기더니—.

"음."

뭔가가 퍼뜩 떠오른 듯한 표정으로 나츠미의 볼을 두 손으로 꼭 잡더니, 그대로 입을 크게 벌리며 그녀를 향해 얼굴을 서서히 내밀었다.

"……읏?! 아, 알았어! 알았단 말이야! 나도 같이 주먹밥을 만들 테니까 스톱……!"

나츠미가 필사적인 목소리로 그렇게 외치자, 다들 환한 표정을 지으며 그녀에게서 떨어졌다.

"음, 그럼 시작해보자꾸나!"

"자, 손은 저쪽에서 씻거라."

"저, 저기…… 나츠미 씨, 죄송해요. 그래도 저는 꼭 나츠미 씨와 같이 하고 싶어서……."

"……아, 저기, 응. 나야말로 고마워."

나츠미가 볼을 붉히면서 그렇게 대답하자, 표정이 환해진 요시노가 기뻐하면서 미소를 지었다.

……뭐, 이렇게 됐으니 어쩔 수 없다. 나츠미는 자신이 만든 주먹밥을 먹게 될 피해자의 넋을 기리듯 가슴 앞에서 십자가를 그렸다.

그리고 요시노와 함께 손을 씻고, 『요시농』에게 조리용 특제 커버를 씌운 후, 다시 토카와 무쿠로의 곁으로 향했다.

"자…… 그럼 시작해볼까. 토카와 무쿠로는 몇 개 정도 만들었어?"

"나도, 무쿠로도, 한 개만 만들었다! 시작한지 얼마 안됐거든!"

"그러하니라."

두 사람은 그렇게 말하면서 방금 만든 주먹밥을 손으로 가리켰다. 참고로 토카가 만든 주먹밥은 사이즈가 엄청났다.

"어떠냐? 잘 만든 것 같으냐?"

"으음, 뭐…… 모양은 괜찮은 것 같네. 토카가 만든 주먹밥은 너무 큰 것 같지만 말이야."

"으음, 그러냐. 그럼 이건 내가 먹기로 하고, 시도가 먹을 건 따로 만들어야겠구나."

토카는 그렇게 말하더니, 거대한 주먹밥을 커다란 접시에 눕혀놓은 후, 손가락으로 한가운데 부분에 구멍을 파기 시작했다.

"토카 씨?"

『뭐하는 거야~?』

"음, 안에 속재료를 넣으려는 거다. 실은 시도처럼 안에 먼저 속재료를 넣고 주먹밥을 만들고 싶다만, 그게 쉽지가 않아서 말이다. 어쩔 수 없이 일단 주먹밥을 만든 후에 속재료를 넣기로 했다."

"아, 그렇구나."

나츠미는 납득한 것처럼 고개를 끄덕였다. 확실히 속재료를 넣고 주먹밥을 만들려고 하면 쌀만 뭉쳐서 만들 때보다 어렵기는 했다.

고개를 돌려보니, 조리대 위에는 다양한 속재료가 준비되어 있었다. 간장으로 버무린 가다랑어포와 다시마조림, 두껍게 자른 대구알도 있었으며, 마요네즈로 버무린 참치도 잔뜩 있었다. 특이한 속재료로는 인스턴트 닭튀김과 한입 크기로 자른 돼지고기 조림이 있었다. 그야말로 주먹밥 속재료 올스타즈 상태였다.

"후후, 후후후후~."

토카는 즐거운지 콧노래를 부르면서 속재료를 물색했다.

그러다 갑자기 어깨를 부르르 떨더니, 콧노래를 멈췄다.

"……좋아."

그리고 결의를 다진 것처럼 고개를 끄덕인 후, 어떤 접시를 손에 쥐었다. 그 접시에 놓여있는 것을 본 나츠미와 요시노는 눈을 동그랗게 떴다.

"자, 잠깐만. 그건 매실 장아찌잖아."

"토카 씨, 그건 입에 맞지 않다고 전에 말하지 않았나요……?"

두 사람의 반응에 토카는 자기도 안다는 듯이 고개를 힘차게 끄덕였다.

그리고 결의에 찬 눈빛을 띄면서 입을 열었다.

"음…… 나는 시큼한 걸 좋아하지 않는다. 하지만 그렇기 때문에 지금이야말로 그걸 극복해야 하는 것이다! 매실 장아찌에게 이기지 못하는 내가 DEM에게 이길 수 있을 리가 없지 않느냐!"

토카는 그렇게 말하면서 주먹을 말아 쥐었다. 그 모습을 본 다른 이들은 무심코 박수를 쳤다.

"그, 그렇구나……. 그 논리 자체는 이해가 안 되지만, 각오는 느껴져."

"토카 씨, 대단하세요……!"

"흐음…… 꽤 하는 구나, 토카. 그럼 무쿠도 각오를 다지도록 하마."

무쿠로는 차분하게 걸음을 내딛더니, 조리대 위에 놓여있던 어떤 접시를 움켜쥐었다.

"고추냉이 절임이여, 그대와의 기나긴 인연에 종지부를 찍을 때가 온 것 같구나."

"어? 무쿠로는 고추냉이 절임을 싫어해?"

"음. 다른 절임은 좋아한다만, 이건 너무 매워서 좋아하지 않느니라. 그래서 가능하면 입에 대지 않았지. —하지만, 토카의 결의를 보고 무쿠도 결심했느니라. 이제부터 전장에 나서야 할 무쿠가 이깟 걸 두려워할 수는 없지 않겠느냐."

토카의 열의가 전염된 것처럼, 무쿠로도 힘찬 목소리로 그렇게 선언했다. 토카는 그 모습을 보고 엄지를 치켜들었다.

그러자 요시노도 그런 두 사람에게 동조하듯 힘차게 고개를 끄덕였다.

"저, 저도…… 힘낼게요! 저는…… 생 셀러리를 좋아하지 않아요."

"오오! 요시노도 동참하는 것이냐!"

"셀러리라…… 냉장고 안에 있을 게다."

"……저기, 셀러리를 가리지 않는 나도 셀러리 주먹밥 같은 건 그다지 먹고 싶지 않거든?"

나츠미가 식은땀을 흘리며 그렇게 말하자, 다른 세 사람이 「그것도 그러네! 역시 나츠미야!」라고 말하는 듯한 표정을 지으며 그녀를 쳐다보았다. ……나츠미는 바늘방석에 앉은 기분이 들었다.

"그런데 나츠미는 싫어하는 것이 있느냐?"

"어? 싫어하는 것…… 글쎄?"

나츠미가 생각에 잠겨 있을 때, 『요시농』이 입을 열었다.

『아, 나츠미는 남들 시선을 싫어한다고 하지 않았어~?』

"흐음, 그럼 눈알을 넣어보는 건 어떠하겠느냐?"

"아, 그건 엄연히 다른 의미란 말이야……! 그리고 눈알을 넣는 건 너무 이상하잖아!"

"나츠미의 말이 맞다, 무쿠로. 사람의 눈알을 넣을 수야 없지. 그러니 대신 참치 눈알을 넣자. DNA도 잔뜩 들어있어서 머리도 좋아진다고 들었다."

"흠, 좋은 생각이구나."

"그~러~니~까아아앗!"

진지한 표정으로 지금 바로 DHA를 섭취해줬으면 싶은 대화를 나누고 있는 저 두 사람을 향해, 나츠미는 무심코 고함을 질렀다.

예상대로랄까, 그녀들의 간식 준비는 난항을 겪고 있었다.

"……으음, 동서고금 게임[#3]~. 에로하지 않은데 왠지 에로하게 들리는 말~. 『거시기』."

니아의 목소리가 시도의 집 거실에 울려 퍼졌다.

그러자 그 말에 답하는 목소리가 뒤이어 들려왔다.

"으음~, 그럼~, 『잔뜩』."

"대답. 『색소폰』."

미쿠, 유즈루가 니아와 마찬가지로 리드미컬하게 대답했다.

그러자 다음 차례인 카구야에게 이 자리에 있는 이들의 시선이 집중됐다.

"어……?! 으, 으음…… 저기, ……『마추픽추』……?"

#3 동서고금 게임 여러 명이서 즐기는 게임 중 하나. 테마를 정한 후, 그 테마에 맞는 대답을 참가자가 차례대로 입에 담으면 된다. 그리고 테마에서 벗어나는 대답을 하거나 똑같은 대답을 두 번 한 사람, 혹은 대답을 못한 사람이 패배한다.

""""……윽!""""

카구야가 볼을 붉히면서 그렇게 말하자, 소파에 몸을 기대고 있던 모든 이들이 벌떡 몸을 일으켰다.

"저, 저기, 카구양? 자세하게 이야기 좀 해봐. 『마추픽추』의 어디가 에로한데? 이 니아 님은 순진해서 모르겠어~!"

"저도 알고 싶어요~! 제발 가르쳐주세요! 부탁해요☆카구야 선생님(티처)!"

"요청. 설명을 해주세요. 카구야는 잉카 제국 유적의 어떤 부분에서 성적 흥분을 느낀 거죠?"

"왜 나한테만 태클을 날리는 건데?!"

카구야가 못 참겠다는 듯이 고함을 질렀지만, 세 사람은 들은 척도 하지 않았다. 그녀들은 몸을 쑥 내밀면서 답변을 요구했다.

"으, 으으……."

카구야는 그 기묘한 압박감을 견딜 수가 없는지, 결국 체념한 듯한 말투로 대답했다.

"……저, 저기, 왠지…… 소리, 같단 말이야."

"뭐어~? 어떤 소리 말이야~?"

"전혀 모르겠어요~!"

"애원. 자세하게 설명해주세요."

하지만 세 사람은 더욱 흥분하며 그렇게 채근했다.

카구야는 체념했는지 얼굴을 붉히면서 모기만한 목소리

로 이렇게 말했다.

"……, 키, 키스했을 때의……."

""""…….""""

그러자 다음 순간, 세 사람은 침묵에 잠기더니 곧「하아~!」하고 한숨을 내쉬었다.

"오호라. 오호라, 오호라! 그런 의미구나~!"

"꺄아~! 카구야 양은 정말 귀여워요~!"

"용서. 뭐, 진심으로 한 말 같으니 그냥 넘어가죠."

"설명까지 시켜놓고 그런 소리 하기야?! 그럼 너희도 설명을 해보란 말이야! 니아, 『거시기』의 어디가 에로한데?!"

"응? 그야 물론—."

"설명하지 말아줄래?!"

니아가 주저 없이 대답을 하려고 하자, 카구야는 비명에 가까운 목소리를 냈다.

"어~, 네가 설명해보라고 했잖아~."

니아가 어깨를 으쓱하면서 그렇게 말하자, 다들 원래 자리로 돌아가며 다시 입을 열었다.

"뭐, 됐어. 그럼 계속하자~. 『가랑이』."

"으음~, 『한가득』이에요~."

"대답. 『식스』."

또 순식간에 카구야의 차례가 됐다. 카구야는 또 볼을 붉히더니, 떨리는 목소리로 중얼거리듯 이렇게 말했다.

"……츄, 『츄파춥스』……."

""""……윽!""""

카구야가 그렇게 말한 순간, 또다시 세 사람은 벌떡 일어서서 그녀에게 몰려들었다.

"저기저기, 카구양~! 그게 왜 에로한데?!"

"가르쳐 주세요~!"

"당혹. 카구야는 평소에 코토리를 엉큼한 눈길로 쳐다보고 있었던 건가요?"

"얘들하고 같이 있기 싫어어어어어!"

세 사람이 또 자신의 말에 관심을 보이자, 카구야는 비명에 가까운 고함을 질렀다.

"그것보다 우리 지금 뭐하고 있는 거야?! 별생각 없이 참가하기는 했는데, 왜 이딴 시답잖은 게임이나 하고 있는 건데?!"

"어~, 그야 물론 한가해서야~."

니아는 다리를 앞뒤로 흔들면서 카구야의 말에 대답했다.

미쿠와 유즈루도 입을 열지는 않았지만, 니아의 말에 동의한다는 듯이 어깨를 으쓱했다.

"큭……!"

카구야는 질렸다는 듯이 이를 갈았다.

하지만 니아의 말을 부정하는 것도 힘들었다. 카구야 또한 한가하기 때문이다.

현재 이 집의 거실에는 정령이 네 명이나 모여 있지만, 다들 딱히 아무것도 하지 않으며 소파에 앉아 있었다.

며칠 후에 총력전을 치러야 하는 이들답지 않게 평온한—아니, 나른한 시간을 보내고 있는 것이다.

실은 전투 준비 같은 걸 하고 싶지만, 주된 작업은 〈라타토스크〉에서 하고 있다. 게다가 〈벨제붑〉을 경계하느라 작전의 상세한 내용을 공유하고 있지 않기 때문에 뭘 하면 좋을지 알지 못했다. 실제로 코토리는『충분히 휴식을 취하고, 당일에 어떤 작전이 발표되어도 놀라지 않도록 마음의 준비를 해둬』라는 매우 애매한 지시를 내렸다.

하지만 결전을 앞두고 있는 것은 사실이기에, 독서에 몰두하거나 텔레비전 게임을 할 마음이 들지 않았다.

그 결과, 뭔가를 하고 싶지만 뭘 하면 좋을지 모르는 기묘한 공간이 탄생하고 만 것이다.

"여기에 오면 할 일이 있을 줄 알았는데……."

"동의. 설마 시도까지 집을 비웠을 줄은 몰랐어요. 〈프락시너스〉에 있는 걸까요."

"아마 그럴걸~? 여동생 양도 없는 것 같아. 오리링과 마나티는 자위대 기지에 간다고 했었지? 취재 삼아 따라갈 걸 그랬네~."

"……."

"……."

"……."

별것 아닌 대화를 나누다보니, 또 침묵이 감돌았다.

바로 그때, 니아가 이 침묵이 거북한지 입을 열었다.

"……어~. 그럼 동서고금 게임, 소년이 멋졌을 때~."

"뭐?"

카구야는 그 뜻밖의 테마에 눈을 동그랗게 떴다.

"으음, 나는 말이지~. 내가 죽어가고 있을 때, 포기하지 않고 키스를 해줬을 때야~. 이렇게, 덥석 안더니, 쪼옥~ 하고 해줬다니깐~."

니아는 그렇게 말하면서 옆에 있던 쿠션을 움켜쥐더니, 그대로 그 쿠션에 얼굴을 묻었다. 카구야는 그 모습을 보고 얼굴을 붉혔다.

"그런가요~. 저는 그때예요. DEM 일본지사에서, 반전한 토카 양의 공격으로부터 저를 지켜줬던 바로 그 순간……! 「약속— 했잖아」 하고, 달링이 말했었죠! 꺄아~! 지금도 머릿속에 똑똑히 새겨져 있을 정도로 멋졌다니까요~!"

니아의 뒤를 이어 미쿠가 다리를 흔들며 흥분한 어조로 그렇게 말했다.

그러자 다음에는 유즈루가 턱에 손가락을 대면서 대답했다.

"생각. 유즈루는, 유즈루와 카구야의 싸움을 〈오살공[산달폰](鏖殺公)〉을 휘둘러서 말려줬을 때예요."

"아……, 치사해! 나도 그때라고 말할 생각이었는데!"

"부정. 하나도 치사하지 않아요. 순서대로 대답했을 뿐이에요.”

“애초에 순서를 정한 적이 없거든?!”

“경솔. 이런 건 빨리 하는 사람 순서예요. 자, 다음은 카구야의 차례군요. 혹시 카구야는 시도가 멋졌을 때가 딱 하나밖에 생각나지 않는 건가요?”

“윽…….”

카구야는 납득이 되지 않았지만, 방금 그 말을 듣고도 입을 다물고 있을 수는 없었다. 결국 카구야는 볼을 붉힌 채 더듬거리면서 입을 열었다.

“……저기, 단둘이 볼링을 치러 가서…… 내가 울어버렸을 때, 묵묵히 내 머리를 쓰다듬어줬을 때…….”

“띠용~! 사랑에 빠진 소녀 반응 감지!”

“그 이야기를 좀 더 자세하게 해주세요~!”

“추궁. 그건 언제 있었던 일이죠? 유즈루는 처음 듣는 이야기인데요.”

“결국 같은 패턴이잖아! 이럴 것 같아서 말하기 싫었던 거야!”

카구야는 울먹거리면서 그렇게 외쳤다. 그러자 몸을 쑥 내밀고 있던 세 소녀는 아하하 하고 웃으면서 다시 소파에 앉았다.

그리고 잠시 동안 침묵에 잠긴 후, 니아가 불쑥 입을 열었다.

“……소년이 죽는 건, 싫어.”

그러자 다른 정령들 또한 차분하면서도 단호한 어조로 그 말에 답하듯 입을 열었다.

"예, 물론이죠~. 달링이 없었다면 저는 아직도 남을 믿지 못했을지도 몰라요."

"긍정. 시도가 없었다면, 유즈루와 카구야 중 단 한 명만이 이 세상에 남아있었을 거예요."

"맞아~. 나도 소년이 없었으면 이 세상 사람이 아니었을 거야. 아하하하~!"

니아는 웃으면서 할 소리와는 동떨어진 말을 웃으면서 입에 담았다. 카구야는 그 쾌활한 모습을 보더니 쓴웃음을 지었다.

"……뭐, 맞아. 나도 아직 보답을 하지 못했거든."

카구야는 그렇게 말한 후, 몸에 반동을 주면서 소파에서 일어섰다. 그리고 손을 얼굴 앞으로 들어 올리더니, 멋들어진 포즈를 취했다.

"그러니 나는 칠흑의 수호자가 되어 그를 지키겠노라! 이 연옥의 송곳니에 닿는 자, 저승사자의 부름을 받게 될지니!"

그리고 힘찬 목소리로 그렇게 선언하자, 다른 사람들은 「오~」 하고 탄성을 지르면서 손뼉을 쳤다.

"여전히 멋지네. ……그런데, 방금 뭐라고 말한 거야?"

"번역. 내 사랑 시도가 죽으면 나도 더는 못 살아! 카구야는 최선을 다해 시도를 지킬 거야! 그리고 상으로 뽀뽀해달라고 해야지! ……라고 말했어요.”

“꺄아~! 대담해요~!”

“역자에게서 악의가 느껴져!”

카구야가 항의를 하려는 듯이 언성을 높인 순간, 이때를 기다렸다는 듯이 스마트폰에서 경쾌한 소리가 흘러나왔다.

게다가 스마트폰 하나만 울린 게 아니었다. 이 자리에 있는 모든 정령들의 핸드폰이 거의 동시에 소리를 내기 시작했다.

“어…… 뭐지? 아, 토카네?”

그리고 화면을 힐끔 쳐다보며 상대방을 확인한 카구야가 전화를 받아보니, 핸드폰에서 활기찬 목소리가 흘러나왔다.

『카구야냐?! 지금 맨션의 주방에서 시도와 다른 사람들에게 간식으로 줄 주먹밥을 만들고 있는데, 같이 만들지 않겠느냐?!』

그리고 다른 이들의 핸드폰에서도 비슷한 내용의 말이 흘러나왔다.

『저, 저기…… 요시노예요. 유즈루 씨, 지금 시도 씨와 다른 분들에게 가져다드릴 간식을 만들고 있는데, 괜찮으시다면—.』

『니아냐. 무쿠다. 도와줬으면 하는 일이 있느니라.』

“아앙~! 나츠미 씨는 왜 전화가 아니라 문자메시지로 연락한 거죠~?! 귀여운 목소리를 들려달란 말이에요오오오오오!”

아무래도 맨션에 모여 있던 정령들이 일제히 카구야 일행에게 연락을 한 것 같은데, 미쿠만 전화가 아니라 문자메시지로 연락을 한 것 같았다. 미쿠는 슬픔에 휩싸여 흐느꼈다.

카구야는 웃으면서 그 광경을 본 후, 전화 상대를 향해 이렇게 말했다.

"크크, 좋다. 이 몸의 권속이여, 그 소환에 응하도록 하마. 잠시만 기다리고 있어라!"

『오오! 기다리고 있겠다!』

카구야는 토카의 말을 들은 후, 전화를 끊었다.

니아와 유즈루도 같은 타이밍에 통화를 마친 것 같았다. 문득 시선이 마주치자, 누가 먼저랄 것도 없이 웃음을 흘렸다. 참고로 미쿠는 엄청난 속도로 메시지를 입력하고 있었다.

"절묘한 타이밍이었네."

"긍정. 솔직히 말해, 조금이라도 다른 사람에게 도움이 될 수 있을 것 같아 기뻐요. 자, 가죠."

"맞아요~. 다 같이 주먹밥을 만드는 것도 재미있을 것 같아요~!"

"좋아. 그럼 맨션으로 가면서 마지막으로 동서고금을 하자. 테마는 지금까지 경험한 가장 에로틱한……."

"절대 안 할 거야!"

카구야는 은근슬쩍 그런 테마를 제안한 니아를 향해 절규에 가까운 고함을 질렀다.

◇

텐구시 상공 15000미터에 떠있는 공중함 〈프락시너스〉의 함교에서는 승무원들이 정신없이 작업을 하고 있었다.

"—시이자키, 각 지부에 지원 요청은 했어?"

"이미 마쳤습니다. 답변이 들어오는 대로 보고하겠습니다."

"좋아. 카와고에, 지상시설의 점검은 순조로워?"

"현재까지는 순조롭습니다. 원하신다면 지금 바로라도 사용 가능합니다."

"좋아. 마리아, 기체 정비는 마쳤어? 혹시 원하는 게 있으면 말해봐."

『기본적으로는 괜찮지만, 욕심을 좀 부리자면 위저드를 통한 기초 현현장치(베이식 리얼라이저)의 수동 점검을 부탁드리고 싶어요. —그리고 함체 세척과 왁스칠을 부탁드리고 싶군요.』

"수동 점검은 해줄 수 있지만, 다른 건 안 돼. 어차피 모레가 되면 더러워질 거잖아."

『너무해요. 코토리의 마음은 몸보다 먼저 말라비틀어지고 만 것 같군요.』

"뭐어?"

거침없이 지시를 내리던 코토리는 그 말을 듣더니 콘솔을 내리쳤다. 함교를 방문한 시도는 그 광경을 보고 쓴웃음을 지었다.

"뭐, 진정해. 좀 쉬는 게 어때? 자, 마셔."

시도는 그렇게 말하면서 들고 있던 페트병을 내밀었다. 그러자 코토리는 분노를 가라앉히려는 듯이 머리를 긁적인 후, 그것을 받았다.

"고마워. 잘 마실게."

짤막하게 대답한 코토리는 빨대를 물고 스포츠 드링크를 마신 후, 휴우 하고 한숨을 내쉬었다.

겉으로 드러내지는 않지만, 역시 코토리도 지친 것 같았다. 시도는 눈에 익은 여동생의 눈에 익지 않은 뒷모습을 쳐다보면서 가볍게 주먹을 말아 쥐었다.

"……미안해. 내가 도울 일이 있으면 좋겠지만……."

시도가 그렇게 말하자, 코토리는 의아하다는 듯이 눈을 동그랗게 뜨고 어깨를 으쓱했다.

"무슨 소리를 하는 거야. 시도에게는 가장 힘든 일을 맡길 거니까, 남 일을 신경 쓸 여유는 없을걸?"

"가장 힘든 일……?"

"그래. ―무슨 수를 써서라도 살아남는 거야."

코토리는 시도의 눈을 응시하면서 그렇게 말하더니, 스포츠 드링크를 한 모금 더 마셨다.

"상대는 최대최강의 **마술결사** DEM인더스트리잖아? 무슨 짓을 벌일지 알 수 없어. 그러니까 최대한 컨디션에 만전을 기해. 당일에 긴장해서 수면이 부족하다거나, 감기에 걸렸습니다 같은 소리를 듣는 건 사양하고 싶어."

"그래……. 맞는 말이야."

시도는 반성과 자숙, 그리고 코토리에게 졌다는 의미를 담아 두 손을 가볍게 들어올렸다.

코토리의 말은 지당하기 그지없었다.

『쉬는 것도 일』이라는 말은 흔히 듣는다. 하지만 시도는 그 말을 들어본 적만 있을 뿐, 감각적으로 이해하지는 못했다.

시도만이 아니라, 일본인 중에는 동료가 일하고 있는데 자신만 쉬는 상황에서 죄책감을 느끼는 이가 많다.

하지만 휴식을 취해야 할 때에 괜한 행동을 해서 체력을 소모하거나 괜히 마음고생을 해서 정신이 피폐해진다면, 거꾸로 동료들에게 폐를 끼치게 될지도 모르는 것이다.

게다가 이틀 후에 벌어질 결전은 정령들의 운명이 걸린 일전이다. 그 싸움의 열쇠가 되는 것이 자신의 목숨인 이상, 시도는 단 한순간도 방심해선 안 된다.

게다가— 마음에 걸리는 것이 또 있었다.

"……쿠루미도, 올까?"

시도가 그렇게 말하자, 코토리는 페트병을 내려놓으면서 시도 쪽으로 의자를 회전시켰다.

"올 거야. 쿠루미의 분신이 한 말로 볼 때 틀림없어. 오히려 지금 상황은 쿠루미와 웨스트코트의 싸움에 우리가 고개를 들이미는 거나 다름없잖아. —뭐, 표적이 시도의 목숨이니 필연적으로 그럴 수밖에 없지만 말이야."

"……그래."

"……."

코토리는 시도의 반응을 보며 불온한 분위기를 느낀 건지, 미간을 살짝 찌푸렸다.

"알고 있겠지만, 이번만큼은 괜히 호기를 부리지 마. 정령의 힘을 봉인하는 게 우리의 목적이지만, 이번 싸움에서 승리하지 못해선 그것도 아무런 의미가 없어. —무엇보다 우선 살아남는 것만 생각해. 전장에서 쿠루미를 찾을 생각은 꿈도 꾸지 마. 두 마리 토끼를 잡으려다 둘 다 놓치고 말 거야."

"아, 알아."

시도는 약간 당황한 듯한 목소리로 그렇게 대답했다. 딱히 명확한 작전을 세운 건 아니지만, 그런 생각을 눈곱만큼도 하지 않았느냐고 묻는다면 부정할 수가 없었다. ……그 정도로 표정에 드러나 있었던 걸까.

"……안심해, 신."

시도와 코토리가 이야기를 나누고 있는 사이, 왼쪽에서 그런 목소리가 들려왔다. —레이네였다.

"……코토리는 쿠루미를 경시하라는 의미에서 방금 같은 말을 한 건 아냐. 실은 우리도 가능한 한 그녀를 엄호할 생각이야."

“예?”

시도가 눈을 동그랗게 뜨면서 코토리를 쳐다보자, 그녀는 과장스럽게 어깨를 으쓱했다.

“뭐, 아무리 쿠루미라도 DEM과 총력전을 벌였다간 불리할 거야. 물론 시도가 살아남는 게 최우선이지만, 그 후에 쿠루미를 봉인하는 게 우리로서는 베스트인걸. 그녀를 도와줄 수 있는 상황에서 일부러 도와주지 않을 생각은 없어.”

“코토리…….”

코토리는 눈을 살며시 내리깔더니, 「게다가」 하고 덧붙여 말했다.

“—이유야 어찌되었든 간에, 몇 번이나 시도를 죽음의 운명으로부터 구해준 공로자를 죽게 내버려둘 수는 없잖아.”

“……응, 맞아.”

코토리의 말에 시도는 안도와 결의에 찬 목소리로 대답하며 고개를 끄덕였다.

바로 그때, 함교의 스피커에서 마리아의 음성이 흘러나왔다.

『뭐, 쿠루미의 목적은 시도의 영력이니까, 이번 일을 해결하고 나면 또 고생을 하게 되겠지만 말이에요.』

“하하…… 그건 그래.”

마리아의 말이 옳다고 생각한 시도는 힘없이 쓴웃음을 지었다.

그런 와중에 시도는 코토리의 표정이 굳어졌다는 사실을

눈치챘다.

"……응? 코토리, 왜 그래?"

"목적……."

"뭐?"

시도가 고개를 갸웃거리자, 코토리는 턱에 손을 대면서 말을 이었다.

"목적, 말이야. 기본적으로 인간은 누구나 목적을 위해 행동해. 〈라타토스크〉는 정령들을 구하는 게 목적이야. DEM은 반전결정의 힘을 손에 넣는 게 목적이지. 쿠루미는 시도의 영력을 얻어서 과거로 돌아가는 게 목적이야. ―적어도 그 세 동기가 이번 싸움에 뒤엉켜 있어."

"……응? 마, 맞아. 그게 어쨌다는 건데?"

코토리는 손가락을 한 개씩 펴면서 그렇게 말했다. 시도는 그런 코토리의 의도를 이해하지 못했는지, 고개를 갸웃거렸다.

그러자 바로 그때, 코토리는 시도의 눈을 응시하면서 네 번째 손가락을 폈다.

"―하나가 부족해. 바로 〈팬텀〉의 목적 말이야."

"아……."

시도는 그 말을 듣고 눈을 크게 떴다.

〈팬텀〉. 정령들에게 세피라를 줘서 정령으로 만든, 정체불명의 정령.

애초에 〈팬텀〉이 없었다면, 이런 상황은 발생하지 않았을 것이다. 그런데 그 정령은 여전히 모습을 드러내지 않았다.

"〈팬텀〉은 어째서 우리에게 세피라를 준 걸까? 무슨 꿍꿍이로 정령이라는 재해급의 생물을 이렇게 늘린 걸까? …… 우리가 자웅을 겨루려 하는 이 와중에도, 〈팬텀〉이라는 존재만이, 그리고 그 목적만이 아직도 밝혀지지 않았어. 나는 그게 마음에 걸려서 미치겠어."

"그건……."

시도는 코토리의 말을 듣고 숨을 삼켰다.

그 말을 들은 사람은 시도만이 아닌 것 같았다. 함교 하단부에서 각종 작업을 하고 있는 승무원들도 작업을 진행하면서 긴장에 휩싸여 있었다.

바로 그때였다.

"……〈팬텀〉의 목적……."

레이네가 느닷없이 그렇게 중얼거렸다.

그것은 작디작은 혼잣말에 지나지 않았지만, 왠지 시도의 귓가에 계속 맴돌았다.

"……어쩌면 매우 사소하고, 하찮은 걸지도 몰라."

"예……?"

그 말을 듣고 눈썹이 희미하게 흔들린 시도가 레이네 쪽을 쳐다보았다.

하지만 레이네는 아무 말 없이 호주머니에서 고개를 내밀고 있는 곰 인형의 머리를 쓰다듬기만 했다.

"그게, 무슨—."

그리고 시도가 레이네에게 질문을 던지려던 순간—.

"이리 오너라!"

느닷없이 문이 열리더니, 토카를 비롯한 정령들이 커다란 접시를 여러 개 들고 함교에 들어왔다.

"토카? 그리고 너희도 왔구나. 무슨 일이야? ……혹시 도장 깨기라도 하러 왔어?"

"간식을 만들어 왔다! 슬슬 배고플 때가 된 것 같아서 말이다!"

"주, 주먹밥을…… 만들어봤어요."

"음. 사양하지 말고 맛보거라."

코토리가 고개를 갸웃거리자, 다들 힘찬 목소리로 그렇게 대답하며 들고 있던 접시를 내밀었다.

그 접시에는 알루미늄 포일로 하나씩 감싼 주먹밥이 잔뜩 놓여 있었다.

아무래도 시도와 코토리를 비롯해 작업에 힘쓰고 있는 이들을 위해 정령들이 만들어온 것 같았다.

"오오…… 대단한걸? 우리 모두가 먹을 몫을 만들어 온 거야?"

"음! 다들, 이걸 먹고 힘내라!"

토카는 해님 같은 환한 미소를 지으며 그렇게 말했다. 시도와 코토리, 그리고 승무원들은 그 구김 없는 미소에 방금까지의 긴장감을 잊은 것처럼 쓴웃음을 지었다.

“고마워. 그럼 호의를 감사히 받아들이도록 할까? 다들 잠시 휴식을 취하자.”

“예.”

“이야~, 마침 출출하던 참이었어요.”

승무원들은 그렇게 말하면서 자리에서 일어나더니, 기지개를 켜면서 주먹밥이 놓인 접시를 향해 다가왔다.

“자…… 그럼 나도 맛을 좀 볼까? 이걸…….”

“앗! 기다려라, 코토리. 코토리 것은 바로 이거다.”

코토리가 접시에 놓인 주먹밥을 쥐기 위해 손을 뻗자, 토카는 그렇게 말하면서 접시를 돌렸다.

유심히 보니, 주먹밥을 감싼 알루미늄 포일에는 이름이 적힌 스티커가 붙어 있었다. 아무래도 각자의 전용 주먹밥을 만든 것 같았다.

“흐음, 혹시 주먹밥에 들어있는 속재료가 다른 거야? 나는…… 이거네.”

코토리는 그렇게 말하면서 자신의 이름이 적힌 주먹밥을 쥐었다.

그 뒤를 이어 시도, 레이네, 그리고 승무원들이 자신의 주먹밥을 쥐었다.

그 후, 접시를 들고 온 토카 일행도 자신들의 이름이 적힌 주먹밥을 쥐었는데— 왠지 그녀들이 묘하게 긴장한 것 같다고나 할까, 표정이 딱딱하게 굳은 것 같은 느낌이 들었다.

"토카? 왜 그래?"

"으음…… 아, 아무것도 아니다."

"응? 뭐, 알았어. 그럼 잘 먹을게."

코토리는 그렇게 말하면서 알루미늄 포일을 벗긴 후, 주먹밥을 한 입 깨물었다.

그리고 다음 순간—.

"……윽?!"

코토리가 눈을 치켜뜨더니, 그녀의 얼굴에 진땀이 송골송골 맺혔다.

"……읍! 으, 읍……!"

그리고 한 입 베어 문 주먹밥을 한손에 쥔 채 기묘한 표정을 짓다가 잠시 후에 입안에 있던 걸 삼키더니, 하아하아 하고 거친 숨을 내쉬었다.

"코토리……? 왜 그러는 거야?"

"아, 아니, 그게……."

시도의 물음에 코토리는 미심쩍은 표정을 지으면서 주먹밥의 단면을 쳐다보았다. 그리고 「으윽」 하고 신음을 흘리며 오만상을 찡그렸다.

시도는 의아해하면서 코토리가 들고 있는 주먹밥을 보더니 눈썹을 찌푸렸다.

"고, 고수……?"

그렇다. 코토리의 주먹밥 안에는 그녀가 질색하는 향신료인 고수가 잔뜩 들어있었다.

"……어, 뭐야? 혹시 나를 괴롭히려는 거야?"

코토리는 울먹거리면서 토카 일행을 쳐다보았다. 하지만 토카는 고개를 세차게 내저으며 대답했다.

"그렇지 않다. DEM이라는 적을 쓰러뜨리기 위해, 다들 자신이 싫어하는 걸 극복하기로 했다. 그래서 우리가 먹을 주먹밥에도…… 우리가 싫어하는 게 들어있지."

용감한 목소리로 그렇게 말한 토카는 금방이라도 울음을 터뜨릴 것 같은 표정을 지으며 손에 쥔 주먹밥을 베어 물었다. 그리고 다른 정령들도 일제히 주먹밥을 먹었다.

"……윽, 으극……."

"으, 으으…… 냄새가 심해요……."

"으, 음…… 질 수는 없느니라……."

그리고 다들 몸을 배배 꼬면서 울먹거렸다. 유일하게 오리가미만이 변함없는 표정으로 주먹밥을 먹고 있었다.

"자, 자…… 시도. 시도도 시련을 극복하는 거다."

"어……."

시도는 그 말을 듣고 손에 쥔 주먹밥을 쳐다보았다. 겉보기에는 평범하게 맛있어 보이는 주먹밥이지만, 눈앞에 펼쳐진 광경을 보고 나니 왠지 위험물 같아 보였다.

"으음, 혹시나 해서 묻는 건데, 내 주먹밥에는 뭐가 들어 있는 거야?"

시도가 식은땀을 흘리면서 묻자, 토카는 팔짱을 끼면서 낮은 신음을 흘렸다.

"시도의 주먹밥에 뭘 넣을지 꽤 고민했다. 시도는 싫어하는 음식이 거의 없으니까 말이다."

"긍정. 그 주먹밥의 속재료는 음미의 음미를 거듭한 끝에 정했어요."

"우후후~ 달링, 원한다면 먹는 걸 도와줄 수도 있어요~."

정령들은 그렇게 말하면서 시도의 퇴로를 차단하려는 듯이 이동했다. 그 모습을 본 시도는「히익!」하며 숨을 삼켰다.

"그, 그러니까 대체 뭐가 든 건데……?! 사람이 먹을 수 있는 거지?!"

"……."

"……."

"……우훗."

"하다못해 무슨 말이라도 해보라고오오오!"

정령들이 아무 말 없이 미소만 짓자, 시도는 비명에 가까운 고함을 질렀다.

◇

초목도 잠들었을 축시(丑時)— 라고 말하지만, 요즘 같은 시대에는 새벽 두 시 정도에도 도시에 불빛이 남아 있었다.

창문을 통해 불빛이 흘러나오고 있는 주택이 드문드문 있었고, 길가에 세워진 가로등, 그리고 편의점이 찬란히 빛나고 있었다. 그리고 도심에서는 근로기준법을 당당히 무시하는 것처럼 수많은 건물에서 불빛이 새어나오고 있을 것이다.

그런 불빛 주위에는 인간들이 있으며, 또한 그곳에서 생활을 영위하고 있다. 그리고 그것은 순환되고 있으며, 결코 중단되지 않는다.

사람이 그런 문명과 시스템을 만든 탓에 도시에서는 이 시간에 잠들 초목 자체가 사라져버렸다는 의미에서 본다면, 아까 그 말도 완전히 틀렸다고는 할 수 없으리라.

하지만— 그런 마을의 상태가 조금 이상했다.

마을은 발치를 살피지 않으면서도 걸음을 옮길 수 있을 만큼 환했다.

하지만 그런 마을에서는 인간의 숨소리가 거의 들려오지 않았다.

정확하게는 오피스 빌딩과 맨션, 상업시설 등의 창문 너머로 인기척이 느껴지지 않았다.

그들은 책상이나 바닥에 쓰러져 혼수상태에 빠져 있는 것이다.

한 마을에 있는 모든 이들이 전부 잠들어 버린 기묘한 현상이 벌어졌다. 마을 전체에 독가스를 뿌린 건지, 아니면 대규모 재난 영화라도 촬영하는 것만 같을 정도로 비현실적인 광경이었다.

하지만 화학병기를 손에 넣은 테러리스트가 이 마을을 표적으로 삼은 것도, 거대 스폰서를 얻어서 기세가 등등한 영화 제작사의 프로듀서가 이곳에서 촬영을 하고 있는 것도 아니다.

그저— 지면에서 **시꺼먼 그림자가 꿈틀거리고 있을 뿐**이다.

그렇다. 그림자다.

안 그래도 어두컴컴한 길가에…….

높디높은 빌딩의 벽면에…….

불빛이 존재하는 실내에…….

잠들어있는 모든 인간의 발치에서는 예외 없이 거무튀튀한 그림자가 꿈틀거리고 있었다.

"——."

그렇게, 사람의 목소리가 종적을 감춘 마을의 중심에서…….

토키사키 쿠루미는 의식을 집중시키듯, 두 손바닥을 맞댄 채 눈을 감고 있었다.

〈시간을 먹는 성〉. 쿠루미의 그림자를 확대시켜 거기에 닿은 생물의 『시간』— 즉, 수명을 빨아들이는 힘이었다.

쿠루미가 지닌 시간의 천사 〈자프키엘〉은 강대한 힘을 자랑하지만, 그 탄환을 쓸 때마다 사용자의 『시간』을 소모한다.

물론 아무리 정령일지라도, 쿠루미 한 사람의 『시간』으로 충당할 수 있을 만큼, 그녀의 목적은 간단하지 않다.

필연적으로 대규모 전투가 예상될 때, 그리고 깊은 상처를 입었을 때는 이렇게 외부로부터 『시간』을 보충할 필요가 있는 것이다.

하지만 쿠루미도 이렇게 대대적으로 보충하는 것은 처음이었다. 평소 같으면 점찍은 빌딩의 내부에 있는 이들의 시간만 흡수했다. 너무 대대적으로 『시간』을 빨아들였다간, 남들의 이목이 집중될 것이기 때문이다.

하지만 지금은 수단과 방법을 따질 때가 아니었다.

내일, DEM인더스트리는 총력을 기울여 시도의 목숨을 노릴 것이다. 그들을 타도해서 시도를 지키기 위해서는 지금 이상의 병력이 필요하다. 그야말로— 도시 전체에서 『시간』을 빨아들여야 할 정도로 말이다.

물론 괜한 방해꾼이 나타나는 것을 막기 위해, 텐구시에서 떨어진 곳에 있는 지방도시를 타깃으로 삼았다. 『시간』을 보충하는 것이 목적인데, 〈라타토스크〉와 DEM이 냄새를 맡기라도 한다면 괜히 『시간』을 소비하게 될 테니까 말이다.

"—『저』."

그리고…….

어둠 속에서 자신과 똑같은 목소리가 들렸다. 쿠루미는 감고 있던 눈을 천천히 떴다.

그러자 주위에 있는 자신의 분신들이 눈에 들어왔다. 다들 쿠루미와 함께 〈시간을 먹는 성〉을 마을 전체에 펼친 자들이다.

"슬슬 적당한 때가 된 것 같아요."

"예—."

쿠루미는 살며시 고개를 끄덕인 후, 천천히 한 손을 들어 올렸다.

그러자 그림자 안에서 고풍스러운 단총이 튀어나오더니, 그녀의 손아귀에 쏙 들어갔다.

"〈자프키엘〉—【여덟 번째 탄환(헤트)】."

쿠루미가 그렇게 중얼거리자, 단총의 총구에 탄환이 장전되듯 그림자가 빨려 들어갔다.

쿠루미는 그 총구를 자신의 관자놀이에 댄 후, 주저 없이 방아쇠를 당겼다.

탕— 하는 메마른 소리가 울려 퍼지면서, 그녀의 머리가 희미하게 흔들렸다.

다음 순간, 쿠루미의 몸이 흔들리더니, 그녀의 몸이 두 개로 늘어났다.

【헤트】. 〈자프키엘〉의 탄환 중 하나이며, 쿠루미의 과거 모습을 분신으로 재현한다.

쿠루미는 새롭게 태어난 분신을 힐끔 쳐다본 후, 또 입을 열었다.

"—【헤트】. 【헤트】, 【헤트】, 【헤트】, 【헤트】, 【헤트】, 【헤트】,

【헤트】, 【헤트】."

몇 발이든.

몇 발이든, 몇 발이든.

몇 발이든, 몇 발이든, 몇 발이든.

쿠루미는 연이어 총구에 그림자를 담더니, 자신의 관자놀이에 탄환을 쐈다.

그때마다 쿠루미의 숫자는 늘어났으며, 새롭게 탄생한 분신들은 그림자 안으로 들어갔다.

"—휴우."

한동안 작업을 계속하면서 천 명 가량의 분신을 만들어 낸 후, 쿠루미는 지친 것처럼 한숨을 내쉬었다.

"『저』, 괜찮나요?"

"멀쩡해요. —그것보다, 그림자를 되돌린 후, 다른 곳으로 이동하죠."

쿠루미는 그렇게 말하면서 아까와 마찬가지로 눈을 감았다.

분신이 도와주고 있다고는 해도, 이 정도로 광범위하게 그림자를 넓히기 위해서는 상당한 집중력이 요구된다. 그리고 넓힌 그림자를 원래대로 되돌리는 데도 마찬가지다.

마을 하나. 정확한 숫자는 알 수 없지만, 수만 명의 『시간』을 빨아들인 〈시간을 먹는 성〉이 쿠루미의 발치로 집결됐다.

목숨에 지장이 없을 정도만 『보충』하기는 했지만, 개개인에 맞춰 세세하게 조절하지는 못했다. 그러니 수명이 얼마 남지 않은 노인, 혹은 환자가 『시간』을 빨린 탓에 숨을 거뒀을지도 모른다.

가족과, 연인과, 친구와— 사랑하는 이들을 만날 최후의 시간을, 쿠루미에게 빼앗겼을지도 모르는 것이다.

"……."

하지만, 아니— 그렇기 때문에, 쿠루미는 걸음을 멈출 수가 없었다.

【열두 번째(유드 베트) 탄환】으로 30년 전으로 거슬러 올라가, 모든 것을 『없었던 일』로 만든다. 그런다면, 지금, 그리고 지금까지 쿠루미가 해온 짓 또한 전부 없었던 일이 된다.

그 목적 앞에서, 모든 것은 사소한 일에 지나지 않았다.

쿠루미는 아무 말 없이 그림자를 회수했다.

그 모습은 마치 신에게 기도를 드리는 수녀, 혹은 용서를 구하는 고해자 같았지만— 분신 중 그 누구도 그런 말을 하지는 않았다.

◇

"……."

밤. 시도는 〈프락시너스〉의 휴게 에어리어에서 밀크티가 든 종이컵을 한 손에 쥔 채, 별로 뒤덮인 하늘을 올려다보고 있었다.

도시의 하늘에서는 별이 보이지 않는다고 흔히들 말하지만, 구름 너머의 고도 15000미터에 떠 있는 공중함에서는 하늘을 뒤덮은 별들을 볼 수 있었다. 정말 몽환적인 광경이었다. ……뭐, 시도는 얼마 전, 비유가 아니라 진짜로 저 별의 바다를 헤엄쳤지만 말이다.

"……하하."

시도는 무심코 웃음을 흘렸다.

지금 생각해보면, 정말 황당무계한 이야기다. 분명 다른 사람에게 이야기를 해봤자 아무도 믿지 않을 것이다.

맨몸으로 우주를 헤엄쳤다는 이야기만이 아니다. 1년 전 — 아니, 5년 전부터 시도의 곁에서는 비상식적인 일들이 몇 번이나 일어났던 것이다.

바로 그때—.

"—시도?"

시도의 생각을 방해하듯, 갑자기 누군가의 목소리가 뒤편에서 들려왔다.

고개를 돌려보니, 잠옷 차림인 토카가 휴게 에어리어 입구에 서 있었다. 오늘은 시도뿐만 아니라 정령들도 〈프락시너스〉의 거주공간에서 묵기로 했다.

"아, 토카. 무슨 일이야? 잠이 안 오는 거야?"

"음…… 미쿠가 잠버릇이 너무 나빠서 말이다."

"그래?"

"그렇다. 애벌레처럼 바닥을 기면서, 남의 침대에 들어오려고 하더구나."

"……저기, 진짜로 잠든 게 맞는 거야?"

시도는 식은땀을 흘리면서 쓴웃음을 지었다. 미쿠는 이럴 때도 평소와 변함이 없는 것 같았다.

한편, 토카는 고개를 갸웃거리면서 시도에게 물었다.

"그러는 시도야말로, 뭘 하고 있는 것이냐?"

"아, 좀 생각할 게 있어서 말이야."

시도가 그렇게 말하자, 토카는 뭔가를 눈치챈 것처럼 「으음……」 하고 낮은 신음을 흘렸다.

"무리도 아닐 거다. 모레…… 아니지, 이제 날짜가 바뀌었으니 내일이면 DEM과 결전을 치를 테니 말이다. 긴장하는 게 당연하다."

"으음…… 뭐, 그런 생각도 하고 있긴 한데 말이야."

"음?"

토카는 시도의 말을 듣고 의아하다는 듯이 고개를 갸웃거렸다.

"쿠루미에 대해서…… 생각하고 있었어."

확실히 시도는 DEM과의 결전에서 승리한 후, 살아남아야만 한다.

하지만, 그 후에 이뤄야 하는 진정한 목적— 쿠루미를 봉인하기 위한 구체적인 답을, 시도는 아직 찾아내지 못했다.

"쿠루미는…… 내가 반드시 구하고 말 거야. 그게 쿠루미에게 몇 번이나 목숨을 구원받은 내 책임이자 사명이거든. 하지만 내가 생각하는 『구원』이 쿠루미에게 있어서의 진정한 『구원』인지…… 솔직히 말해 모르겠어."

그렇다. 시도는 〈자프키엘〉의 【열 번째(유드) 탄환】으로 쿠루미가 지금까지 어떻게 살아왔는지 알았다.

원한과 분노와 복수— 그리고 터무니없는 소망으로 꾸며진, 처절하기 그지없는 과거…….

그것을 안 후, 시도는 쭉 생각해왔다.

쿠루미의 『구원』과 시도의 『구원』, 그 두 가지를 양립시킬 방법을 말이다.

하지만 아무리 생각을 해봐도 답을 찾을 수가 없었다.

"……."

토카는 시도의 말에 기묘한 표정을 지으며 한숨을 내쉬었다.

그리고 샌들을 신은 발로 소리를 내면서 시도에게 다가왔다.

"옆에 앉아도 되겠느냐?"

"응. 물론이지."

토카는 시도의 대답을 듣고 고개를 끄덕이면서 그의 옆에 앉았다.

그리고 자신의 무릎을 손바닥으로 두드렸다.

"자—."

"어?"

"쓸데없는 소리 하지 말고 내가 시키는 대로 해라."

단호한 어조로 그렇게 말한 토카는 시도의 어깨를 꼭 잡더니, 그대로 자신 쪽으로 잡아당겼다.

마치— 무릎베개를 해주려는 것처럼 말이다.

"토, 토카?"

그 갑작스러운 행동에 시도가 놀라자, 토카는 그의 머리를 부드럽게 쓰다듬어줬다.

"어떠냐? 『어머님과 함께』라는 방송에서 나온 거다. 이렇게 해주면 마음이 진정된다더구나."

"……하하."

시도는 그 말을 듣고 무심코 웃음을 터뜨렸다.

그리고, 떠올렸다.

작년 6월의 일이다. 쿠루미의 잔혹한 소행을 알고 마음이 꺾이고 만 시도에게 용기를 준 이 또한 토카였다.

"……고마워, 토카. 너한테는 항상 도움을 받네."

시도가 그렇게 말하자, 토카는 손가락을 부르르 떨면서

잠시 침묵했다.

그리고 몇 초 후, 토카가 입을 열었다.

"……그렇지 않다. 나는 시도에게 사과를 해야만 해."

"뭐?"

시도는 그 느닷없는 말을 듣고 눈을 동그랗게 떴다. 토카는 그런 시도를 향해 조용히 말을 이었다.

"……쿠루미가 없었으면 시도가 이미 죽었을 거라는 말을 듣고, 가슴이 옥죄어드는 듯한 느낌이 들었다. 그리고…… 만약 시도가 나와 애초에 만나지 않았다면, 이런 일을 겪지도 않았을 거라는 생각을 하고 말았다."

토카는 그렇게 말하면서 입술을 깨물었다. 토카의 무릎을 통해 희미한 떨림이 시도의 뒤통수에 전해져 왔다.

"토카……."

시도는 낮은 목소리로 토카의 이름을 부른 후, 그녀의 손을 꼭 움켜잡았다.

"무슨 소리를 하는 거야. 나는— 그때, 너와 만나서 정말 다행이라고 생각해."

"하지만……."

토카는 기어들어가는 목소리로 그렇게 말했다. 시도는 그녀의 말을 끊으려는 듯이 계속 말을 이었다.

"확실히 몇 번이나 위험에 처했고, 새로운 정령이 나타날 때마다 엄청난 일에 휘말렸지만…… 나는 그 고생을 감수하고도 남을 만큼 많은 걸 너희에게서 받았어. 이제는 너희가 없는 인생을 상상조차 할 수 없을 만큼 말이야.”

—수많은, 만남을 가졌다.

우연과 필연이 뒤엉켜 이뤄진, 토카와의 해후(邂逅).

너무나도 상냥한 정령, 요시노와의 밀회.

『최악의 정령』이라 불리던 쿠루미와의 조우.

5년 전의 인연에서 비롯된 코토리의 재봉인.

서로를 살리기 위해 끊임없이 싸워 온 야마이 자매에게의, 새로운 선택지 제시.

정령들을 장악한 미쿠와의 싸움, 그리고 협력.

자유자재로 변하는 천사를 지닌 나츠미와의 지혜 대결.

역사를 바꾸는 결과로 이어진, 오리가미와의 화해.

사람을 믿지 못하던 니아의 공략.

또한 무쿠로와 만나기 위해, 우주로 향했다.

그리고 현재, 시도는 DEM인더스트리라는 조직에게 목숨을 위협받고 있다.

아니, 정확하게 말하자면 이미 200번 넘게 살해당했다.

적당히 좀 하라고 울부짖고 싶어질 만큼, 수많은 고난이 쉴 새 없이 시도에게 밀려왔다.

하지만—.

“나는 후회하지 않아. 만약 지금 기억을 전부 가진 상태에서 토카와 만나기 이전으로 되돌아가더라도— 나는, 주저 없이 토카를 향해 손을 뻗을 거야."

"시도……."

눈가에 눈물이 맺힌 토카가 시도의 손을 꼭 움켜쥐었다.

시도는 이제 와서 부끄러움이 밀려왔는지, 얼버무리듯 쓴 웃음을 지었다.

"……아, 그래도 지금 기억을 다 가진 상태에서 과거로 돌아간다면, 필살기를 연습하거나, 캐릭터 설정을 짜거나, 괴상한 시를 쓰지는 않을 거야. ……뭐, 어쨌든 쿠루미의 천사를 손에 넣지 않는 한, 그런 건—."

바로 그때였다.

시도가 갑자기 말을 멈추더니, 미간을 살며시 찌푸렸다.

실낱같은 광명이 비친 듯한 느낌이 들었다. 그리고 어떤 가능성이 시도의 뇌리를 스쳤다.

"……음? 시도, 왜 그러느냐?"

"아…… 그것보다, 토카."

"뭐냐?"

"……잠시만 더, 이러고 있어도 될까?"

시도가 그렇게 말하자, 토카는 상냥한 목소리로 「물론이지」라고 대답했다.

제4장 종언의 발소리

"……저기, 저건 뭐야?"

"응? 아, 신호등이야. 등에 나타나는 색깔로 통행을 해도 되는지 알려줘."

"저건?"

"우체통이라고 해. 저기에 편지를 넣으면, 지정된 장소에 가져다줘."

"그럼 저건 뭔데?"

"자동판매기라는 거야. 돈을 넣으면 마실 걸 살 수 있어."

"그럼—."

순간, 미오가 말을 멈췄다.

"아까부터 질문만 해댔네. 미안해."

그리고 미안해하는 듯한 어조로 그렇게 말했다. 그러자 소년은「별것 아냐」하며 고개를 저었다.

"신경 쓰지 마. 저런 걸 처음 보면 흥미를 가지는 게 당연하거든."

소년은 그렇게 말하면서 주위를 둘러보았다.

질서정연하게 세워져 있는 건물과 깨끗하게 정비된 도로, 그리고 그 옆에는 같은 간격으로 전봇대가 있으며, 전봇대 사이에는 전선이 설치되어 있었다.

그리고 그런 공간 안을 수많은 사람들과 탈것이 오가고 있었다. 이 근처에 사는 소년에게 있어서는 눈에 익은 풍경이지만, 만약 이 광경을 처음 봤다면 소년 또한 미오와 똑같은 반응을 보였을 것이다.

그렇다. 미오가 소년의 앞에 나타나고 2주 후, 두 사람은 함께 집밖으로 나왔다.

미오는 집안에 있는 책을 전부 다 읽은 덕분에 일본에서 몇 년 이상 생활한 외국인 수준의 언어를 구사하게 되었으며, 예절과 매너, 사회상식 등도 어느 정도 익혔다. 그래서 타카미야 가의 감시역인 마나가 미오의 외출을 허가한 것이다.

하지만 두 사람은 공간진이 발생한 장소와는 반대 방향으로 향하고 있었다. 미증유의 대재해가 벌어진 이 마을은 여전히 혼잡하기 그지없었으나, 사람은 살기 위해선 밥을 먹어야 하고, 먹고 살기 위해선 일을 해야 한다. 그리고 그런 행동을 취하기 위해서라면, 설령 몇 킬로미터 떨어진 곳에 그런 폭발 현장이 있더라도 일상생활의 기반을 되찾을 수밖에 없는 것이다.

텔레비전에서는 여전히 공간진에 대해 시끌벅적하게 다루고 있으며, 그게 어떤 비극을 낳았는지 방송하고 있었다. 하지만 그 현장에 살고 있는 주민들은 의외로 아무렇지도 않게 일상을 영위하고 있었다.

"와아…… 흐음…… 아, 이건 책에서 본 적 있어."

"……."

소년은 흥미롭다는 듯이 주위를 둘러보면서 걸음을 옮기는 미오를 쳐다보면서 생각에 잠겼다.

처음 만났을 때와는 비교도 되지 않을 만큼 언어 능력이 좋아졌으며, 의사소통도 가능해졌다. 시간이 지날수록 기억이 명확해지면서, 당시에는 의미를 알 수 없었던 점들에 대해서도 일본어로 설명해주게 됐다.

하지만 아직 미오에게는 알 수 없는 점이 너무 많았다.

아니— 정확하게 말하자면, 그녀가 말로 설명을 해주게 되었기에 오히려 이해가 안 되는 점이 늘어났다고 할 수 있다.

—『정령』. 자신의 존재를 일본어로 말한다면 그 표현에 가장 가까울 거라고 그녀는 말했다.

마술이나 주술 같은 불가사의한 힘으로 만들어낸, 초현실적인 생명체.

하지만 호기심이 왕성한 미오의 뒷모습을 보고 있으면, 그녀가 그런 불온한 존재라는 게 도저히 믿기지 않았다. 오히려—.

"—왜 그래?"

"……우왓!"

미오가 느닷없이 자신의 얼굴을 들여다보자, 소년은 화들짝 놀랐다. 미오는 그런 소년을 쳐다보면서 이상하다는 듯이 고개를 갸웃거렸다.

"아, 아무것도 아냐."

"……그래?"

미오는 또 의아하다는 듯한 목소리를 내더니, 뭔가가 생각난 것처럼 똑바로 섰다.

"그런데, 저건 뭐야?"

미오는 또 뭔가를 손가락으로 가리키며 물었다. 소년은 고개를 돌려서 미오가 가리키는 것을 쳐다보았다.

그것은 게임 센터 앞에 놓여 있는 기계였다. 흥겨운 소리를 내고 있는 박스형 기계 안에 줄지어 놓인 조그마한 봉제인형이 그 동그란 눈동자로 길가는 사람들을 응시하고 있었다.

"아, 크레인 게임이라는 거야. 저 기계의 안쪽 천장에 집게가 달려있지? 밖에서 저 집게를 조작해서 봉제인형을 뽑는 거야."

"흐음? 재미있어 보이네."

소년이 간략하게 설명을 해주자, 미오는 가벼운 발걸음으로 크레인 게임기를 향해 걸어가 내부를 지그시 쳐다보았다.

안에 있는 곰 인형이 마음에 든 걸까? 소년은 미오의 뒤를 쫓듯 걸음을 옮기더니, 그녀와 마찬가지로 크레인 게임기 안을 쳐다보면서 입을 열었다.

"뽑아줄까?"

"……뭐?"

미오는 그 말이 뜻밖이라는 듯한 표정을 지으며 고개를 들었다.

소년은 그런 미오를 보면서 쓴웃음을 짓고는 기계에 돈을 집어넣었다. 그리고 안내 음성에 따라 집게를 조작하기 시작했다.

그리고 십여 분 후, 단번에……는 아니지만, 지갑 안이 텅 비기 전에, 소년은 곰 인형을 뽑았다.

"좋았어어어어엇! 해냈다고!"

솔직히 말해, 연이어 실패를 했기에 인형을 뽑자 너무 기뻤다. 곰 인형이 배출구에 떨어진 순간, 남들 시선을 개의치 않으며 우렁차게 외쳤다. 게임 센터 안에 있던 손님들과 길을 가던 사람들이 깜짝 놀라면서 소년을 쳐다보다가 쓴웃음을 지으며 다시 고개를 돌렸다.

"……."

소년은 얼굴을 약간 붉히고 고개를 숙이면서 곰 인형을 꺼냈다.

"아, 아무튼……. 받아, 미오."

"……, ……어?"

미오는 소년의 말과 행동을 이해하지 못한 것처럼 고개를 갸웃거렸다. 소년은 부끄러워하며 그런 미오의 손을 잡아당기더니, 억지로 곰 인형을 쥐어줬다.

"……어? 나한테, 주는 거야?"

"응. 그러려고 뽑은 거라고. ……혹시 필요 없는 거야? 꽤 열심히 쳐다보기에 이런 걸 좋아하나 싶었는데……."

"좋아……."

미오는 눈을 동그랗게 뜨면서 그 말을 중얼거리더니, 소년이 건네준 봉제인형을 뚫어져라 쳐다보았다.

"좋아…… 좋아한다는 감정…… 대상에 강한 흥미를 가지는 것……."

그리고 사전의 문장을 읊조리듯 그렇게 중얼거린 후, 손에 든 곰 인형을 꼭 끌어안았다.

"—그래. ……응. 이게 분명 『좋아한다』는 거야. 진심으로 감사의 뜻을 표할게. ……아니, 으음……."

미오는 잠시 생각을 잠기더니, 곧 소년을 쳐다보며 말을 이었다.

"—고마워. 기뻐. 나, 너를, 『좋아해』."

그리고 미소를 지으며 그렇게 대답했다.

"……뭐?!"

소년은 그 미소에 심장을 꿰뚫린 듯한 착각이 들었다.

미오의 예상치 못한 말에 소년은 얼굴을 새빨갛게 붉히며 고개를 돌렸다.

그것은, 이제부터 시작될 미오와의 생활을 상징하는 한 페이지.

소년에게 있어 그 무엇과도 바꿀 수 없는 하루하루의 시작.

—하지만, 소년은 아직 알지 못했다.

미오라는 소녀가 지닌 의미를…….

그녀를 노리는 인간들의 존재를…….

아침. 라이젠 고등학교로 이어지는 통학로에는 많은 학생들로 북적이고 있었다.

2월의 아침은 춥다. 다들 교복 위에 코트를 걸치거나, 목에 머플러를 둘러 추위에 대처하고 있었다.

하지만 그 중에는 토노마치 히로토처럼, 셔츠 위에 블레이저 교복만 걸치고 이 한겨울에 힘차게 걸어 다니고 있는 소년도 있었다.

"다들 굿모닝~! 오늘도 날씨가 좋네!"

토노마치는 그렇게 말하면서 길을 따라 걷고 있는 여학생

3인조를 향해 손을 흔들었다.

키가 큰 소녀와, 평범한 체격의 소녀, 그리고 몸집이 작고 안경을 낀 소녀. 그녀들은 2학년 4반의 명물 트리오인 통칭 아이마이미이였다.

하지만 언제나 활기차던 그 세 사람은 토노마치를 보더니 추위를 타듯 머플러를 여몄다.

"안녕……. 오늘은 먹구름이 잔뜩 꼈지만 말이야."

"그것보다 토노마치 군은 안 추워? 보고 있는 우리가 다 추운데 말이야."

"초등학생 때도 이런 애가 있었어. 한겨울에도 반바지 반팔 차림인 녀석 말이야. 별명은 윈드였어."

아이마이미이가 차례차례 그렇게 말하자, 토노마치는 흐흥 하고 웃음을 흘리며 가슴을 쫙 폈다.

"이 와일드함을 드디어 알아 준 거구나. 결국 여자애는 믿음직한 남자를 좋아하지. 오늘 아침에 텔레비전에서 그런 말이 나왔다고."

"……봤어?"

"으음, 나는 못 봤어. 나, 아침에는 뉴스만 보거든."

"나도 마찬가지야. 아, 어느 마을에서 집단 혼수상태에 빠진 사건이 벌어졌다며? 섬뜩하네~."

아이마이미이는 토노마치를 무시한 채 그렇게 떠들어댔다. 하지만 토노마치는 주눅 들지 않으며 더욱 큰 목소리를 냈다.

“아무튼! 이걸로 나에게도 애인이— 에, 에취!”

토노마치는 말을 하던 도중에 재채기를 했다. 그러자 아이 마이미이는 그럴 줄 알았다는 듯한 눈길로 그를 쳐다보았다.

“옷 좀 얇게 입었다고 감기에 걸려서야 와일드함과는 거리가 멀어~.”

“그리고 만난 적 없는 잘난 사람보다는 눈앞에 있는 여자애의 의견에 귀를 기울이는 게 어때~?”

“맞아. 예를 들어 여기 계신 야마부키 아이 양께서는 환절기 때마다 감기에 걸리는 책벌레 타입 남자애를 짝사랑 중이죠~.”

“그 입 다물지 못할까!”

느닷없이 자기가 짝사랑 중이라는 걸 폭로당한 아이가 미이의 목덜미를 움켜잡으려 했다. 하지만 미이는 마이를 방패삼듯 그녀의 주위를 빙글빙글 돌기 시작했다.

한편, 추위 때문에 어깨를 떨면서 코를 훌쩍이던 토노마치는 뭔가를 알아챈 것처럼 눈을 크게 떴다.

“감기…… 아, 그랬구나. 으음, 야마부키의 마음은 기쁘지만, 너무 놀라서 뭐라고 해야 할지 모르겠는걸…….”

“우와, 말도 안 되는 착각 좀 하지 마! 내가 좋아하는 사람은 토노마치 군이 아니니까 신경 꺼!”

마이를 사이에 두고 손을 뻗어서 미이의 목덜미를 움켜쥔 아이가 그렇게 외쳤다. 토노마치는 「에이~, 행복한 꿈 좀 꾸게 나를 좀 내버려두라고~」 하며 몸을 배배 꼬았다.

"정말…… 그런데 토노마치 군. 이츠카 군 못 봤어?"

미이의 볼을 잡아당기면서 화풀이를 하던 아이가 문뜩 뭔가가 생각난 듯한 표정으로 그렇게 말했다.

"이츠카? 아, 오늘은 아직 못 봤어. 혹시 무슨 일 있는 거야?"

"아, 그 음흉한 짐승이 또 토키사키 양과 데이트를 했다는 소문을 들었거든. 우리로서는 『이 자식, 토카 양이 있으면서 또 바람을 피운 거냐!』 하고 유감의 뜻을 표명하고 있단 말이지."

"게다가 듣자하니 『나만의 동물원』에 새로운 동료가 늘어났대."

"이번에는 로리 글래머래. 그 정도면 완전 범죄 아냐?"

세 사람이 소곤거리면서 그렇게 말하자, 토노마치는 왁자지껄하게 웃음을 터뜨렸다.

"아하하! 무슨 소리를 하는 거야~. 다른 사람도 아니고 이츠카가 그런 짓을……."

"할 리가 없다는 거야?"

"아니, 하고도 남지. 발견 즉시 바로 알려줄게."

"협력해주셔서 감사합니다."

토노마치와 3인조는 그렇게 협력 관계를 맺었다. 네 사람은 시합 직전의 팀 동료처럼 손을 모으더니, 시선을 맞추면서 「오~!」 하고 외쳤다.

그리고, 다음 순간—.

위이이이이이이이이이이이이이이이이이이이이이이이이이잉—.

마치 그 동작에 맞추기라도 한 듯한 타이밍에, 마을 전체에 경보가 울려 퍼졌다.

"어?! 공간진 경보……?!"

"뭐, 정말?!"

느닷없이 경보가 울리자, 토노마치와 아이마이미이, 그리고 주위에 있던 학생들이 술렁거렸다.

하지만 다들 패닉 상태에 빠지지는 않았다. 왜냐하면 이곳은 텐구시, 이 세상에서 가장 자주 공간진이 일어나는 마을이자, 셸터 보급률 1위인 지역인 것이다. 학생들도 훈련이 아니라 실제 피난을 몇 번이나 경험했기에 그 대응에 익숙했다.

"우와…… 이 추운 날에 셸터에 들어가야 하는 거야? 너무해~."

"무슨 소리를 하는 거야~. 자, 빨리 대피하자. 학교의 셸터로 가는 거야."

"오케이~."

다들 긴장감이 없는 대화를 나누면서 학교 지하의 셸터로 향했다.

경보가 울렸다고 해서 바로 공간진이 발생하는 것은 아니다. 오히려 괜히 서두르다 더 위험해질 수도 있는 것이다. 토노마치 일행은 차분하게 셸터 입구로 향했다.

—바로 그때였다.

"……어?"

지하로 이어지는 입구에 들어가려던 순간, 토노마치는 갑자기 걸음을 멈추고 하늘을 올려다보며 눈을 가늘게 떴다.

"응? 토노마치 군, 왜 그래?"

"아…… 왠지 방금 하늘에 뭔가가 떠 있지 않았어?"

"뭐?"

아이마이미이는 토노마치의 말을 듣고 하늘을 올려다보았다. 하지만, 곧 그녀들은 고개를 저었다.

"……뭐 말이야?"

"으음…… 뭐랄까, 구름 너머에 거대한 전함? 같은 게 있었던 것 같은데……."

"……."

토노마치가 그렇게 말하자, 아이마이미이는 침묵했다. 아니, 정확하게 말하자면 불쌍하다는 눈길로 토노마치를 쳐다보며 작은 목소리로 소곤거렸다.

"토노마치 군, 드디어 뇌가……."

"아, 자기만 특별한 게 보인다는 착각에 빠진 거 아닐까?"

"어느 쪽이든 간에 완전 큰일이네~."

"그런 소리는 하다못해 나한테 안 들리도록 하라고?!"

도끼눈을 뜨면서 그렇게 외친 토노마치는 한 번 더 하늘을 올려다본 후, 고개를 갸웃거리면서 셸터에 들어갔다.

◇

―하늘에서, 인간이 만들어낸 절망이 내려왔다.

데우스 엑스 마키나의 공중함. 인간의 지혜를 초월한 힘으로 만들어낸 그 거대한 실루엣이 구름을 가르면서 인적이 사라진 마을의 상공에 모습을 드러냈다.

그 모습은 흡사 묵시록에 나온 파괴자(아폴리온) 같았다. 풍요의 대지에 멸망을 흩뿌리기 위해 나타난 나락의 왕을 연상케 하는 것이다.

하늘을 가르는 그 그림자는 약 서른 개 정도 되었다.

그렇다. 〈라타토스크〉가 파악한 DEM인더스트리의 보유함 중 대부분이 텐구시의 하늘에 집결한 것이다.

"―왔네."

그 광경을 〈프락시너스〉의 함장석에서 보고 있던 코토리는 입에 문 막대사탕의 막대 부분을 꼿꼿이 세우면서 정면 메인 모니터를 노려보았다.

"DEM 여러분께서 왕림하셨습니다~. 전원이 시도, 너를 지명했어. 인기 한 번 끝내주는데?"

그리고 농담 투로 그렇게 말하면서 시도를 힐끔 쳐다보았다. 그러자 시도는 쓴웃음을 지으며 어깨를 으쓱했다.

"응……. 너무 고마워서 눈물이 다 나려고 하는걸? 하지만 내 취향은 아니야."

"아하하, 그럼 어쩔 수 없네. 정중히 돌려보낼 수밖에 없겠어."

그렇게 말하면서 함장석에서 일어선 코토리는 어깨에 걸친 재킷을 휘날리며 걸음을 내디뎠다.

그리고 함교 하단부에 있는 승무원들과 통신기 너머에 있는 〈라타토스크〉 기관원들을 향해 힘찬 목소리로 외쳤다.

"〈프락시너스〉 함장, 이츠카 코토리야. 우선 여러분의 협력에 진심으로 감사할게.

—자, 이미 여러분이 보고 있는 모니터에도 비치고 있으려나? 우리 마을에 예의라고는 눈곱만큼도 없는 자가 쳐들어왔어. 거칠고 난폭한 방법으로 정령의 힘을 빼앗으려고 하는 최악의 데이트 폭력남이야. 하아, 짜증나네. 진짜 꼴사납기 짝이 없어. 여자를 힘으로 지배하려고 드는 남자들이 버림받고 나면 여자한테 매달린다니깐. 그렇게 자기 멋대로 행동했으면서, 왜 미움을 받지 않을 거라고 생각하는 걸까? 정말 이해가 안 돼. 이 세상 모든 여자가 무조건 자기만 감

싸주는 엄마처럼 보이는 걸까?"

코토리가 그렇게 말하며 한숨을 내쉬자, 통신기에서 낮은 웃음소리가 들려왔다.

코토리는 입술 가장자리를 슬며시 말아 올리면서 말을 이었다.

"자, 예의를 모르는 저 난폭자들에게 가르쳐 주자. 여자를 제대로 대하는 법을……. 우아하게 에스코트하는 법을……. 우리의, 전쟁(데이트) 방식을 말이야."

""""라져!""""

코토리의 선언에 답하듯, 함교 하단부와 통신기 너머에서 힘찬 목소리가 들려왔다.

공기를 뒤흔드는 듯한 그 엄청난 박력을 느낀 시도는 무심코 몸을 뒤편으로 젖혔다.

"엄청난 열기네……."

"음. 코토리도 정말 멋졌다."

시도의 옆에 있던 토카가 동의를 한다는 듯이 고개를 끄덕였다. 그러자 코토리는 어깨를 으쓱하면서 두 사람을 향해 고개를 돌렸다.

"다른 사람들도 토카와 같은 느낌을 받았다면 좋겠네. 다른 이들의 전의를 고양시키는 게 사령관의 임무거든. —하지만 단순히 열광하기만 하면 안 돼. 머릿속은 쿨하게, 그리고 하트는 뜨겁게, 가 이상적이야."

코토리는 손가락 하나를 세우면서 그렇게 말했다.

시도는 그 말을 듣고 가늘게 숨을 내쉬었다. 자신의 여동생이 너무 멋져 보였기 때문이다.

하지만 코토리는 미간을 살짝 찌푸리면서 말을 이었다.

"—하지만 농담으로라도 유리하다고는 말할 수 없는 상황이라는 건 이해해줘. 적의 공중함은 약 서른 척이나 되는데, 〈라타토스크〉 측은 〈프락시너스〉를 포함해서 다섯 척밖에 안 돼. 위저드의 숫자는 열 배 가량 차이가 날 거야. 게다가 상대편에는 〈밴더스내치〉가 약 수천 대는 있을 테고, 〈니벨코르〉는 얼마나 되는지 짐작도 안 돼. 리얼라이저의 성능은 우리가 뛰어나지만, 정면대결을 벌여선 절대 이길 수 없을 거야."

""""……""""

함교에 있던 정령들은 코토리의 말을 듣고 마른 침을 삼켰다.

코토리는 「하지만」이라고 말하면서 다른 이들을 둘러보았다.

"그런 전황을 뒤집을 수 있는 존재— 그게 바로 너희들이야."

그리고 정령들의 얼굴을 차례차례 바라보면서 말을 이었다.

"……정령을 지키는 조직의 사령관이 정령에게 도움을 청하는 게 얼마나 어이없는 짓인지는 알아. 솔직히 말하자면 부끄러워서 죽을 것만 같아. 하지만— 부탁할게. 너희의 힘을 빌려줘. 〈라타토스크〉 사령관으로서……."

코토리는 거기서 말을 멈추더니, 「아니……」 하고 다시 말하면서 정령들을 향해 고개를 숙였다.

"시도의 여동생으로서, 부탁할게. ―내 오빠를, 지켜줘."

"당연하지!"

토카가 한 걸음 앞으로 나서면서 힘찬 목소리로 그렇게 외쳤다.

그러자, 다른 정령들도 고개를 끄덕였다.

"저희도…… 열심히 도울게요."

"맞아요~! 만약 저희를 따돌렸다면 화냈을 거예요~!"

"전의 고양은 사령관의 임무라며? 아하하, 그럼 여동생 양은 방금 엄청 사령관다운 행동을 한 거야~."

"다들……."

코토리는 정령들의 말을 듣고 눈시울을 붉혔지만― 곧 손등으로 눈물을 훔쳤다.

그리고 마음을 다잡으려는 듯이 헛기침을 한 후, 다시 결의에 찬 표정을 지으며 고개를 들었다.

"―고마워. 하지만 그렇기 때문에 앞으로의 행동이 중요해. 니아, 여기서 나누는 대화는 〈벨제붑〉으로 파악하지 못할 거라고 생각해도 되지?"

코토리가 그렇게 묻자, 니아는 과장스럽게 고개를 끄덕였다.

"으음, 현재 〈벨제붑〉은 검색에 엄청 시간이 걸리니까 아마 괜찮을 거야. ……그런데 어떤 흉계를 준비해 둔 거야?

무쿠찡의 천사로 문을 만들어서 바로 적의 본진에 기습 공격을 가한다든가?"

니아는 새도복싱을 하는 듯한 시늉을 하면서 그렇게 물었다. 그러자 무쿠로는 「으음……」 하고 낮은 신음을 흘리며 미간을 찌푸렸다.

"미안하다만, 그건 무리일 것 같구나. 영력이 봉인되었으니, 장거리 이동은 어려울 것이니라……."

"아, 그래~?"

"그리고 그게 가능하더라도 허락하지 않을 거야. 적도 당연히 그걸 경계하고 있을 테고, 어떤 함정을 준비해 뒀을지 알 수 없거든. 『구멍』을 통과한 순간, 우리를 감지한 엘렌에게 목을 베인다— 같은 사태도 벌어질 수 있어."

코토리는 어깨를 으쓱하면서 그렇게 말한 후, 오리가미와 마나를 쳐다보았다.

"그것보다 오리가미, 마나. 저 성가신 〈밴더스내치〉를 무력화시킬 방법이라는 걸 가르쳐주지 않겠어?"

"알았어."

오리가미와 마나는 시선을 교환하며 고개를 끄덕인 후, 코토리의 말에 대답했다.

"하지만 그 전에 마리아에게 물어볼 게 있어."

『예? 뭔가요? 오리가미.』

오리가미의 말에 답하듯, 함교의 스피커에서 마리아의 목소리가 흘러나왔다. 오리가미는 『MARIA』라는 문자가 표시된 화면을 쳐다보면서 말을 이었다.

"—전에도 말했다시피, 〈밴더스내치〉는 DEM의 신형 리얼라이저인 〈애시크로프트-β〉로 가동되고 있어. 그 리얼라이저의 상세한 구조를 알면 재밍을 해서 가동을 방해하는 것도 가능할까?"

오리가미의 물음에 마리아는 생각에 잠긴 것처럼 잠시 동안 침묵에 잠긴 후에 대답했다.

『이론적으로는 가능하지만, 현실적이라고는 할 수 없어요. 만약 DEM에서 상세한 설계 데이터라도 훔쳐낸다면 이야기가 달라지겠지만—.』

"〈애시크로프트-β〉가 위저드 아르테미시아 애시크로프트의 뇌를 모델로 해서 만든 거라면 어때?"

"……뭐?"

코토리는 오리가미의 말을 듣고 표정을 찡그렸다. 시도 또한 미심쩍다는 듯이 미간을 찌푸렸다.

"아르테미시아……라면, 엘렌과 같이 있던 여자애 맞지?"

"예. 영국의 대(對) 정령 부대의 에이스 위저드예요."

마나는 팔짱을 끼면서 대답했다.

"DEM의 리얼라이저는 인간의 뇌로 외부에서 제어해야 하지만, 그녀의 뇌를 트레이스한 덕분에 리얼라이저에 제어 기능을 집어넣는 데 성공해 버린 거예요."

"—만약 아르테미시아 애시크로프트를 붙잡을 수 있다면, 그녀의 뇌파 데이터를 이용해 〈애시크로프트-β〉의 재밍 코드를 만드는 게 가능할까?"

『……, 아마, 가능할 거예요.』

잠시 침묵한 후, 마리아는 그렇게 대답했다. 정령들과 승무원들은 그 대답을 듣고 환성을 질렀다.

하지만 마리아는 그런 그들을 제지하듯 이렇게 덧붙였다.

『하지만 그건 어디까지나 아르테미시아를 잡았을 때의 이야기예요. 그녀의 마력 수치는 엘렌에 버금가요. 아무리 저희 쪽에 정령들이 있다고 해도, 그렇게 간단히—.』

"—그 점에 대해서는 다 생각해 둔 바가 있어."

"생각?"

시도가 되묻자, 오리가미와 마나는 동시에 고개를 끄덕였다.

"그녀는 원래 DEM의 방식에 회의적이었어요. 저렇게 순종적으로 DEM의 뜻에 따를 리가 없다는 거죠. 나나 오리가미 씨를 기억하지 못하는 걸 보면, 기억처리를 당해버렸을 가능성이 커요."

"그래. 그러니까— 너희의 힘을 빌리고 싶어."

오리가미는 담담한 목소리로 작전을 설명했다.

정령들은 그 제안을 듣고 눈을 크게 떴다.

"크큭, 재미있구나. 그 방법이라면 가능성이 충분히 있지."

"긍정. 역시 마스터 오리가미, 멋진 작전이에요."

"흐음…… 좋다. 어디 한 번 해보자꾸나."

정령들은 그렇게 말하며 그 작전에 동의했다. 코토리는 잠시 동안 생각에 잠겼지만, 곧 결단을 내리듯 고개를 들었다.

"—알았어. 하지만 다들 조심해."

"음!"

"……아, 알아. 무리는 절대 안 할 거야."

토카는 힘차게, 그리고 나츠미는 시선을 피하면서 고개를 끄덕였다.

코토리 또한 마주 고개를 끄덕인 후, 『MARIA』의 화면을 쳐다보았다.

"자…… 다음 차례는 마리아, 너야. 만약 방금 말한 작전이 성공하더라도, 상대방에게는 〈니벨코르〉 대군이 남아 있어. 그 녀석들을 어떻게 하지 않는 한, 웨스트코트를 제압하는 건 불가능해."

『예, 그렇죠.』

마리아는 차분한 목소리로 그렇게 대답한 후, 말을 이었다.

『〈니벨코르〉는 〈벨제붑〉의 힘을 베이스로 해서 만든 유사 정령이에요. 그건 해석 결과만 봐도 틀림없죠. 그렇다면—.』

마리아는 〈니벨코르〉 대책을 설명했다.

그러자 그 이야기를 듣고 있던 모든 이들의 표정이 점점 경악으로 물들어갔다.

"뭐…… 마리아, 진심이냐?"

"저, 저기…… 괜찮을까요……?"

"마리아, 무슨 소리를 하는 거야! 상황을 이해하고 있긴 한 거야?! 그런 짓을 허락할 수는 없어!"

다들 동요했으며, 코토리는 절규에 가까운 고함을 질렀다.

그 정도로 마리아의 제안은 뜻밖이었던 것이다.

『물론 상황은 이해하고 있어요. 저의 제안이 얼마나 비상식적인지도 말이죠. —하지만 코토리가 방금 말했다시피 〈니벨코르〉를 어찌 하지 않는 한, 저희는 승리할 수 없어요. 그리고 〈니벨코르〉를 무력화시킬 방법은 그것뿐이라고 단언할 수 있습니다.』

"하지만…… 그건—."

"—아니."

그때, 지금까지 아무 말 없이 이야기를 듣고 있던 시도가 코토리의 말을 끊듯이 입을 열었다.

그리고 그는 고개를 들면서 주먹을 말아 쥐었다.

"해보자. 방법이 그것밖에 없으니까 말이야. 그리고…… 그야말로 우리다운 방식이잖아?"

"시도……."

코토리는 한순간 불안한 표정을 지으며 시도를 올려다봤지만— 곧 손바닥으로 볼을 세차게 때리면서 날카로운 시선을 머금었다.

"……그래. 응, 맞아."

코토리는 재킷을 펄럭이며 다시 정면을 향해 돌아섰다.

"각 함에 전달! 작전을 공유하겠어! 반드시 성공시키는 거야!"

""""라져!""""

코토리의 말에 답하는 승무원들의 목소리가 함교 전체에 울려 퍼졌다.

코토리는 그 목소리를 들으면서 씨익 웃었다.

"—우선, 텐구시에서 우리와 싸운다는 게 어떤 의미인지 가르쳐 주도록 할까?"

◇

텐구시 상공에 떠 있는 강철의 악마, DEM인더스트리 공중함대.

그 함대의 가장 안쪽에 위치한 기함(旗艦) 〈레메게톤〉의 함교에서는 승무원들의 목소리가 울려 퍼지고 있었다.

"—텐구시 상공에서 공중함 다섯 척의 반응을 확인했습니다."

"식별 반응 해석. 전부 〈라타토스크〉의 배입니다."

그리고 통신기를 통한 음성이 스피커에서 흘러나오며 그 목소리와 뒤섞였다.

『〈호노리우스〉, 전투 준비 완료.』

『〈아르만달〉, 〈밴더스내치〉 사출 준비 완료.』

『〈갈드라보크〉, 위저드 부대, 준비 완료됐습니다.』

"—좋아."

웨스트코트는 자신의 고막을 뒤흔드는 수많은 보고를 들으면서 천천히 고개를 끄덕였다.

그리고 모니터를 쳐다보더니, 조준을 마친 것처럼 자신들을 향해 뱃머리를 돌린 〈라타토스크〉의 공중함을 보며 미소를 지었다.

"아무래도 〈나이트메어〉에게 우리의 메시지가 전달된 것 같군. —아니면 그녀는 이미 시간을 거슬러 올라갔고, 우리는 그걸 눈치채지 못한 걸까?"

웨스트코트는 웃음을 흘리며 턱을 매만졌다.

바로 그때, 옆에 서 있던 엘렌이 전방의 모니터를 바라보며 입을 열었다.

"다섯 척……인가요. 〈라타토스크〉도 총력을 투입한 것 같군요."

"그래. 옳은 판단이야. 내가 사령관이더라도 그렇게 했겠지. 그들이 승리하기 위해서는 이 기회에 공세를 펼치는 수밖에 없을 테니까 말이야."

"공세, 라고요? 그들은 이츠카 시도를 지키는 입장 아닌가요?"

엘렌은 의아하다는 듯이 고개를 갸웃거렸다. 그러자 웨스트코트는 「그래」라고 대답하면서 엄지로 자신의 심장을 가리켰다.

"그들은 아마 나, 혹은 자네의 목을 노리고 있을 거야. 그러니 저런 포진을 취한 거지. 우리가 없어지면 DEM이 자멸할 거라는 걸 알고 있는 거야."

웨스트코트가 그렇게 말하자, 엘렌은 미간을 찌푸렸다.

"거기까지 예측을 했다면 아이크, 당신은 안전한 장소로 피신하는 편이 좋지 않을까요?"

엘렌은 의아한 표정을 지으며 그렇게 말했다. 하지만 웨스트코트는 천천히 고개를 저었다.

"그들이 온 힘을 다해 덤벼드는 건, 내가 이 자리에 있기 때문이야. 천에 하나, 만에 하나에 불과할지라도, 희망의 빛이 있다는 사실에는 변함이 없기 때문이지. —만약 이 습격을 막아내더라도 역전의 여지가 없다면 그들은 도주를 선택할 걸? 그렇게 되면 성가셔져. 아무리 〈벨제붑〉이 있더라도, 그들이 이츠카 시도를 은닉한 채 도망 다닌다면 귀찮아지겠지."

웨스트코트가 그렇게 말하자, 함장석 주위에 있던 〈니벨코르〉들이 그 말에 동의한다는 듯이 입을 열었다.

"맞아, 맞아~."

"엘렌은 그런 것도 모르는 거야?"

"뇌가 노화된 거 아냐? 뇌 트레이닝이라는 걸 해보는 건 어때?"

"……."

"진정해, 엘렌. 전투 전에 아군을 죽이면 안 되잖아."

엘렌이 아무 말 없이 손을 들어 올리려 하자, 뒤편에 있던 아르테미시아가 말렸다. 엘렌은 언짢다는 듯이 코웃음을 치더니, 퉁명한 반응을 보이며 팔짱을 꼈다.

"훗. 엘렌, 너무 기분 나빠하지는 마. 이유는 그게 전부가 아니거든."

"……그 말씀은……."

"이건 우리의 싸움이야. 우리가 시작한, 세계를 바꾸기 위한 혁명이지. ―그런 싸움에, 자네만 싸우게 할 수는 없잖아?"

"……."

엘렌은 잠시 동안 침묵을 지키며 웨스트코트를 응시하더니, 이윽고 눈을 살며시 내리깔며 그 말에 동의했다.

"……예, 맞아요. 그렇죠, 아이크."

"그래."

웨스트코트는 짤막하게 대답한 후, 자신들은 알아듣지 못하는 대화를 나누는 게 마음에 들지 않는다는 듯한 표정을 짓고 있는 〈니벨코르〉의 머리를 쓰다듬으면서 정면을 쳐다보았다.

"자, 그럼 시작해볼까. ―함장."

"예."

〈레메게톤〉의 함장인 어니스트 브레넌 대장 상당관은 웨스트코트의 말에 대답하며 고개를 끄덕였다.

"—지금부터 작전을 개시하겠다. 각함, 〈밴더스내치〉 제1진을 사출 및 전개하라."

『라저.』

주위에 있는 공중함 함장들이 브레넌의 지시에 응답했다.

그리고 그와 동시에 모니터에 표시된 공중함의 격납고가 열리더니, 안에서 수많은 〈밴더스내치〉가 사출됐다.

마치 벌레의 알이 일제히 부화되는 듯한 광경이었다. 환공포증이 있는 사람이 봤다면 소름이 돋을 듯한 광경이었다. 실제로 엘렌은 고개를 슬며시 돌렸다.

"〈노토리아〉, 〈피카트릭스〉, 〈알베르〉, 마력포 발사 준비. 목표, 〈라타토스크〉 공중함—."

하지만 브레넌이 포격 지시를 내리려던 바로 그 순간, 함교에서 폭발음이 울려 퍼졌다.

"—윽! 무슨 일이지?!"

"예! 〈밴더스내치〉 부대가 공격을 당한 것 같습니다!"

"뭐? 〈라타토스크〉의 공중함에게 공격을 받았나?"

"아닙니다! 이건—."

『—키히히, 히히히히히!』

승무원들이 상황을 보고하려던 순간, 함교의 스피커에서

웃음소리가 흘러나왔다.

그리고 모니터 중 하나에 한 소녀의 얼굴이 클로즈업됐다.

좌우 불균형하게 묶은 흑발, 그리고 왼쪽 눈에서 반짝이고 있는 금색 시계.

—정령, 토키사키 쿠루미였다. 아무래도 〈밴더스내치〉의 머리에 달린 카메라를 들여다보고 있는 것 같았다.

『어텐션 프리즈. 제 말이 들리나요? 성질머리 나쁜 위저드 씨.』

"……〈나이트메어〉."

엘렌이 날카로운 눈빛을 머금으며 그 식별명을 입에 담자, 하늘을 비추고 있는 메인 모니터의 영상에 여러 명의 『쿠루미』가 표시됐다.

『저는 이제부터 당신들을 사냥하러 갈 거랍니다. 이미 공포에 질려서 오줌을 지렸을지도 모르지만, 부디 도망치지는 말아주세요.』

"헛소리—."

엘렌이 언성을 높이려던 순간, 치직 하는 소리와 함께 카메라가 박살나면서 영상과 음성이 두절됐다. 분노를 터뜨릴 곳을 잃은 엘렌이 짜증을 내듯 주먹을 힘껏 말아 쥐었다.

다수의 쿠루미에게 〈밴더스내치〉가 차례차례 박살나는 광경이 모니터에 비치자, 그 광경을 본 브레넌 함장이 지시를 내렸다.

“쳇…… 〈호노리우스〉, 〈밴더스내치〉 부대를 엄호하라.”

『라져. 탄막을—.』

하지만 〈호노리우스〉 함장의 대답은 폭음에 삼켜지고 말았다. 함교의 스피커에서 치지직 하는 노이즈와 비명 소리가 들려왔다.

“대체 무슨 일이냐?!”

『크…… 지상에서 포격을 당한 것 같습니다!』

“지상에서……? 그게 무슨 소리지? 〈라타토스크〉 함은 아직 꼼짝도 하지 않았는데?”

“……윽! 함장님, 이걸 보십시오……!”

승무원 중 한 명이 뭔가를 발견했는지 그렇게 외치면서 콘솔을 조작했다. 그러자 메인 모니터의 일부에 〈호노리우스〉의 아래쪽에 존재하는 마을의 풍경이 표시됐다.

“아니—?!”

그 광경을 본 브레넌은 숨을 삼켰다.

그곳에는— 옥상에 마력포가 존재하는 빌딩이 있었던 것이다.

아니, 그 빌딩만이 아니었다. 민가와 도로, 그리고 상업시설로 보이는 건물들도 무시무시한 형태로 변형하더니, 포문으로 상공을 겨누고 있었다.

그 뜻밖의 광경을 본 브레넌은 눈을 동그랗게 떴다.

“이 마을은 대체 어떻게 되어먹은 거지……?!”

"니시텐구 4번가 빌딩포, 적 공중함에 명중!"

"—좋아."

함장석에 앉은 코토리가 승무원의 보고를 듣더니 주먹을 말아 쥐었다.

그리고 메인 모니터에 표시된 적 함대를 쳐다보면서 막대 사탕의 막대 부분을 까딱거렸다.

"이건 예상도 못했지? 4번가와 5번가, 그대로 포격을 계속 해!"

『라져!』

통신기 너머에서 대답이 들려오더니, 지상에서 DEM의 공중함을 향해 또다시 마력포가 발사됐다.

그 광경을 지켜보고 있는 시도의 볼을 타고 식은땀이 흘러내렸다.

"뭐랄까…… 엄청나네. 텐구시에 저런 게 있었구나……. 어, 방금 빔이 발사된 슈퍼마켓은 내가 한 번씩 가던 곳인데……."

시도가 그렇게 말하자, 코토리는 팔짱을 끼면서 득의양양한 웃음을 흘렸다.

"〈프락시너스〉를 수리하는 동안, 텐구시의 지하시설을 임시 사령부로 썼잖아? 지하에 그렇게 많은 설비가 있는데, 지상에는 아무것도 없을 거라고 생각했어?"

"아……."

시도는 그 말을 듣고 납득했다. 코토리가 말한 것처럼, 텐구시의 지하에는 〈라타토스크〉의 시설이 몇 개나 있었던 것이다.

물론 공공도로와 사유지의 지하를 멋대로 개조한 게 아니라, 엄연히 〈라타토스크〉가 소유한 토지만 손본 것이겠지만 — 이런 설비도 있을 거라고는 생각도 못했다.

"하지만 지상의 포대가 할 수 있는 건 견제와 적 병력의 분단뿐이야. —각 함, 전개. 적함에 공격을 개시해. 위저드 부대는 정령들을 엄호한다."

『라져.』

코토리가 지시를 내리자, 〈라타토스크〉의 공중함이 이동하기 시작했다.

그것을 확인한 코토리는 함장석 후방에 서 있는 정령들을 돌아보았다.

"—다들, 잘 부탁해. 작전대로 행동해줘."

"알았다!"

"크큭, 드디어 우리 차례가 된 것이냐."

"출진. 이 순간을 기다리고 있었어요."

"음, 그럼 가보자꾸나."

토카 일행은 힘차게 고개를 끄덕인 후, 차례대로 전송장치 위에 섰다.

DEM 기함 〈레메게톤〉 함교에는 다양한 보고가 들어오고 있었다.

"〈호노리우스〉의 항성(恒性) 임의 영역(퍼머넌트 테리터리), 10퍼센트 감소!"

"또 포격을 당했습니다!"

"〈밴더스내치〉 부대가 연이어 당하고 있습니다!"

"크……."

브레넌 함장은 표정을 일그러뜨리면서 어떤 식으로 대항할지 한순간 고민했다.

하지만 그러는 것도 당연했다. 기습을 하러 왔다가 이렇게 기습을 당할 거라고는 생각도 못했을 테니 말이다.

하지만 함장석 뒤편에 서 있던 웨스트코트는 진심으로 즐거워하며 웃음을 터뜨렸다.

"—하하, 하하하하!"

"……음? 미스터 웨스트코트?"

"좋아. 받아주도록 하지. 혼란, 혼전은 병력이 열세인 쪽이 바라는 바이지. 우리는 그저 차분하게, 혼신의 힘을 다해 주먹을 휘두르기만 하면 돼. —아낄 필요는 없어. 〈밴더스내치〉 제2진과 위저드 부대를 출동시키도록. 아, 현지의 대(對) 정령부대에도 지원 요청을 해뒀던가? 그녀들에게도 활약할 기회를 주도록 하지."

"예—!"

웨스트코트가 그렇게 말하자, 브레넌이 각함에 지시를 내렸다.

웨스트코트는 뒤돌아서더니, DEM이 자랑하는 최강 전력들을 쳐다보았다.

"들었지? 엘렌, 아르테미시아, 〈니벨코르〉. 우리는 전력을 다해 적을 쓸어버릴 거야. 너희에게 내릴 지령은 단 하나—눈에 띄는 자는 전부 해치워. 그들이 〈세계수의 다람쥐(라타토스크)〉를 자처한다면, 오늘을 그들에게 있어서의 종언의 날(라그나로크)로 정하도록 하지."

"예. 당신에게 승리를 바치겠습니다."

"라져."

"예~, 아버님. 뭐, 우리만으로 충분할 거예요."

각양각색의 대답을 한 가련한 악마들이 하늘로 날아올랐다.

"—키히히히히! 자, 가죠, 『저희들』. 정숙하게, 요염하게, 적을 유린하는 거예요."

"예, 가요!"

"흥분돼요, 정말 흥분돼요!"

쿠루미의 지시에 따라, 수많은 분신들이 그림자에서 기어

나왔다.

그들은 칠흑빛 섬광이 되어 허공에서 춤추더니, 손에 쥔 총으로 그림자 탄환을 쏴서 공중에 있는 〈밴더스내치〉들을 차례차례 격추했다.

쿠루미의 분신과 〈밴더스내치〉. 양쪽 다 물량에 중점을 두고 있지만, 개체 하나하나의 힘을 비교하자면 쿠루미의 분신이 우위에 섰다. 〈밴더스내치〉들도 맞서 싸우기는 했지만, 부질없는 저항을 한 끝에 분신들에게 가슴을 꿰뚫리거나, 팔이 뜯겨나가거나, 목이 떨어져나갔다.

"키힛! 히히히히히히히히히히힛!"

"이딴 녀석들로 저를 막으려고 하는 건가요? 저를 얕보는 것 같군요."

"계속 이런 식으로 나온다면, 이대로 단숨에 쳐들어가서 당신들의 우두머리를 해치워 버릴 거랍니다—!"

하지만, 다음 순간—.

〈밴더스내치〉를 해치운 분신을 향해 종이 여러 장이 날아오더니, 그 안에서 모습을 드러낸 진한 잿빛 머리카락을 지닌 소녀들이 날카로운 손날로 분신의 몸을 꿰뚫었다.

"키힛—?!"

분신은 짧은 단말마를 지르면서 그대로 지면을 향해 떨어졌다.

"『저』!"

"흥…… 양산형이 기어 나왔군요."

쿠루미가 그렇게 말하자, 수많은 〈니벨코르〉가 피에 젖은 손을 혀로 핥으면서 그녀를 쳐다보았다.

"양산형~? 너한테는 그런 소리를 듣고 싶지 않거든?"

"전부터 생각했던 건데, 너희는 나와 캐릭터가 겹치는 것 같아."

"자, 덤벼 봐. 어느 쪽이 진정한 군체(群體)인지 결판을 내자."

"—좋아요. 당신들이 좋아서 껌뻑 죽는 『아버님』에게, 당신들의 머리를 가져다주도록 하죠."

쿠루미는 처절한 미소를 짓더니, 분신들과 함께 〈니벨코르〉를 향해 총구를 들었다.

◇

—텐구시의 하늘에서 수많은 불꽃이 피어올랐다.

그것은 비현실적이기 그지없는 광경이었다.

하늘에는 몇 척이나 되는 거대 전함과 수많은 위저드가 있었다. 날벌레처럼 시야를 가르며 날아다니는 것은 전부 인간과 비슷한 형태를 지닌 기계인형이었다. 지상에 있는 건조물은 변형되어서 쉴 새 없이 포격을 날려 공중함을 공격하고, 정령 〈나이트메어〉가 기계인형을 차례차례 파괴했다.

"아……."

눈앞에서 펼쳐지고 있는 기묘한 광경을 본 쿠사카베 료코는 망연자실한 표정을 지었다.

"뭐가, 어떻게 된 거야……."

료코는 AST의 대장이다. 위저드로서 수많은 위기를 경험해왔다고 자부했다.

〈프린세스〉나 〈허밋〉 같은 정령들과의 싸움, 그리고 DEM 일본지사를 무대로 펼쳐진 난전에서도 부상을 입기도 했지만 살아남았다.

하지만, 그런 료코조차도 이 광경은 비정상적이라고 여길 수밖에 없었다.

평소의 전투와는 양상이, 규모가 너무나도 달랐다. 마을의 상공 전역을 무대로 엄청난 혼전이 펼쳐지고 있었다. 게다가 적으로 추정되는 반응 중에는 정령만이 아니라 위저드나 공중함도 포함되어 있었다.

이것은 AST의 주된 임무인 정령과의 전투가 아니다.

지금 눈앞에서 펼쳐지고 있는 광경은 틀림없는『전쟁』이다.

AST는 출동 이유도 듣지 못한 채 그런 혼전의 한가운데에 내던져졌다. 료코를 비롯한 AST 요원들이 당혹스러워하는 것도 무리는 아니었다.

『대장님…….』

바로 그때, 헤드셋에 탑재된 통신기에서 미키에의 목소리가 흘러나왔다.

『오리가미 씨가 말했던 게 바로 이거……겠죠?』

"……."

료코는 미키에의 말을 듣고 잠시 동안 침묵에 잠겼다.

그렇다. 지금 눈앞에서 펼쳐지고 있는 광경은 이틀 전에 옛 동료인 토비이치 오리가미가 예견했던 상황과 똑같았다.

『역시 오리가미 씨의 말대로 후방으로 물러나는 편이…….』

"무, 무슨 소리를 하는 거야. 어찌됐든 간에 우리의 임무에는 변함이 없어. 정령이 나타난 이상, 그들을 쓰러뜨리는 게 우리의 일이잖아."

『하지만…….』

미키에는 료코의 말에 승복하지 않았다.

상관으로서는 명령에 이의를 제기하는 미키에를 질책해야겠지만…… 료코는 흥 하고 코웃음만 칠 뿐, 아무 말도 하지 않았다. 솔직히 말해 료코 또한 미키에와 같은 심정이었던 것이다.

옛 동료라고 해서 오리가미의 말을 전부 믿는 것은 아니다. 하지만 그녀가 이야기해준 내용에 전혀 납득하지 못했냐면, 그렇지도 않았다.

지금까지 일어났던 일을 통해, DEM인더스트리에 상당한 의문과 불신감이 쌓였으며, 정령 중에도 의사소통이 가능한 개체가 없는 것은 아니었다.

하지만 AST 대장으로서의 책임과 긍지가 료코의 마음속에서 샘솟는 감정을 억누르고 있었다.

아니— 그것만이 아니다. 좀 더 정확하게 말하자면…….

오리가미의 말을 믿는 순간, 지금까지 자신이 해온 일은 전부 그릇된 것이 되고 만다. 그 사실을 인정하는 것이 너무나도 두려웠다.

하지만 바로 그 순간, 마치 료코의 생각을 읽기라도 한 듯한 타이밍에 통신이 들어왔다.

『—헬로? 당신이 육상자위대 AST의 대장이지?』

"……그래. 그러는 당신은?"

『DEM 제2집행부의 아이린 폭스야. 당신들의 협력에 감사할게. —지금 바로 해당 포인트의 정령에게 돌격해줘. 엄호해줄게.』

"뭐……? 잠깐만, 갑자기 무슨 소리를—."

료코가 말을 끝까지 잇기도 전에 통신이 끊어졌다. 그에 맞춰, 시야에 투영된 지도에 마킹이 추가됐다.

표시된 위치를 쳐다보니, 아이린이 말한 것처럼 정령이 기계인형과 싸우고 있는 모습이 눈에 들어왔다. 거대한 토끼 같은 천사에 탄 소녀— 〈허밋〉이었다.

"아아, 젠장! 대체 뭐가 어떻게 된 거야!"

료코는 짜증을 내듯 머리를 거칠게 긁적인 후, 크게 한숨을 내쉬면서 레이저 캐논을 쥔 손에 힘을 줬다.

"……그래. 일은 일이야. 다들, 가자!"

『라, 라저……!』

료코가 그렇게 말하자, AST 대원들은 머뭇거리면서 응답했다.

등에 장비한 스러스터를 가동시키면서 편대를 짠 그녀들은 목표인 〈허밋〉에게 돌격했다.

"받아랏!"

"윽! 꺄아—!"

료코 일행이 일제히 레이저 캐논을 쏘자, 〈허밋〉은 소용돌이치는 냉기로 얼음 장벽을 만들어 그 공격을 막아냈다.

하지만 AST에게 있어 자신들의 공격이 정령에게 막히는 건 일상다반사였기에, 료코는 개의치 않으며 다음 지시를 대원들에게 내렸다.

"정령의 뒤편으로 이동해! 그리고 저 냉기는 테리터리를 통째로 얼리니까 주의하는 걸 잊지 마!"

『라—.』

바로 그 순간, 대원들의 목소리가 들리지 않았다.

정확하게 말하자면, 귓가에서 울리고 있는 격렬한 경고음에 삼켜지고 말았다.

"아니—?!"

열원 접근. 등 뒤에서 강력한 에너지가 다가오고 있다. 료코는 자신의 시야에 표시된 그 정보를 접하고 숨을 삼켰다.

그 반응은 정령들의 공격이 아니라— 방금 통신을 했던

DEM의 위저드가 날린 공격이었던 것이다.

료코는 당혹스러워 했지만, 이내 뭐가 어떻게 된 건지 이해했다.

저 DEM의 위저드는 애초부터 엄호할 생각이 없었던 것이다.

그저 정령에게 빈틈을 만들기 위해 료코 일행을 이용했을 뿐이다. 그렇다. 정령의 발을 묶은 AST대원들과 정령을 한꺼번에 공격하기 위해서—.

“……큭!”

마력포를 정통으로 맞을 것을 각오한 료코의 몸이 그 자리에서 경직됐다.

하지만— 충격은 느껴지지 않았다.

마력포가 료코의 등에 닿기 직전…….

“〈미카엘〉—【개(開)(라타이브)】.”

느닷없이 이 자리에 나타난 소녀가 거대한 열쇠 같은 석장을 비틀자 커다란 『구멍』이 생겨났고, 마력포는 그 안으로 빨려 들어갔다.

그리고 다음 순간, 마력포를 쏜 위저드의 뒤편에 똑같은 『구멍』이 생겨나더니, 거기서 방금 흡수된 마력포의 에너지가 뿜어져 나왔다.

『어……?!』

자기가 날린 포격에 맞은 위저드, 아이린 폭스는 얼빠진 신음을 흘리면서 그대로 지상으로 추락했다.

"어……?"

료코는 눈을 동그랗게 뜨고 눈앞에 나타난 소녀를 쳐다보았다.

긴 금발과 열쇠 형태의 천사를 지닌 소녀였다. 료코는 처음 보지만, 그녀가 몸에 걸친 저 찬란히 빛나는 옷은 정령의 영장이 틀림없었다.

"—흐음, 다른 녀석들과 장비가 다른 것 같구나. 혹시 그대들이 오리가미가 말했던 『에이에스티』라는 자들인 게냐?"

"으, 응……."

—정령에게, 도움을 받았어?

료코가 뜻밖의 사태에 얼이 나간 상태에서 그렇게 대답하자, 냉기의 벽을 찢듯이 거대한 토끼에 탄 〈허밋〉이 모습을 드러냈다.

"오리가미 씨한테서 여러분이 어떤 입장인지 들었어요. ……부탁이에요. 물러나 있어 주세요."

『맞아~. 자꾸 귀찮게 하면 언제나 온화한 이 요시농 님이 화낼지도 몰라~.』

"뭐……, 그, 그게 무슨……."

"음, 이만 가자꾸나. 요시노, 요시농."

"예……!"

『오케이~!』

료코가 당혹스러워 하는 사이, 정령들은 고개를 끄덕인 후 하늘을 가르며 어딘가로 날아갔다.

한동안 침묵이 흘렀다. 료코를 비롯해 이 자리에 있는 이들 전원이 방금 일어난 사태를 이해하지 못한 것 같았다.

『……아! 대, 대장님, 괜찮으세요?! 다친 데는 없으신가요!?』

몇 초 후, 미키에가 화들짝 정신을 차리며 그렇게 외쳤다. 료코는 그 목소리를 듣고 어깨를 부르르 떨었다.

"으, 응. 괜찮아. 멀쩡해. ……정령이, 구해줬거든."

『…….』

료코의 말에 대원들은 또 입을 다물었다. 역시 방금 그 일은 료코의 착각이나 환각이 아니었던 것 같았다.

료코는 머리를 쥐어뜯었다.

료코 일행은 DEM의 요청으로 이곳에 왔다. 그리고 DEM의 위저드는 그녀들을 미끼로 이용하며 정령과 함께 해치우려 했다. 하지만 타깃인 정령이 그녀들을 구해줬다.

『—정령이 파괴의지만을 지닌 생물이라는 정보 자체가 DEM의 흑색선전이야. 우리는 처음부터 DEM의 손바닥 위에서 놀아나고 있었을 뿐이었던 거야.』

료코는 이틀 전에 오리가미에게서 들었던 말을 떠올렸다. 그녀의 머릿속에서는 이성과 감정이 엎치락뒤치락하고 있었다.

그럴 만도 했다. 료코는, AST는, 지금까지 세상을 위해, 인류를 위해, 정령과 싸워왔다. 수도 없이 다치고, 목숨이 위험한 상황에서도, 그 긍지를 가슴에 품으며 지금까지 살아왔던 것이다. 그렇게 간단히 자신이 지금까지 해온 일을 부정할 수 있을 리가 없다.

하지만, 눈앞에 펼쳐진 상황이, 쌓일 대로 쌓여온 DEM에 대한 의심이, 료코의 가슴 속에서 꿈틀거리고 있는 두려움을 밀어냈다.

"—큭!"

료코는 레이저 캐논에 텅! 하는 소리가 날 정도로 세게 박치기를 날렸다. 대장이 느닷없이 그런 행동을 취하자, 대원들은 깜짝 놀라며 눈을 동그랗게 떴다.

"……너희들."

시간으로 치면 십여 초에 불과했다.

하지만, 지금까지의 인생 중 가장 농밀한 심사숙고를 마친 료코는 입을 열었다.

"……재취업할 준비를 해둬."

『……아!』

대원들에게 느껴진 것은 놀라움과 당혹스러움—.

그리고, 그것들보다 훨씬 강렬한 고양감과 열의였다.

"휴우—."

〈라타토스크〉제 CR-유닛 〈브륀힐드〉를 장비한 상태에서 한정 영장을 걸친 오리가미는 짤막하게 숨을 토한 후, 눈동자를 재빨리 움직여서 주위의 적을 포착했다.

그러자 그 동작에 맞춘 것처럼 오리가미의 주위에 떠 있던 『깃털』들이 눈에 보이지 않는 속도로 하늘을 가르더니, 그 끝에서 광선이 뿜어져 나왔다.

빛의 천사 〈절멸천사(絶滅天使)〉(메타트론). 그 일격을 맞은 〈밴더스내치〉들은 하나같이 머리를 파괴당한 채 지상으로 추락했다.

하지만 제아무리 격추해도, 제아무리 해치워도, 〈밴더스내치〉는 끊임없이 몰려왔다. 하나하나는 강하지 않지만, 이렇게 많은 숫자가 한꺼번에 밀려오니 충분히 위협적이었다.

"—쳇, 아무리 쓰러뜨려도 끝이 없어 버리네요."

검은색 CR-유닛을 장비한 소녀가 그렇게 말하면서 오리가미의 뒤편으로 날아왔다. 마나가 후방의 〈밴더스내치〉를 소탕하고 오리가미의 곁으로 돌아온 것이다.

"역시 이대로는……."

"알아."

오리가미가 고개를 끄덕이며 그렇게 말한 순간, 뒤편에서 목소리가 들려왔다.

"—오리가미 씨! 마나 씨!"

"음, 기다리게 해서 미안하구나."

얼음의 천사 〈빙결괴뢰(氷結傀儡)〉(자드키엘)에 탄 요시노, 그리고 열쇠의 천사 〈미카엘〉을 손에 쥔 무쿠로가 다가왔다.

“왜 이렇게 늦은 거예요. 무슨 일 있나 싶어서 걱정해 버렸다고요.”

마나가 둘을 쳐다보며 그렇게 말하자, 요시노는 미안해하듯 고개를 숙였다.

“죄, 죄송해요…….”

“그대들의 옛 지인 때문에 시간이 걸렸느니라.”

무쿠로가 그렇게 말하자, 마나는 뭐가 어떻게 됐는지 바로 눈치채며 볼을 긁적였다.

“아…… 그래요. 역시 와버렸나 보네요.”

마나는 그렇게 말하면서 오리가미 쪽을 힐끔 쳐다보았다.

오리가미는 아무 말 없이 잠시 시선을 내리깐 후, 마음을 다잡으려는 듯이 입을 열었다.

“—아무튼, 이걸로 멤버들이 전부 모였어. 작전을 실행에 옮기자.”

그렇다. 작전을 병행하며 효율적으로 추진하기 위해, 오리가미 일행은 현재 몇 명씩 나뉘어 팀을 짜고 있다.

지금 이 자리에 모인 오리가미, 마나, 요시노, 무쿠로는 아르테미시아 포획팀이다.

한시라도 빨리 아르테미시아를 무력화시켜 〈프락시너스〉로 호송한 후, 그녀의 뇌파 데이터로 〈밴더스내치〉의 가동을 중단시키는 것이 목적인 팀이다.

〈프락시너스〉에는 전체적인 전황을 파악하며 지시를 내리고 있는 코토리, 그리고 각종 해석을 돕고 있는 니아가 있다.

또한 〈파군가희(破軍歌姬)〉(가브리엘)을 지닌 미쿠, 그리고 〈위조마녀〉(하니엘)로 가브리엘을 복제한 나츠미가 〈프락시너스〉의 전방에서 천사의 연주로 아군의 능력을 향상시키고 있다.

그리고 〈니벨코르〉 대응팀으로서, 토카와 야마이 자매—.

"—앗! 오리가미 씨!"

그때, 마나의 목소리가 오리가미의 고막을 뒤흔들었다.

"……윽!"

오리가미는 그 목소리에 반사적으로 손을 치켜들었다.

그러자 다음 순간, 오리가미가 쥔 레이저 스피어 〈에인헤랴르〉에 어마어마한 충격이 가해졌다.

천공에서 초고속으로 날아온 위저드가 레이저 블레이드를 휘두른 것이다.

팔에 가해진 중압, 피부가 타들어가는 느낌이 들 정도로 농밀한 마력으로 만든 테리터리, 그리고 오리가미조차도 이렇게 접근할 때까지 눈치채지 못할 정도로 압도적인 스피드…….

이 정도의 실력을 지닌 위저드는 DEM에도 그렇게 많지 않을 것이다. 제2집행부 부장인 엘렌 메이저스, 그리고—.

"아르테미시아……!"

오리가미가 상대방의 이름을 입에 담으면서 창을 휘두르자, 방금 그 공격을 날린 위저드— 아르테미시아 애시크로프트는 그 기세를 이용하듯 몸을 빙글 회전시키면서 오리가미와 거리를 벌렸다.

"—안녕. 우주에서 만난 후로 처음 보는 거지?"

아르테미시아는 마치 우연히 친구와 만나기라도 한 듯한 어조로 그렇게 말했다. 하지만 오리가미는 방심하지 않으며 〈에인헤랴르〉를 고쳐 쥐었다. 마나, 요시노, 무쿠로 또한 타깃의 등장에 놀라면서도 전투태세를 취했다.

하지만 아르테미시아는 그런 네 사람을 보고도 여전히 태연한 태도를 취하며 말을 이었다.

"토비이치 오리가미— 맞지? 너에 대해서 조사해봤지만, 역시 기억에 없었어. 그런데도 왠지 마음에 걸린단 말이야. 혹시 우리는 예전에 어딘가에서 만난 적이 있어?"

아르테미시아는 그렇게 말하면서 귀엽게 고개를 갸웃거렸다. 오리가미는 그런 아르테미시아를 주시하면서 대답했다.

"……너는 DEM인더스트리에게 기억처리를 당했어. 우리라면 너를 치료해줄 수 있어."

"—뭐?"

오리가미가 숨김없이 대답하자, 아르테미시아는 뜻밖이라는 듯이 눈을 동그랗게 떴다.

"으음…… 그럼 웨스트코트 씨와 엘렌이 나를 속이고 있다는 거야?"

"그래."

"으음……."

오리가미가 짤막하게 대답하자, 아르테미시아는 잠시 동안 생각에 잠기더니 곧 한숨을 내쉬었다.

"미안하지만 못 믿겠어. —왜냐하면, 너희는 정령이잖아."

그렇게 말한 순간, 아르테미시아의 모습이 팽창됐다.

테리터리로 몸을 튕겨냄으로써 예비동작 없이 접근한 것이다.

"……큭!"

오리가미는 반사적으로 레이저 스피어를 휘둘렀다. 그러자 묵직한 충격이 느껴졌다. 농밀한 마력으로 만든 빛의 칼날이 격돌하면서, 몽환적인 불똥이 하늘에 흩뿌려졌다.

오리가미는 상대의 부정적인 반응을 보고도 놀라거나 낙담하지 않았다. 기억처리를 당한 상대가 자신의 말을 믿어줄 거라고는 애초부터 생각하지 않았으며, 팀 편성 또한 전투를 고려하면서 짰던 것이다.

하지만 뜻대로 흘러가지 않는 것 또한 전장의 숙명이다. 아르테미시아가 돌격한 순간, 그녀의 뒤편에 있던 〈밴더스내치〉와 DEM의 위저드들이 몰려와 아르테미시아를 공격하려 하던 마나와 요시노, 무쿠로를 덮쳤다.

"쳇—!"

"요시농……!"

『알았어~! 나쁜 애들은 다 얼려버려야지~!』

"으음……!"

세 사람과 한 마리가 흩어지더니, 비처럼 쏟아지는 마력포와 미사일을 피하면서 적들을 격추했다.

오리가미는 희미하게 미간을 찌푸리며 허공에 떠 있는 〈메타트론〉을 조작해 사방팔방에서 아르테미시아에게 포격을 날렸다. 하지만 아르테미시아는 자신의 몸을 뒤덮고 있는 테리터리를 응축시켜 그 표면으로 광선의 궤도를 흐트러뜨려서 빗겨나게 했다.

테리터리의 강도와 각도에 약간의 오차만 있어도 중상을 입을 수 있는, 그야말로 정교하기 그지없는 기술이었다.

오리가미는 마음속으로 그녀의 기량에 찬사를 보내면서, 주위에 흩어져 있는 마력과 영력을 두른 〈에인헤랴르〉를 눈에 보이지 않는 속도로 휘둘렀다.

"하앗—!"

"에잇!"

아르테미시아는 그 강력한 찌르기를 정면에서 받아내더니, 상대의 틈을 찌르기 위해 발차기를 날렸다.

오리가미는 그것을 발바닥으로 밟듯이 막아냈다. 하지만 오리가미가 발차기에 주의를 기울인 순간, 아르테미시아는 그 틈을 노리듯 치켜들고 있던 검을 내리그었다.

오리가미는 레이저 스피어를 휘둘러서 그 공격을 튕겨냈다.

"……."

순간, 오리가미는 위화감을 느꼈다. 공격이 너무 가벼웠던 것이다.

그러자 다음 순간, 아르테미시아가 칼자루에서 뗀 손으로 날린 손날 찌르기가 오리가미의 테리터리를 꿰뚫었다.

"하앗—!"

"큭……!"

몸을 움직여서 피하는 것은 무리다. 오리가미는 허공에 떠 있는 〈메타트론〉을 조작해서 스스로를 향해 광선을 날렸다.

한 줄기 빛이 아르테미시아의 손날 찌르기보다 먼저 오리가미의 어깨에 꽂혔다. 테리터리를 뒤흔들 정도의 강렬한 충격에 오리가미의 몸은 균형을 잃었다. 그러자 안면을 향해 정확하게 날아오던 아르테미시아의 일격이 오리가미의 볼만 스치며 지나갔다.

"하앗!"

오리가미는 자신에게 접근한 아르테미시아의 복부를 걷어차면서 거리를 벌렸다.

아르테미시아는 억지로 버티지 않으면서 뒤편으로 물러나더니, 테리터리의 범위를 넓혀서 허공에 내던져뒀던 레이저 블레이드를 회수했다.

"꽤 하네. 방금 건 진짜로 감탄했어."

"……."

아르테미시아가 솔직하게 찬사를 보내자, 오리가미는 희미하게 인상을 찡그렸다.

—역시, 강해.

상대를 산 채로 포획하는 것은 죽이는 것보다 훨씬 난이도가 높다. 오리가미 혼자서 아르테미시아를 확보하는 것은 거의 불가능에 가까웠다.

어떻게든 고착 상태를 유지하면서, 마나와 요시노, 그리고 무쿠로가 다른 적들을 떨쳐낼 때까지 기다릴 수밖에 없다.

1초. 1초면 된다. 아르테미시아에게서 1초만 빼앗을 수 있으면—.

『—오리링!』

오리가미가 그런 생각을 하고 있을 때, 통신기에서 〈프락시너스〉에 있는 니아의 목소리가 흘러나왔다.

『완전 큰일 났어. 너희가 있는 곳으로 강력한 반응이 접근하고 있네. 아무래도…… 엘렌 같아.』

"……큭!"

오리가미는 그 절망적인 정보에 숨을 삼켰다.

텐구시 상공에는 〈라타토스크〉에 소속된 다섯 척의 공중함이 떠 있었다.

그 중 하나이자 〈프락시너스〉의 자매함인 〈울무스〉의 함교에서 모니터를 지켜보고 있던 원탁회의 의장, 엘리엇 우드먼은 가늘면서도 긴 한숨을 내쉬었다.

"왔군— 엘렌. 나쁘지 않은 판단이야. 성장했는걸."

그리고 그는 레이더의 반응을 보면서 감개무량하다는 듯한 어조로 그렇게 말했다.

그렇다. 엘렌 메이저스를 가리키는 반응이 아르테미시아와 오리가미, 그리고 다른 정령들이 싸우고 있는 장소를 향해 곧장 향하고 있었다.

이쪽의 포진을 통해 뭔가를 눈치챈 것인지, 혹은 상대방에게도 상대방 나름의 작전이 있는 것인지는 모르겠지만, 지금은 그야말로 비상사태라 할 수 있다.

적은 SSS의 에이스 출신인 아르테미시아 애시크로프트다. 게다가 수많은 위저드들과 〈밴더스내치〉, 그리고 〈니벨코르〉도 있었다.

어찌어찌 균형을 이루고 있는 전장에 엘렌이라는 이름의 맹독을 푼다면, 그 끝에 존재하는 것은 정령들의 죽음이라는 결과가 틀림없다.

하지만 손을 쓸 방법이 없었다. 공중함들도 한창 전투중인 것이다. 게다가 수적으로 열세인 〈라타토스크〉 측이 원군을 파견할 수 있을 리도 없으며, 설령 인원에 여유가 있더라도 엘렌을 막을 수 있는 자가 〈라타토스크〉 측에— 아니, 이 세계에 존재할 리가 없다.

—단 한 사람을 제외하고 말이다.

"카렌."

"……."

우드먼이 이름을 부르자, 옆에 서 있던 카렌이 어깨를 희미하게 떨었다.

"뒷일을 부탁하지."

"……예."

항상 냉정하고 침착하던 카렌은 어찌된 영문인지 잠시 동안 침묵한 후, 묵직한 어조로 그렇게 대답했다.

그녀는, 그리고 이 공중함의 승무원들은, 우드먼이 한 말의 의미를 알고 있는 것이다.

카렌은 조용히 한숨을 내쉰 후, 우드먼의 뒤편에 서서 천천히 휠체어의 방향을 돌리며 입을 열었다.

"엘리엇, 분위기를 환기시킬 겸 농담을 해도 될까요."

"호오, 자네가? 신기한 일도 다 있군. 꼭 들어보고 싶은걸."

우드먼이 그렇게 말하자, 카렌은 담담한 어조로 말을 이었다.

"—엘리엇, 도망치죠. 정령도, 〈라타토스크〉도, 전부 다 내팽개치고 말이에요. 그리고 한적한 시골에 있는 집을 사서 조용히 살아요. 산간의— 꽃밭이 있는 장소가 좋을 것 같군요."

"……."

"아이는 셋 이상 가지고 싶군요. 성별은 딱히 상관없어요.

남자든, 여자든, 당신과 제 아이라면 뛰어난 재능을 지녔을 테니까요. 그리고 화목하면서도 좀 시끌벅적한 나날을 보내는 거예요. 조그마한 행복을 쌓아가며 천천히 나이를 먹어가죠. 그리고 언젠가 이 세상을 떠날 때는— 부디, 제 무릎 위에서 숨을 거둬 주세요."

"……카렌."

우드먼은 차분한 목소리로 그녀의 이름을 부르며, 휠체어를 밀고 있는 카렌의 손 위에 자신의 손을 포개놓았다.

귀를 기울이자, 함장석과 함교 하단부에서 승무원들의 훌쩍이는 소리가 들려왔다.

하지만 카렌은 변함없는 표정으로 말을 이었다.

"제 혼신의 농담이었으니, 웃음을 참지 않아도 됩니다."

"음……. 자네는 희극배우의 재능이 있는 것 같군."

"감사합니다."

카렌은 짤막하게 대답한 후, 우드먼의 휠체어를 전송장치 위편으로 옮겼다.

"카렌."

"예."

"미안하네."

"당신이 그런 사람이라 반한 겁니다."

"……하하."

우드먼은 작게 웃더니, 품속에서 금색으로 빛나는 군용

인식표— 긴급 장착 디바이스를 꺼냈다.

“아르테미시아와 싸우고 있는 건— 토비이치 오리가미군요. 흠, 마침 잘됐어요. 예전에 그녀에게 입었던 상처의 답례를 해주도록 하죠.”

백금색 CR-유닛 〈펜드래건〉을 장비한 엘렌은 난전이 펼쳐지고 있는 하늘을 일직선으로 나아갔다.

주위에서는 엄청난 숫자의 불꽃이 발생하고 있었으며, 폭발음 또한 쉴 새 없이 들려왔다. 하지만 현재 엘렌의 목적은 이츠카 시도의 목숨이다. 때때로 자신을 향해 날아오는 포격을 테리터리로 튕겨낸 그녀는 스러스터의 출력을 더욱 높였다.

하지만 엘렌의 목적은 〈라타토스크〉도 분명 알고 있을 것이다. 그러니 시도는 다섯 척의 공중함 중 한 곳에서 엄중하게 보호받고 있을 게 틀림없다.

그렇다면 그 다음 우선 목표는 정령이다. 현재 확인된 정령들은 세 그룹으로 나뉘어 있다.

하나는 〈프락시너스〉 전방에 자리한 〈디바〉와 〈위치〉.

다른 하나는 〈니벨코르〉가 밀집되어 있는 곳으로 향하고 있는 〈프린세스〉와 〈베르세르크〉.

그리고 아르테미시아와 교전 중인 그룹에는 〈엔젤〉, 〈허밋〉,

〈조디악〉, 그리고 배신자인 타카미야 마나가 있었다.

엘렌이 마지막 그룹을 표적으로 삼은 이유는 단순했다.

적의 숫자가 가장 많다. 그리고 〈니벨코르〉보다는 아르테미시아를 지원하러 가는 편이 스트레스를 덜 받을 거라고 판단한 것이다.

"마나도 있으니 더 잘 됐군요. 한꺼번에 해치워—."

바로 그때였다.

엘렌은 말을 멈추고 아음속(亞音速)에 도달해 있던 몸에 브레이크를 가하면서 그 자리에서 정지했다. 테리터리가 없었다면 몸이 갈가리 찢겨지고 말았을 정도의 충격이 그녀의 온몸을 강타했다.

다음 순간, 마력으로 만든 눈부신 칼날이 엘렌의 눈앞을 가르고 지나갔다.

"아니—!"

엘렌은 무심코 눈을 치켜뜨고 곧 손에 쥔 레이저 블레이드 〈칼라드볼그〉를 휘둘렀다.

그러자 엘렌을 기습한 자는 가볍게 몸을 비틀어 그 공격을 피한 후, 그녀를 막아서듯 공중에 섰다.

"—누구죠?"

엘렌은 경계심으로 표정을 물들인 채 검 끝으로 상대를 겨눴다.

영파 반응은 느껴지지 않는다. 위저드다. 하지만 오리가미와 마나는 아르테미시아와 싸우고 있다. 비행 중인 엘렌을 기습할 수 있을 위저드가 그녀들 이외에도 〈라타토스크〉에 있을 거라고는 생각도 못했다.

"……."

위저드는 손에 쥔 창 같은 유닛을 어깨에 걸쳤다.

그러자, 역광 때문에 보이지 않던 상대방의 얼굴이 확연하게 보였다.

"……앗?!"

그 모습을 본 순간, 엘렌은 숨을 삼켰다.

햇빛을 연상케 하는 밝은 금발이 인상적인, 젊은 남성이었다.

몸에 걸친 갑옷 형상의 CR-유닛 또한 눈부신 황금색을 띠고 있었다. 온몸에서 피어오르는 마력이, 주위에 두른 테리터리가, 그의 범상치 않은 실력을 과시하고 있었다.

하지만 엘렌은 그런 것에 전혀 관심을 가지지 않았다.

"아……, 아—!"

자신감으로 가득 찬 두 눈이, 용맹함으로 가득 찬 눈썹이, 예리한 얼굴이—.

그 모든 것이, 엘렌의 마음에, 기억에, 깊숙이 꽂혔다.

남자는 과장스럽게 고개를 치켜들면서, 이렇게 말했다.

"—여어. 오랜만이야, 엘렌.

내가 없는 세계에서 최강을 자처하는 건 즐거웠어?"

—두근.

엘렌의 심장이, 뛰었다.

그리고 마음속에서 소용돌이치던 감정이, 목을 통해 몸 밖으로 현현(顯現)됐다.

"……엘리어어어어어어어어어어어어어엇!"

그렇다. 엘리엇. 엘리엇 볼드윈 우드먼.

과거에 엘렌, 웨스트코트와 함께 DEM을 창설해 세계를 다시 만들기로 맹세한 동지이자— 약속을 저버린, 용서 못할 자.

그 남자가 지금, 전성기 때의 모습으로 엘렌의 눈앞에 서 있었다.

"여전히 젊어 보이게 꾸몄구나. —뭐, 나도 남 말할 처지는 아니지."

"아아아아아아아—!"

엘렌은 체면 따위는 내던져 버린 것처럼 절규를 지르더니, 〈칼라드볼그〉를 치켜들며 엘리엇을 향해 돌격했다.

그 목소리에, 원념과, 증오와, 분노와—.

본인도 눈치채지 못할 만큼, 미세한 환희를 담으며…….

◇

"아아~, 심심해~."

"맞아~. 다른 『나』는 〈나이트메어〉와 한 판 뜨고 있잖아. 나도 화끈하게 일하고 싶어~."

"동감이야~. 엘렌이 아버님을 꼬드겨서 우리를 냉대하게 한 게 틀림없어."

"맞아. 전부 다 엘렌 잘못이야."

〈니벨코르〉들은 그런 대화를 나누면서 지상을 향해 내려가고 있었다.

그들의 목적은 텐구시 시가지에 존재하는 마력포대 파괴였다.

아래쪽을 쳐다보자, 옥상에서 간헐적으로 포격을 날리고 있는 빌딩과 민가가 눈에 들어왔다. 왠지 엄청 기묘한 광경이었다. 목욕탕의 길쭉한 굴뚝이 고사포(高射砲)로 변형된 모습은 코미컬했다.

하지만 겉모습이 우스꽝스럽다고 해서 방치해둘 수도 없다. 강력한 퍼머넌트 테리터리에 감싸인 공중함이라면 몰라도, 〈밴더스내치〉는 저 마력포의 포격 한 방에 파괴되고 마는 것이다.

기계인형은 얼마든지 보충이 가능하지만, 무한한 것도 아닌데다 생산에는 돈이 든다. 피해가 확대되는 것은 막는 편이 좋을 것이다.

하지만 포대 또한 테리터리로 감싸여 있기 때문에 상공에서 폭격을 해봤자 주위의 건물만 파괴됐다. 그래서 물량과 통솔력이 뛰어난 〈니벨코르〉 무리가 포대를 처리하기로 한 것이다.

“자, 그만 좀 투덜대. 이것도 아버님을 위한 일이잖아.”

“이 일을 빨리 끝내고 우리도 놀러 가자.”

“응~.”

“저기, 누구와 놀고 싶어?”

“으음, 우리 힘의 원천이라는 〈시스터〉는 어떨까? 우리의 모델이잖아. 분명 엄청난 미인일 거야.”

“맞아. 정숙하고, 나이스 바디인, 그야말로 흠잡을 데 없는 완벽 초인이 틀림없어!”

〈니벨코르〉는 여고생 집단처럼 시끌벅적하게 떠들었다.

바로 그때, 그런 〈니벨코르〉 집단을 향해 콰콰콰콰콰쾅! 하고 마력을 띤 탄환이 여러 발 쏟아졌다.

“꺄앗!”

“아야~!”

긴장감이 느껴지지 않는 비명을 지르면서, 몇몇 〈니벨코르〉의 머리 혹은 몸이 떨어져나갔다.

남은 〈니벨코르〉가 고개를 돌려보니, 포대 주위에는 〈라타토스크〉의 위저드 몇 명이 떠 있었다. 아무래도 그들이 〈

니벨코르〉들에게 공격을 가한 것 같았다.

"너희 짓이구나~!"

"용서 못해~!"

〈니벨코르〉는 손상을 입은 머리와 몸통을 재생시키면서 고함을 질렀다.

"아니……?!"

그 광경을 보고 놀랐는지 얼굴이 새파랗게 질린 위저드들이 또 마력탄을 연사했다.

"흥—."

몇몇 개체가 다치더라도 큰 지장은 없지만, 그렇다고 고통이 느껴지지 않는 것은 아니다. 〈니벨코르〉들은 일제히 손을 들어올렸다.

벨제붑 옐레드
『〈신식편질(神蝕篇帙) 엽(頁)〉.』

그리고 한 목소리로 그 이름을 입에 담았다.

그러자 〈니벨코르〉가 들고 있던 종이가 그 말에 호응하듯 허공으로 날아오르더니, 마력탄으로부터 그녀들을 지키는 장벽이 되었다.

"아니……?!"

위저드들의 당황한 목소리가 주위에 울려 퍼졌다.

하지만 〈니벨코르〉의 행동은 그것으로 끝이 아니었다. 남아있던 종이 몇 장이 공중에서 자동으로 접히더니, 종이비행기가 되어 탄환 같은 속도로 위저드들을 향해 날아간 것이다.

"으윽……!"

"컥—!"

종이비행기는 위저드들의 테리터리를 간단히 꿰뚫고 그들의 어깨 혹은 다리를 관통했다. 그리고 부메랑처럼 궤도를 바꾸면서 〈니벨코르〉의 곁으로 되돌아갔다.

"꺄하하하! 약해빠졌네~!"

"〈라타토스크〉는 정령을 보호하는 조직이라며? 우리도 일단은 정령이거든~?"

"뭐, 그래서 천벌을 받은 거 아냐~?"

"그렇구나. 꺄하하!"

〈니벨코르〉가 깔깔 웃으면서 손을 들어 올리자, 종이비행기가 또다시 위저드들을 조준했다.

"큭……."

"잘 가~!"

하지만 〈니벨코르〉가 종이비행기를 날리려던 순간, 뒤편에서 불어온 어마어마한 돌풍이 〈벨제붑 엘레드〉를 날려버렸다.

"꺄앗!"

"뭐, 뭐야?"

〈니벨코르〉는 머리카락과 치마를 손으로 누르며 뒤편을 쳐다보았다.

그러자 한정 영장을 걸친 소녀가 거대한 검을 치켜들며 〈니벨코르〉에게 달려드는 광경이 눈에 들어왔다. ―정령, 토카였다.

"하아아아아앗!"

"꺄앗!"

〈니벨코르〉는 아슬아슬하게 좌우로 흩어져서 그 일격을 피했다. 그러자 토카의 뒤편에서 좌우의 어깨에 날개 같은 영장을 두른 정령, 야마이 자매가 나타나더니 지상포대를 지키고 있던 〈라타토스크〉의 위저드들에게 말을 걸었다.

"여기는 우리에게 맡기거라!"

"대피. 물러나 주세요."

"……큭! 미, 미안하다……!"

위저드들은 〈벨제붑 옐레드〉에 꿰뚫린 부위를 움켜잡으면서 후방으로 이탈했다. 그 모습을 곁눈질로 확인한 카구야, 유즈루는 토카의 옆에 서서 〈니벨코르〉를 주시했다.

세 정령을 본 〈니벨코르〉는 깜짝 놀란 것처럼 눈을 동그랗게 뜬 후, 입술을 일그러뜨렸다.

"꺄하하, 이거 진짜야~?"

"〈프린세스〉에 〈베르세르크〉? 무투파가 단체로 납시었네~."

"포대 파괴 임무 같은 건 꽝인 줄 알았는데, 완전 대박이잖아~."

〈니벨코르〉가 그런 말을 연이어 늘어놓으면서 손을 들어

올리자, 바람에 흩날리고 있던 〈벨제붑 엘레드〉가 그녀에게 돌아왔다. 그리고 종이비행기 모양으로 접혀 있던 종이가 다시 펴지더니 다른 형태로 접혔다.

—종이학. 수많은 종이가 접혀 만들어진 종이학은 천 개가 넘어 보였다.

“후후, 아까처럼 바람으로 날려버리려고 했다간 큰 코 다칠 거야.”

“방심하면 온몸에 구멍이 숭숭 뚫릴걸?”

“자, 그 전에 내 목을 칠 수 있으려나~?”

“뭐, 딱히 의미는 없을 테지만 말이야.”

“나는 하나이자 전부, 전부이자 하나.”

“몇 명이 살해당하든, 〈벨제붑〉이 존재하는 한 절대 죽지 않아.”

“꺄하하, 죽음이 존재하지 않는 여자를 어떻게 죽일 건데?”

〈니벨코르〉는 여유 넘치는 미소를 지으면서 종이학을 날릴 준비를 했다.

하지만 토카와 야마이 자매는 〈니벨코르〉를 주시하고 있을 뿐, 공격을 펼치지는 않았다.

“……어?”

기회를 엿보고 있거나, 〈니벨코르〉를 죽일 방법을 생각하고 있는 줄 알았지만— 그렇지 않았다. 그녀들의 눈에는 망설임이 존재하지 않았던 것이다.

그녀들은 차분하면서도— 힘찬 목소리로 말했다.
"〈니벨코르〉여, 미안하지만, 너희 상대는 우리가 아니다."
"크큭, 그러하니라. 그대들에게 어울리는 상대가 따로 있지."
"긍정. 유즈루 일행은 호위에 지나지 않아요."
"……뭐?"
모든 〈니벨코르〉가 일제히 미간을 찌푸렸다.
정령은 〈라타토스크〉가 보유한 전력 중에서도 최상위에 속할 것이다. 그녀들을 대신할 수 있는 이는 전 아뎁투스2인 타카미야 마나뿐이리라.
하지만 그 위저드가 이 자리에 나타날지라도, 상황이 극적으로 변할 리 없다. 게다가 〈니벨코르〉는 몇 번, 그리고 몇 명이 죽더라도—.
"……어?"
생각에 잠겨 있던 〈니벨코르〉가 갑자기 얼빠진 소리를 냈다.
토카 일행의 뒤편에서 흙먼지를 가르며 다가온 그 인물을 목격하고, 말이다.
—그는, 젊은 소년이었다.
평범한 체구와, 중성적인 외모를 지닌 그는 영장을 걸치지 않았으며, CR-유닛을 장비하지도 않았다.
그저 평범한, 남자 고등학생이었다.
"이츠카…… 시도?"
〈니벨코르〉는 눈을 치켜뜬 채 그 이름을 입에 담았다.

그렇다. 상공에서의 폭격으로 인해 폐허가 되어버린 마을 안을 걸으면서 다가오고 있는 이는 다름 아닌 〈니벨코르〉들의 타깃, 이츠카 시도였다.

웨스트코트가 죽으면, DEM의 패배다.

이츠카 시도가 죽으면, 〈라타토스크〉의 패배다.

명확하게 정해둔 룰이 있는 것은 아니지만, 그 사실만큼은 쌍방이 인식하고 있다.

그렇기에, 〈니벨코르〉 또한 시도는 견고한 공중함 안에 숨어있을 거라고 믿어 의심치 않았다. 적어도 이렇게 무방비하게 최전선에 나타날 거라고는 눈곱만큼도 생각하지 않았다. 그 경악이 잠시 동안 〈니벨코르〉의 움직임을 봉쇄했다.

하지만 그것도 잠시, 놀란 표정을 짓고 있던 〈니벨코르〉는 미소를 머금고 자신을 향해 걸어오는 시도를 노려보았다.

"흐음…… 무슨 꿍꿍이인지는 모르겠지만, 꽤 대담하네."

"네가 내 상대야? 꺄하하, 우리를 너무 얕보는 거 아냐?"

"뭐, 어찌 됐든 간에 아버님에게 멋진 선물을 드릴 수 있겠어!"

〈니벨코르〉는 고개를 힘차게 저은 후, 종이학 형태가 된 〈벨제붑 옐레드〉를 시도에게 날렸다.

"하앗—!"

하지만 토카와 야마이 자매가 시도를 지키려는 듯이 몸을 날리며 종이학을 쳐냈다.

하지만 〈니벨코르〉는 그 행동을 이미 예상했다.

〈니벨코르〉의 강점은 절대적인 『개인의 힘』이 아니라, 모든 것을 짓눌러 버리는 『다수의 힘』이다. 〈니벨코르〉 중 서른 개체가 정령들을 상대했고, 남은 이들은 시도에게 접근했다.

"캬하하하하하하하하—!"

〈니벨코르〉 중 하나가 웃음을 터뜨리면서 시도에게 쇄도했다.

다른 정령들은 한참 뒤편에 있었다. 아무리 정령이라도 이 상황에서 시도를 지키는 것은 힘들었다.

〈니벨코르〉는 시도의 심장을 도려내려는 듯이 손날로 찌르기를 날리려 했다.

하지만—.

"〈니벨코르〉."

다음 순간, 침묵을 지키고 있던 시도가 갑자기 상냥한 목소리로 입을 열었다.

"**—사랑해.**"

"…………뭐?"

〈니벨코르〉는 그 뜻밖의 말에 눈을 동그랗게 뜨며 움직임을 멈췄다.

하지만 그것은 이제부터 시도가 벌일 기행의 서막에 지나지 않았다.

시도는 그 짧은 틈에 〈니벨코르〉의 목에 팔을 두르더니—.

"——."

그대로 〈니벨코르〉를 끌어안으며, 자신의 입술을, 〈니벨코르〉의 입술에 포갰다.

"…………읍?!"

그 갑작스러운 행동에 〈니벨코르〉의 머릿속은 물음표로 가득 찼다. 영문을 알 수 없었다. 죽음이 코앞까지 다가온 탓에 판단력을 상실한 걸까? 하지만 그런 것치고는 행동에 망설임이 없었다. 애초에 시도는 왜 전장에 나선 걸까? 이것이 적의 비책? 말도 안 된다. 죽음이 존재하지 않는 〈니벨코르〉가 겨우 이 정도로—.

"으응…… 어……?"

〈니벨코르〉는 위화감을 느꼈다. 몸이 녹아내리는 듯한 착각이 들더니, 자세를 유지할 수가 없었다. 얼굴이 뜨겁다. 몸이 타들어가는 것만 같다. 마음이 흐물거리듯 녹아내렸다. 하지만 그게, 왠지 기분 좋게—.

〈니벨코르〉의 몸이 옅은 빛을 뿜으면서 거품처럼 사라지더니, 한 장의 종이가 지면으로 떨어졌다.

그 종이 또한 지면에 닿은 순간, 빛으로 된 입자가 되어 대기에 녹아들며 사라졌다.

"어……?!"

"뭐가— 어떻게 된, 거야……?!"

옆에서 그 광경을 보고 있던 다른 개체가 눈을 치켜뜨며 부들부들 떨었다.

그러다가 그 개체 또한 심장이 거칠게 뛰면서, 뇌 속에 마약이 분비된 것처럼 행복한 기분에 휩싸이더니— 아까 전의 개체처럼 황홀한 기분에 사로잡힌 채 빛으로 변하며 사라졌다.

◇

"……키, 키스?! 〈니벨코르〉와……?!"

〈라타토스크〉와 DEM의 교전 개시 직전.

시도는 〈프락시너스〉의 함교에서 마리아가 밝힌 〈니벨코르〉 대처법을 듣더니, 경악에 찬 표정을 지었다.

아니, 시도만이 아니었다. 주위에 있던 정령들과 승무원들도 시도와 비슷한 표정을 지었다.

하지만 마리아는 차분한 표정을 지은 채, 화면을 반짝거리면서 말을 이었다.

『예. 키스예요. —유사 정령이라 할지라도, 〈니벨코르〉 또한 정령인 건 분명하죠. 실제로 그녀들에게서 관측된 건 마력이 아니라 영력이에요. 그렇다면, 시도의 힘으로 봉인하는 것도 분명 가능할 거예요.』

"자, 잠깐만 있어봐. 일단 마리아의 말이 옳다고 쳐. 하지만 정령을 봉인하기 위해서는 호감도를 높여야만 하잖아. 상대가 마음을 열지 않은 상태에서는, 아무리 키스를 해봤자……."
시도는 식은땀을 흘리면서 그렇게 반론했다.
그렇다. 그 점은 코토리와 레이네에게서 몇 번이나 들었다. 설령 〈니벨코르〉의 빈틈을 노려서 키스를 하더라도, 상대는 DEM에서 만들어낸 존재이자, 명확한 적의와 살의를 가지고 시도의 목숨을 노리고 있는 정령이다. 영력의 봉인이 가능할 리가 없다.
하지만 느긋하게 〈니벨코르〉의 호감도를 올릴 시간 또한 없다. 그러니 마리아의 제안은 탁상공론이나 다름없다.
마리아는 시도의 대답이 옳다는 듯이 한숨을 내쉰 후(정확하게는, 한숨을 내쉰 듯한 음성이 들린 후), 말을 이었다.
『—맞는 말이에요. 하지만 그건 상대가 평범한 정령일 경우죠.』
"그, 그게 무슨 말이야……?"
『한 번 생각해보세요. 〈니벨코르〉의 원천이 누구인지를, 그녀들이 대체 누구에게서 비롯된 존재인지를 말이에요.』
"원천……."
시도가 그렇게 말하면서 니아를 쳐다보자, 다른 정령들도 거의 동시에 그녀를 향해 고개를 돌렸다. 갑자기 주목을 받은 니아가 「우훗」 하는 소리를 내면서 몸을 배배 꼬았다. 하지만 아무도 그런 행동에 반응하지 않았다.
〈니벨코르〉는 〈벨제붑〉의 힘에 의해 탄생한 정령이다. 그리고 마왕 〈벨제붑〉은 원래 니아의 천사인 〈라지엘〉이었다.

『그래요. 〈니벨코르〉의 근원은 〈벨제붑〉. 하지만 니아는 자신의 세피라를 완전히 빼앗기지는 않았죠.』

“그 말은…….”

뭔가를 눈치챘는지 코토리의 눈썹이 희미하게 떨렸다. 마리아는『예』하고 코토리의 말에 대답한 후, 말을 이었다.

『니아. 당신은 시도를 어떻게 생각하죠?』

“응? 혼인신고서에 도장만 찍어준다면 평생 먹여 살릴 생각인데?”

니아는 고개를 갸웃거리면서 그렇게 말했다. 그러자 마리아는 불만을 표시하듯 헛기침을 한 후, 말을 이었다.

『좀 짜증나는 발언이지만, 여러분의 의문에 대한 충분한 대답이 되었을 것 같군요.』

“잠깐만 있어봐. 〈니벨코르〉의 봉인 가능 여부는 니아의 호감도와 연동되고 있다는 거야……?!”

『아마 그럴 거예요. ―속된 말로, 입으로는 싫다지만 몸은 정직한 쉬운 여자인 거죠.』

“““…….”””

시도를 비롯한 다른 이들은 그 속된 말을 듣고 식은땀을 흘렸다.

하지만, 만약 마리아의 말이 사실이라면, 성가신 적인 〈니벨코르〉를 무력화시킬 수 있을지도 모른다. 〈밴더스내치〉와

〈니벨코르〉. 상대의 주요 전력인 이 둘만 사라진다면, 수적 열세인 〈라타토스크〉에게도 승산이 있을 것이다.

하지만 바로 그때, 코토리가 고개를 세차게 저으며 입을 열었다.

"만약 그게 사실이더라도 너무 위험해. 〈니벨코르〉와 키스를 한다는 건, 적의 표적인 시도가 전장에 나서야 한다는 거잖아?"

"윽—!"

토카를 비롯한 정령들도 그 점을 눈치챘는지 표정을 굳혔다.

확실히, 상식적으로 생각해보면 말도 안 되는 작전이다. 엄중히 숨겨야 하는 인물을, 최전선에 보내야 하니까 말이다.

"……."

하지만, 시도는 망설이지 않았다.

"해보자. 방법이 그것밖에 없으니까 말이야. 그리고…… 그야말로 우리다운 방식이잖아?"

시도는 그렇게 말하면서, 결의에 찬 눈길로 다른 이들을 쳐다보았다.

◇

—키스의 감촉이 느껴진 순간, 시도의 품에 안겨 있던 소녀의 몸이 빛으로 된 입자가 되어 사라졌다.

"……."

그 불가사의한 감각에 사로잡힌 시도는 잠시 동안 그 자리에 멍하니 서 있었다.

아니, 실은 그것만이 아니었다.

시도와 〈니벨코르〉의 키스를 목격한 주위의 〈니벨코르〉들도 얼굴을 새빨갛게 붉히면서 가슴을 부여잡더니, 몸을 배배 꼬면서 사라진 것이다.

이런 현상이 벌어질 수도 있다는 말을 마리아에게서 사전에 들었다.

〈니벨코르〉는 하나이자 전부, 전부이자 하나인 군체 생명이다.

즉, 『키스를 당한 개체』와 『자신이 키스를 당했다고 인식해버린 개체』에게, 같은 효과가 발생할 가능성이 있는 것이다.

완성된 군체이자 죽음이 존재하지 않는 군대인 〈니벨코르〉가 지닌, 뜻밖의 약점이었다.

이 전장에서 가장 약한 존재인 시도가, 최강의 군단을 해치울 유일한 칼날인 것이다!

"―자, 시간이 됐어, 〈니벨코르〉. 너와 나의 전쟁(데이트)을 시작해보자."

시도는 차분하면서도 힘찬 목소리로 그렇게 선언하더니,

〈니벨코르〉를 도발하듯 손가락을 까딱거렸다.

"……큭!"

"얕보지—."

"말란 말이야—!"

봉인당하지 않은 〈니벨코르〉들이 분노로 표정을 물들이며 일제히 달려들었다.

【하앗!】

시도는 자신의 목소리에 〈가브리엘〉의 영력을 담은 후, 기합을 내지르며 온몸의 힘을 끌어올렸다.

아무리 봉인이 가능할지라도, 상대는 정령이다. 기초적인 신체능력이 하늘과 땅만큼 차이가 나는 것이다. 재빠른 〈니벨코르〉를 잡기 위해서는 천사의 힘을 사용할 수밖에 없다.

"이야아아아아아아아앗!"

"죽어버려어엇!"

〈니벨코르〉가 고함을 지르며 사방에서 동시에 시도에게 달려들었다.

뜻밖의 사태가 벌어진 탓에 당황한 것 같지만, 그래도 차분하게 대처하고 있었다. 시도의 입술은 하나뿐이다. 그러니 사방에서 동시에 공격을 한다면 그에 대응할 수 없을 것이다.

하지만…….

"—〈자드키엘〉! 〈하니엘〉!"

시도가 그렇게 외치자, 공기 중의 수분이 응결되면서 그의 등 뒤에 커다란 얼음기둥 세 개가 만들어졌다.

그리고 다음 순간, 〈하니엘〉의 힘으로 그 얼음기둥을 시도와 똑같은 모습으로 변형시켰다.

"앗……?!"

느닷없이 벌어진 일에, 시도를 향해 달려들던 〈니벨코르〉들이 당황했다.

아마 시간으로 치면 그것은 1초도 채 되지 않을 것이다.

하지만 〈가브리엘〉로 신체능력과 반사 신경을 강화시킨 시도에게는 충분하고도 남는 시간이었다.

"—으음."

"……읏?!"

시도는 정면에서 달려들던 〈니벨코르〉를 붙잡고 그대로 입술을 빼앗았다.

"아…… 하앙……."

그러자 그 개체, 그리고 방금 그 광경을 목격한 개체가 빛으로 된 입자로 변했다.

"너…… 너는 대체 뭐야아아앗?!"

떨어진 곳에 있었기에 목숨을 건진 〈니벨코르〉가 비명에 가까운 목소리로 그렇게 외치며 공세를 펼쳤다.

이번에는 시도에게 돌격하지 않았다. 손을 펼쳐 몸 주위에 떠 있던 종이를 원뿔 형태로 만든 후, 그것들로 시도를 조준했다.

키스로 봉인을 당한다면, 다가가지 않으면 된다. 단순하지만 나쁘지 않은 방법이다.

"하지만—."

—상대가 『인식』을 통해 사라져 버리는 것이라면…….

시도는 오른손을 자신의 입술에 대더니, 원뿔을 날리려 하는 〈니벨코르〉 집단을 향해 그 오른손을 날리는 듯한 동작을 취했다.

"으음…… 쪽!"

그렇다. 마치— **키스를 날리는 것**처럼 말이다.

흔히 『손 키스』라 부르는 행위였다.

"으윽……!"

"하앙—?!"

시도의 손 키스를 받은 〈니벨코르〉들이 볼을 붉히면서 가슴을 움켜쥐었다.

"—〈라파엘〉!"

시도는 그 틈에 바람에 올라타고 순식간에 〈니벨코르〉들에게 육박하며 그녀들의 입술을 빼앗았다.

"아앙……."

"하윽—!"

주위의 〈니벨코르〉들이 황홀한 표정을 지으면서 사라졌다.

떨어진 곳에 있었던 덕분에 아직 무사한 〈니벨코르〉들이 겁을 먹은 것처럼 「히익!」 하고 신음을 흘렸다.

“자…… 다음은 누구 차례지?”

“꺄…… 꺄아아아앗!”

“아버니이이임!”

〈니벨코르〉가 비명을 지르면서 도망쳤다.

하지만 아무리 약한 소녀처럼 보여도, 그녀들은 위저드와 정령들에게 있어 위협적인 존재다. 시도는 여자아이를 괴롭히는 듯한 죄책감을 느끼면서도, 〈라파엘〉로 바람을 일으켰다.

“보내줄 수야 없지— 내 사랑스러운 아기 고양이들.”

—그리고, 사랑의 폭풍이 휘몰아쳤다.

도망치는 〈니벨코르〉, 맞서는 〈니벨코르〉, 공포에 질린 채 몸을 숨기는 〈니벨코르〉…….

시도는 그들 전원에게 상냥하고 달콤한 사랑의 말을 속삭이며, 입술을 빼앗았다.

그 모습은 그야말로 정령 무쌍이었다.

이변이 발생한 것을 눈치챈 〈밴더스내치〉와 다른 위저드들이 상공에서 이쪽으로 접근하려 했지만, 시도를 지키는 것이 임무인 토카와 야마이 자매를 돌파할 수 있을 리 없었다.

이윽고, 지상 포대를 파괴하기 위해 파견된 〈니벨코르〉의 대부분이 빛으로 변해 사라졌다.

“휴우—.”

하지만 아직 수많은 〈니벨코르〉가 지상을 가득 채우고 있었다. 시도는 〈니벨코르〉가 밀집해 있는 곳을 향해 내달렸다.

바로 그때—.

"시도!"

상공에서 토카의 목소리가 느닷없이 들려왔다.

다음 순간, 시도는 자신의 등 뒤에 존재하는 누군가의 기척을 감지했다.

"크……!"

—〈니벨코르〉에게 허를 찔린 건가……?!

생각, 그리고 후회를 한 것은 한순간에 불과했다. 시도는 등 뒤의 기척을 향해 손을 뻗었다.

설령 공격을 당하더라도, 즉사만 당하지 않는다면 〈작란섬귀[카마엘](灼爛殲鬼)〉로 상처를 재생시킬 수 있다. 그렇다면 시도가 해야 할 일은, 목숨을 걸고 그녀의 입술을 빼앗는 것이다—!

하지만—.

"어?"

"……아."

다음 순간, 시도는 눈을 동그랗게 뜨고 움직임을 멈췄다.

이유는 단순했다. 〈니벨코르〉라고 생각하며 끌어안은 상대가—.

"……어머, 어머. 대담하시군요, 시도 씨."

요염한 미소를 입가에 머금고 있는, 두 눈동자의 색깔이 다른 소녀였던 것이다.

제5장 정령의 부활

"하아……, 하아……."

인적 없는 뒷골목에 몸을 숨긴 채, 소년은 어깨를 들썩일 정도로 거친 숨을 내쉬었다.

이마에는 구슬땀이 맺혀 있으며, 움켜쥔 팔에서는 피가 배어나오고 있었다. 소년은 고통을 참으려는 듯이 이를 꽉 악물고 벽에 등을 맡긴 채 지면에 주저앉았다.

"미, 미오, 괜찮아……?"

"응……. 그것보다, 팔을 내밀어봐."

소년의 물음에 그와 함께 뒷골목으로 도망친 미오는 굳은 표정으로 소년의 팔에 자신의 손을 댔다.

그러자 미오가 손을 댄 부분이 옅은 빛에 휩싸이더니, 팔에서 느껴지던 고통이 점점 가라앉았다.

"와아…… 대단한걸?"

"영력으로 상처를 아물게 했을 뿐이야. 그것보다—."

미오는 골목 밖을 힐끔 쳐다보았다.

그쪽에서는 소년과 미오를 찾는 이들의 발소리와 목소리가 들려오고 있었다.

"……맞아, 저 녀석들은 대체 뭐야?"

소년은 건물 사이에 있는 이 골목에 때때로 드리워지는 그림자를 노려보면서, 작은 목소리로 중얼거렸다.

그렇다. 소년과 미오는 현재 정체불명의 집단에게 쫓기고 있었다.

쫓기는 이유도, 그들의 정체도 알지 못했다. 평소처럼 마을을 걷고 있던 소년과 미오 앞에 외국인들이 나타나더니 다짜고짜 달려들었던 것이다. 마치 3류 액션 영화의 한 장면 같았다.

"……."

미오는 입을 꾹 다문 채 침묵에 잠겼다. 소년은 그런 미오를 보며 의아하다는 듯이 고개를 갸웃거렸다.

"응? 미오, 왜 그래?"

"……아마 저 사람들은 나를 쫓아온 걸 거야."

"뭐?"

"뒤편에 있던 사람들은 눈에 익어. 전에 말했던, 내가 처음으로 봤던 사람들이야."

미오가 미간을 찌푸리면서 그렇게 말한 후, 침통한 표정을 지으며 말을 이었다.

"……미안해. 내 일에 너까지 휘말리게 만들었어. ―도망쳐. 뒷일은 내가……."

"싫어."

소년은 미오의 말을 끊고 몸에 반동을 주며 벌떡 일어섰다.

"뭐―."

"폭발지역 한복판에 있는 여자애에게 말을 걸었을 때부터, 나는 트러블에 휘말릴 걸 각오했었다고. 게다가―."

소년은 미오의 손을 잡더니, 새빨개진 볼을 보여주지 않으려는 듯이 고개를 돌린 채 이렇게 말했다.

"우리는…… 가족이잖아."

"……아!"

미오의 손이 방금 그 말에 놀란 것처럼 부르르 떨렸다. 그리고 그녀는 소년의 손을 꼭 움켜잡았다.

말은 필요 없었다. 그것이 대답이나 다름없었던 것이다. 소년은 천천히 고개를 끄덕인 후, 미오의 손을 잡아끌면서 걸음을 내디뎠다.

"일단 경찰서에 가자. 위험한 녀석들에게 쫓기고 있다고 말하면 보호해줄 거야. 법치국가를 얕보지……."

하지만 바로 그때, 소년은 걸음을 멈췄다.

이유는 단순했다. 뒷골목을 따라 나아가려 한 순간, 한 남자와 딱 마주친 것이다.

밝은 금발과 예리한 외모를 지닌 그는 검은색 옷을 입은 서양 사람이었다. 소년과 미오를 쫓아오던 집단의 일원이 틀림없었다.

"……윽! 물러서!"

미오는 소년을 감싸려는 것처럼 앞으로 나섰다.

"미오!"

"걱정하지 마! 죽이지는 않을 거야……!"

미오는 그렇게 말하면서 남자를 노려보았다.

하지만 그 긴장된 분위기는 오래가지 않았다. —눈앞의 남자가 이마를 손으로 짚으면서 크게 한숨을 내쉬었기 때문이다.

"……하아, 맙소사. 하필이면 내가 있는 쪽으로 오면 어떻게 하냐고."

그리고 그는 유창한 일본어로 그렇게 말했다.

"어……?"

그 뜻밖의 반응을 본 소년과 미오가 어리둥절한 표정을 짓자, 그는 차분한 목소리로 말을 이었다.

"……미오가 이 애의 이름이야?"

"……맞아. 내가 지어줬어."

"그래. 좋은 이름인걸."

그는 그렇게 말하면서 미오를 향해 고개를 돌렸다.

"저기, 지금…… 행복해?"

"……적어도, 적의를 지닌 상대에게 쫓기는 걸 즐기는 취향 따윈 없어."

"아니, 그게 아니라…… 저 소년과 같이 있고 싶은 건지를 물은 거야."

"……."

미오는 눈앞의 남성을 주시하면서 고개를 끄덕였다.

"그래?"

그는 크게 한숨을 내쉬더니, 엄지로 골목 안쪽을 가리켰다.

"—빨리 가."

"……뭐?"

소년은 그 뜻밖의 말에 눈을 크게 떴다. 한순간, 소년과 미오를 방심하게 만들려는 술수일지도 모른다고 생각했지만, 그에게서는 적의가 느껴지지 않았다.

"무, 무슨 소리야?"

"듣고도 모르겠어? 괜한 소리 하지 말고 빨리 가. 안 그러면—."

"앗! 찾았다! 저기 있어!"

다음 순간, 남자의 목소리를 끊듯 골목 밖에서 고함 소리가 들려왔다. 격렬한 발소리와 함께 세 명의 추격자가 뛰어왔다.

"하아, 정말. 이렇게 될 줄 알았다니깐."

그는 과장스럽게 어깨를 으쓱한 후, 이마에 손을 댄 채 날카로운 눈빛을 띄면서 지면을 박찼다.

그리고 소년과 미오를 지나치더니 추격자들의 명치를 손바닥으로 가격했다.

"커억……?!"

"우드먼 씨, 이게 무슨……!"

추격자들은 신음을 흘리며 지면에 쓰러졌다. 우드먼이라 불린 남자는 성가시다는 듯이 머리를 긁적인 후, 재촉을 하듯 또다시 골목 안쪽을 엄지로 가리켰다.

"……빨리 가. 그 애를— 미오를 부탁한다, 꼬맹아."

"……윽, 아, 알았어……!"

내부 분열일까, 배신일까— 자초지종은 모르겠지만, 소년과 미오를 도와주려는 것 같았다. 소년은 짤막하게 대답한 후 미오의 손을 잡고 달렸다.

그렇게 얼마나 달렸을까. 미오가 갑자기 손에 힘을 주며 소년을 뒤편으로 잡아당겼다.

"우왓?!"

갑자기 브레이크가 걸린 소년의 몸은 그대로 뒤흔들렸다.

그리고 다음 순간, 탕! 하고 메마른 소리가 울려 퍼지더니, 소년의 바로 앞— 즉, 방금까지 소년이 있던 곳에서 불똥이 튀었다.

"아니……."

소년이 눈썹을 찌푸린 순간, 총을 쥔 추격자 몇 명이 앞쪽에서 모습을 드러냈다.

그리고 그들의 뒤편에서— 눈에 띄는 남자 한 명이 걸어오고 있었다.

나이는 20대 초반 정도로 보였다. 탁한 색깔의 머리카락을 지녔으며, 녹이 슨 것 같은 색깔의 눈동자가 인상적인 장신의 남자였다. 표정과 태도는 부드럽지만, 몸에 두른 이질적인 분위기는 완전히 감추지 못하는 것 같았다.

"—오랜만이군, 정령. 만나고 싶었어."

"……."

남자의 말에 미오는 인상을 찡그렸다. 하지만 그는 개의치 않는다는 듯이 소년 쪽을 쳐다보았다.

"저 소년은 처음 만나는 군. 우리의 정령을 보호해 줘서 고마워. 진심으로 감사하고 있어. 그에 걸맞은 답례도 하지."

그는 옅은 미소를 지으면서 그렇게 말했다. 마치 미오를 애완동물 취급하는 듯한 그 말을 들은 순간, 소년은 무심코 언성을 높였다.

"헛소리—."

하지만…….

"—자네의 여동생은 우리가 『보호』하고 있어. 자, 각자가 올바른 장소로 돌아가는 게 어떨까?"

"뭐……?!"

"윽……."

그가 뒤이어 한 말을 들은 순간, 소년과 미오는 숨을 삼켰다.

"이 자식, 마나한테 허튼 짓만 해봐! 절대 용서 안 할 거야……!"

"호오? 그녀의 이름이 마나였나? 하하, 이런 우연이 다 있군. 정령이 자네들 곁으로 간 것도 납득이 되는걸."

그는 뭐가 그렇게 웃기는 건지 웃음을 터뜨렸다.

마나를 납치했다는 말이 허풍일 가능성도 있다. 하지만, 우두머리로 보이는 저 자의 광기로 볼 때, 거짓말이라고 단정 지을 수 없었다.

미오도 소년과 같은 생각을 한 것인지, 궁지에 몰린 듯한 표정을 지으며 한 걸음 앞으로 나섰다.

"……내가 가면 마나를 돌려주겠다고 약속해."

"음. 물론이지."

"미오?!"

소년은 경악에 찬 목소리로 외쳤다. 하지만 미오는 천천히 고개를 저었다.

"……괜찮아. 나는 원래 이곳에 있어선 안 되는 존재였어. 나 때문에 마나를 위험에 처하게 할 수는 없어. ―잠시 동안이지만, 너와 함께 지내면서 행복했어."

"……큭."

소년에게서 신음에 가까운 목소리가 흘러나왔다. 미오는 상냥하게 미소를 지어보인 후, 남자들을 향해 걸어갔다.

하지만—.

"……헛소리, 마……!"

소년이 떨리는 몸에 힘을 주더니, 지면을 박차며 미오의 손을 잡았다. 그리고 그 손을 잡아끌고 도망쳤다.

"윽! 거기 서라!"

"이익—!"

추격자들이 당황한 목소리로 그렇게 외치며 총을 쐈다. 지면과 벽에 총탄이 꽂히더니, 사방에서 불똥이 튀었다.

"뭐, 뭐하는—."

"이 바보야! 저딴 녀석들이 진짜로 약속을 지킬 것 같아!? 미오를 손에 넣었다고 저 자식들이 나와 마나를 죽이지 않을 거라는 보장은 없어!"

"……윽! 그건—."

"너를 손에 넣을 때까지, 저 녀석들은 마나를 건드릴 수 없어! 그렇다면— 마나를 되찾고, 미오도 넘겨주지 않고 끝나는 게 최고의 루트잖아!"

소년은 달리면서 고함을 질렀다. 미오는 그 말을 듣고 눈을 크게 떴다.

"……아! 응……!"

하지만— 바로 그 순간이었다.

"이런이런, 이러면 곤란하지. 나는 거짓말을 할 생각이 없는데 말이야."

시야 구석에 있는 그 남자가 대구경 총을 치켜들더니—.

다음 순간, 뜨거운 감촉이 소년의 가슴을 휩쌌다.

"어—?"

그 직후, 소년은 자신이 총에 맞았다는 사실을 깨달았다.

극심한 통증이 느껴졌다. 온몸에 떨림이 퍼져나가더니, 숨을 쉴 수가 없었다. 다리에서 힘이 빠진 소년은 그 자리에서 쓰러졌다. 물웅덩이에 빠져서 몸이 젖어 들어가는 느낌이 들었다.

"—?! —!"

미오가 무슨 말을 했다. 필사적으로 무슨 말을 외치고 있었다.

하지만, 이윽고 그 목소리조차 들리지 않—.

◇

몇 번째일지 모르는 공격이 하늘에 마력으로 된 빛을 흩뿌렸다.

아르테미시아는 눈썹을 살짝 찌푸리며 오리가미가 날린 레이저 스피어를 쳐냈다.

"—역시, 꽤 하네."

"내가 할 말이야."

아르테미시아의 말에 답하듯, 오리가미가 그렇게 말했다.

하지만 두 사람의 전투 능력이 대등하지 않다는 것은 지금까지의 전투로 충분히 밝혀졌다.

확실히 오리가미의 힘은 경이적이었다. CR-유닛에 한정 영장과 천사를 합칠 수 있는 이는 아마 이 세상에 그녀뿐일 것이다.

하지만 그렇게까지 했는데도 이 승부는 아르테미시아에게 유리하게 흘러가고 있었다. 만약 오리가미가 정령의 힘을 완전히 발휘할 수 있다면 이야기가 달라질지도 모르지만, 안타깝게도 힘이 봉인된 지금 상태에서는 아르테미시아를 쓰러뜨리기 힘들었다.

하지만 그걸 이해하고 있는 이는 아르테미시아만이 아니었다.

오리가미 또한 지금 상태로는 아르테미시아에게 이길 수 없다는 것을 이해하고 있었다. 그렇기 때문에 아르테미시아를 죽이는 게 아니라, 방어에 치중하며 시간을 끌고 있는 것이다.

마치— 무언가를 기다리듯이 말이다.

"……."

아르테미시아는 주위를 힐끔 둘러보았다.

주위에는 대량의 〈밴더스내치〉와 DEM의 위저드, 그리고 그들과 싸우고 있는 마나와 정령 〈허밋〉, 〈조디악〉이 있었다. 이 난전 속에서 아르테미시아와 오리가미가 1대 1로 대결을 펼치고 있는 것은 〈라타토스크〉 측이 주위에서 DEM 측의 세력을 저지하고 있기 때문이다.

—아르테미시아를 이곳에 묶어두는 것이 목적일까? 적의 No.2를 묶어두는 것은 효과적인 전략이지만, 그런 행동이 의미를 가지는 건 수적으로 우세한 쪽이다. 아르테미시아 한 명을 묶어놓기 위해 주력인 정령 셋과 위저드 한 명을 투입하는 것은 명백하게 비효율적이다.

"대체— 뭘 노리는 거지?"

"……."

아르테미시아는 상대의 의도를 캐내려고 했지만, 오리가미는 표정조차 변하지 않았다.

오리가미의 강점은 단순한 실력보다 이런 교활함이었다. 이대로 계속 싸우더라도 지지는 않겠지만, 아르테미시아는 가능한 한 빨리 승부를 내고 싶었다.

하지만 그러기 위해서는 지원이 필요했다. 실력이 뛰어날 필요는 없다. 오리가미의 도주로만 차단해주면—.

"—아!"

바로 그때, 생각에 잠겨있던 아르테미시아의 눈썹이 희미하게 흔들렸다.

망막에 투영된 센서에 아군의 식별 신호가 표시된 것이다.

오리가미에게 주의를 기울이며 고개를 돌려보니, 위저드 몇 명이 주변에서 벌어지고 있는 난전에서 빠져나와 이쪽으로 다가오는 모습이 눈에 들어왔다.
장비한 유닛으로 볼 때, DEM의 위저드가 아니라 지원 요청을 받은 현지의 AST 같았다. 정령을 상대로 도움이 될지 좀 불안하지만, 지금은 찬밥 더운밥 가릴 때가 아니었다.
"마침 잘 됐어. 여기는 DEM인더스트리 제2집행부 소속, 아르테미시아 애시크로프트. 콜사인은 아뎁투스2야. 현재 정령과 교전 중. 도와줬으면 해. 적의 도주로만 차단해주면—내가 처리할게."
아르테미시아는 그렇게 말하면서 오리가미를 향해 몸을 날리려 했다.
하지만…….
"미안하지만, 그 기대에는 부응할 수 없어. —왜냐하면 우리는 실업자거든!"
다음 순간, 뒤편에서 그런 목소리가 들려오면서 AST 대원들이 일제 사격을 감행했다.
—바로 아르테미시아를 향해서 말이다.
"앗……?!"
갑작스러운 사태에 아르테미시아는 눈을 치켜떴다.
아르테미시아를 감싼 테리터리에 레이저 캐논이 꽂히더니, 눈부신 빛이 발생했다.
물론 평범한 위저드가 날린 포격이 아르테미시아의 견고한 테리터리에 상처를 낼 수 있을 리 없다. 하지만 뜻밖의 공격에 아르테미시아의 주의가 한순간 AST 대원들 쪽으로 쏠렸다.

그리고 그 한순간은 대치 중인 적에게 있어서는 황금보다 값진 가치를 지니고 있었다.

"하앗—!!"

아르테미시아의 주의가 다른 곳으로 쏠린 순간, 오리가미는 그 틈을 이용해 그녀를 향해 공격했다. 주위에 흩뿌려진 마력을 흡수해 필멸(必滅)의 위력을 머금은 레이저 스피어가 아르테미시아를 향해 뻗어나갔다.

"—윽!"

하지만, 아르테미시아는— 괴물이었다.

그녀는 재빨리 테리터리를 조작해서 자신의 몸을 억지로 비틀었다. 갈비뼈에서 우지직 하는 소리가 났다. 아무래도 부러진 것 같았다.

하지만 덕분에 아르테미시아는 오리가미의 일격을 피할 수 있었다. 아니— 피했다는 말에는 어폐가 있었다. 오리가미의 레이저 스피어는 테리터리를 관통한 후, 아르테미시아의 옆구리에 깊숙이 꽂혔으니 말이다.

하지만 내장은 무사했다. 전투 자체가 불가능해질 정도의 치명상은 아니었다. 아르테미시아는 레이저 블레이드 〈아론다이트〉로 오리가미의 몸을 대각선으로 벴다.

"큭……."

핏방울이 사방으로 튀더니, 오리가미의 입에서 고통스러운 비명이 흘러나왔다. 아르테미시아 또한 얼굴에 땀방울이 맺혔지만, 허세를 부리듯 입가를 미소의 형태로 일그러뜨렸다.

"무승부— 아니, 내가 이긴 건가?"

오리가미는 그 말을 듣고 항상 무표정하던 그녀답지 않게 미소를 지었다.

"……아니. 내가— 우리가, 이겼어."

그 순간—.

"어……?"

아르테미시아는 기묘한 감각을 느꼈다.

시야 한편에 묘한 물건이 존재했던 것이다.

그것은 바로— 열쇠였다.

석장처럼 거대한 열쇠의 끝부분이 허공에서 모습을 드러내더니, 아르테미시아의 관자놀이에 꽂혔다.

천사. 열쇠의 천사 〈미카엘〉.

오리가미의 뒤편을 쳐다보니, 한참 떨어진 곳에 있던 정령, 〈조디악〉이 허공에 열쇠의 끝부분을 집어넣은 모습이 눈에 들어왔다.

아르테미시아는 그제야 이해했다.

AST가 주의를 끌었기 때문에, 오리가미가 승부를 건 것이 아니었다. 오리가미조차도 미끼에 지나지 않았던 것이다.

"〈미카엘〉—【라타이브】."

열쇠가 튀어나온 허공의 저편에서 그런 목소리가 들려온 순간, 열쇠가 돌아가더니—.

"아—."

아르테미시아의 머릿속으로, 둑이 무너지기라도 한 것처럼 엄청난 양의 정보가 흘러들어왔다.

"……역시 대장이야. 올바른 판단을 해줘서…… 고마워."

"헛소리 하지 마! 이제 돌이킬 수 없게 됐네. 굿바이, 나의 공무원 생활……."

오리가미와 AST 대원의 대화가 아르테미시아의 귓속으로 희미하게 흘러들어왔다.

전장과 어울리지 않을 정도로 긴장감이 결여된 그 대화를 들으면서— 아르테미시아의 의식은 밀려오는 기억의 파도에 잠식당했다.

◇

"—우후후. 시도 씨, 언제까지 이러고 계실 거죠? 뭐, 저도 시도 씨와 이러고 있는 게 싫진 않지만, 유감스럽게도 이곳은 전장 한복판이랍니다."

"……윽! 아—."

시도는 쿠루미의 말을 듣고 어깨를 부르르 떨더니 그대로 그녀에게서 손을 뗐다.

난전 도중에 〈니벨코르〉인 줄 알고 껴안은 상대가, 아니나 다를까 쿠루미였던 것이다.

게다가 그녀의 뒤편에는 〈자프키엘〉의 거대한 시계판이 존재했다. ―분신이 아니었다. 진짜 정령, 토키사키 쿠루미였다.

"쿠루미, 나―."

시도는 무슨 말을 하려다…… 입을 다물었다. 아니, 그의 의도와는 다르게, 말문이 막히고 말았다.

이 전장에 쿠루미가 있다는 것은 알고 있었으며, 그녀를 만나서 하고 싶은 말도 산더미처럼 있었다.

하지만― 아니, 그렇기 때문에 느닷없이 쿠루미와 마주친 순간, 머릿속에 수많은 말이 떠올랐다. 그리고 그것들이 시도의 말문을 틀어막아 버리고 만 것이다.

"어머, 어머."

쿠루미는 그런 시도를 보면서 요염한 미소를 짓더니, 그대로 그의 목에 팔을 둘렀다. 그리고 그대로 몸을 밀착시켰다.

"앗―?!"

시도는 한순간 화들짝 놀랐지만, 곧 냉정을 되찾았다.

방금 머리 뒤편에서 들려온 격렬한 총성을 들은 덕분에 말이다.

"꺄하……."

시도의 등을 향해 달려들던 〈니벨코르〉가 코미컬한 단말마를 지르면서 몸을 뒤편으로 젖혔다. 아무래도 쿠루미가 손에 쥔 총으로 〈니벨코르〉의 이마를 쏜 것 같았다.

"방심은 금물이랍니다."

"그, 그래…… 고마워, 쿠루미. 덕분에 살았어. 너는— 내 생명의 은인이야."

"우후후, 과장이 심하시군요."

쿠루미는 장난스러운 어조로 그렇게 말했다. 하지만 그 말은 과장이 아니었다. 그뿐만 아니라, 시도의 마음속에 존재하는 마음의 1퍼센트도 채 전하지 못했을 것이다.

"아냐. 방금 일만 가지고 하는 말이 아냐. 지금까지— 몇 번이나 나를 구해줘서, 정말 고마워. 이 말을…… 너한테 꼭 해주고 싶었어."

"……."

시도의 말에 쿠루미는 한순간 입을 다물었다. 하지만 곧 마음을 다잡듯 우후후 하고 미소를 지었다.

"어머, 어머. 그러신가요? 그럼 답례로 시도 씨의 영력을 저에게 넘겨주시지 않겠어요?"

"그건 엄연히 경우가 달라!"

"우후후, 유감이군요. 그럼 다른 방식으로 시도 씨에게 접근을 해보도록 할까……요!"

시도와 쿠루미는 서로를 향해 언성을 높이면서 지면을 박찼다.

딱히 사이가 틀어진 것은 아니다. 각자를 향해 접근하는 〈니벨코르〉를 격퇴하기 위해 행동했을 뿐인 것이다.

쿠루미는 그림자 총탄을 연달아 쏴서 〈니벨코르〉를 해치웠고, 시도는 손 키스를 받고 몸이 움츠러든 〈니벨코르〉를 꼭 끌어안으며 입맞춤을 했다. 그 광경을 본 다른 〈니벨코르〉들이 볼을 붉히면서 고통스러워하더니 곧 사라졌다.

"훗…… 아하하, 하하핫! 방금 뭘 한 거죠?!"

시도의 〈니벨코르〉 격퇴법을 본 쿠루미가 배를 잡으며 웃음을 터뜨렸다.

"무한히 부활하는 〈니벨코르〉를, 그런 수단으로 해치우는 건가요……? 우후후, 오호라, 적의 표적인 시도 씨가 최전선에 나선 이유를 이제 알겠군요. 전장에 있는 시도 씨를 처음 봤을 때는 너무 무모해 보여서 확 죽여 버리고 싶을 지경이었어요."

"어이어이……."

시도는 그 흉흉한 발언을 듣고 쓴웃음을 지었지만, 쿠루미의 심정도 이해가 됐다. 자신이 수많은 것을 희생하며 지켜왔던 인간이 알몸으로 지뢰밭을 뛰어다니고 있는 것이나 다름없으니 말이다. 다른 누군가가 쿠루미의 입장이었더라도 살의를 느꼈을 것이다.

하지만 그것은 시도도 마찬가지였다.

코토리에게서는 우선 이 싸움에서 살아남는 것만 염두에

두라는 말을 들었다.

두 마리 토끼를 잡으려다 둘 다 놓치고 만다. 설령 쿠루미와 만나더라도 그녀를 공략하려 하지는 말라는 주의를 들었다.

하지만 멈출 수가 없었다. 이 난전 중에 기적적으로 그녀와 마주쳤다. 이 기회를 놓치면, 시도는 두 번 다시 쿠루미의 손을 잡지 못할 것 같은 느낌마저 들었다.

시도는 〈니벨코르〉를 해치우면서 언성을 높였다.

"—쿠루미! 나를 구해줘서 진심으로 고마워! 네 덕분에 정령들도 반전하지 않았어! 진심으로 감사하고 있어……. 하지만, DEM이 총력을 동원해 쳐들어오니 얌전히 숨어있으라고?! 나는 너한테 그렇게 해달라고 부탁한 적 없어! 네 목숨을 희생시켜서 살아남아봤자 전혀 기쁘지 않거든?!"

"……어머나~? 꽤나 거만해지셨군요. 저는 그저, 시도 씨의 영력을 원하는 것뿐이랍니다. 게다가, 제 목숨을 희생한다고요? 깔보지 말아주시겠어요? 제가, 이 토키사키 쿠루미가, DEM 따위에게 질 거라고 생각하시는 건가요?"

"……윽, 실제로도 고전하고 있잖아! 허세부리지 마!"

시도가 〈니벨코르〉에게 키스를 날리며 그렇게 외치자, 쿠루미는 「뭐라고요?!」 하고 짜증을 내듯 날카로운 시선을 머금었다.

"허세부린 적 없어요! 시도 씨는 얌전히 공중함 안에 숨어있으면 된다고요! 그리고 싸움이 끝난 후에 감사의 눈물을 흘리며 저에게 영력을 바치란 말이에요!"

"그래선 나를 죽이는 게 DEM에서 너로 바뀌는 것뿐이잖아!"

"전에 제가 말했을 텐데요?! 시도 씨의 영력으로 역사를 바꿀 거라고요! 그럼 시도 씨가 정신을 차렸을 때는 이미 새로운 세계에 있을 거예요! 정령이 존재하지 않는! 그저 평온한 세계로 되돌아갈 거란 말이에요!"

"역사에는 수정력이 있는 거 아니었어?! 그렇게 네 뜻대로 흘러갈 거라고 생각하는 거야?!"

"실제로 역사를 바꾸는 데 성공한 사람한테 그런 말을 듣고 싶지는 않군요!"

"그러고 보니 그랬지, 젠장!"

쿠루미가 명백한 증거를 제시하자, 시도는 비명에 가까운 고함을 질렀다.

시도는 예전에 쿠루미의 천사인 〈자프키엘〉의 힘을 빌려서, 역사를 바꾸는 데 성공했다.

"그래요! 『시도 씨가 죽는다』라는 것 자체가 없었던 일이 될 거예요! 그런데 뭐가 불만인거죠?!"

"불만을 느끼는 게 당연하잖아!"

"그러니까, 대체 뭐가—."

"전부 없었던 일이 된다면…… 내가 너를 만났다는 사실조차도! 없었던 일이 될 거라고!"

"……윽!"

시도의 외침에 쿠루미는 숨을 삼켰다.

"나는 너를 좋아해! 너와의 만남 자체가 없었던 일이 되는 걸 참을 수 없어!"

"이…… 이럴 때에 무슨 소리를 하는 거죠?! 머리라도 다쳤나요?!"

"안 다쳤어! 정상이라고! 그것보다 쿠루미! 너도 나를 좋아하잖아!"

"예……?!"

쿠루미는 그 말을 듣고 눈을 치켜떴다.

"무, 무슨 소리를 하는 거죠……?! 남의 감정을 멋대로 논하지 마세요!"

"아니! 틀림없어! 좋아하지도 않는 사람을 위해, 200번 넘게 시간을 되풀이할 리가 없다고!"

"그러니까, 그건 어디까지나 당신의 영력을—."

"내가 【유드】로 네 기억을 체험했다는 걸 잊은 거야?!"

"——."

쿠루미는 숨을 삼켰다.

그렇다. 시도는 일전에 〈자프키엘〉 【유드】로 쿠루미의 과거를 알았다.

하지만, 그때 시도의 머릿속으로 흘러들어간 것은 쿠루미가 복수를 결심한 기억만이 아니었던 것이다.

단편적이지만— 명확한, 시도를 향한 마음.

무심코 얼굴이 빨갛게 달아오를 정도로 뜨겁고 순수한 감정이, 여파처럼 시도의 마음에 흩뿌려졌던 것이다.

"……, ……! ……."

얼굴이 토마토처럼 빨개진 쿠루미는 잠시 동안 고통스러워하듯 몸을 배배 꼰 후, 숨을 가다듬으면서 시도를 노려보았다.

"……설령 그게 사실이더라도, 다른 여성에게 키스를 하면서 할 소리는 아니군요. 정말 저질이에요."

"그 점은 정말 미안해!"

시도는 순순히 사과를 하면서 〈니벨코르〉에게 뜨거운 입맞춤을 했다. 〈니벨코르〉는 잠시 동안 발을 버둥거렸지만, 이윽고 「흠냐……」 하고 황홀한 듯한 목소리를 내면서 사라졌다.

쿠루미는 그 광경을 곁눈질하면서 코웃음을 치더니, 총을 쥔 손에 더욱 힘을 주면서 말했다.

"그리고— 저에게 목적을 포기하라는 건가요? 제가 빼앗았던 수많은 목숨을 저버리라는 건가요? —사와 양을, 포기하라는 건가요?"

차분한— 그러면서도 격렬한 분노와 원념에 찬 목소리로, 쿠루미는 말했다.

시도는 그녀의 말에 「그럴 리가 없잖아」 하고 고개를 저었다.

"아까 내가 말했지? 나는 네 기억을 체험했다고 말이야.

그런데 어떻게…… 포기하라는 소리를 하냐고."

"……그럼 어쩔 작정이신 거죠? 없었던 일로 만드는 것도 반대지만, 그렇다고 저한테 목적을 포기하라고 말할 생각도 없다는 건가요? 그건 모순 아닌가요?"

"응…… 그래. 나도 그게 말도 안 되는 소리라는 건 알아. ―하지만 말이야!"

시도는 정면에 있는 〈니벨코르〉를 향해 키스를 날리면서 큰 목소리로 외쳤다.

"말도 안 되는 소리를 할 수밖에 없다고! 너와 나의 희망을 둘 다 이루기 위해선 말이야!"

"예……?"

"―『전부』는 아냐! 나쁜 일만 수정하는 거야! 취사선택을 해가면서, 역사를 이상적인 형태로 만드는 거지……! 만약 그게 가능하다면, 어떻게 할래?!"

시도는 목청껏 절규를 터뜨렸다. 하지만 쿠루미는 시도가 무슨 말을 하는 건지 모르겠다는 것처럼 미간을 찌푸렸다.

"무, 무슨 소리를 하시는 거죠……? 영문을 모르겠군요. 그런 게 가능하다는 건가요……?"

"몰라!"

"……."

시도가 단언하자, 쿠루미는 인상을 찡그렸다. 하지만 시도는 당연한 소리를 하듯 말을 이어나갔다.

"당연하잖아! 시험해본 적이 없으니까 말이야! 하지만, 시도해 볼 가치는 있을 거야!"

"……일단 물어보도록 하죠. 그런 꿈같은 일을 대체 어떻게 실현시킬 거죠?"

"잘 물어봤어! 우선 내가 네 영력을 봉인할 거야!"

시도의 말에 쿠루미는 「하아」 하고 한숨을 내쉬었다.

"괜히 물어봤군요. 논할 가치도 없어요. 말이 안—."

하지만…….

시도는 개의치 않으며 말을 이었다.

"—그리고, 내가 내 영력을 써서, 〈자프키엘〉의 힘을 이용해 30년 전으로 거슬러 올라갈 거야……!"

"……, 뭐—."

그 말을 들은 순간…….

쿠루미의 눈이 경악으로 가득 찼다.

"그게 무슨…… 소리죠? 그래서야, 제가 가는 것과 별반 차이가 없—."

"차이가 있어! 쿠루미가 할 수 있는 건 시원(始原)의 정령이 탄생하는 것을 저지하는 것뿐이야! 하지만 나라면, 시원의 정령이 지닌 힘을 봉인하는 게 가능할지도 몰라……!"

"봉인……?! 시원의 정령이 지닌 힘을 봉인하겠다는 건가요……?!"

시도의 말이 뜻밖이었던 건지, 쿠루미는 평소의 그녀와

다르게 당황한 기색이 역력한 목소리로 그렇게 되물었다. 시도는 주저 없이 「그래!」 하고 고개를 끄덕였다.

"당연하지! 그 녀석은 정령이잖아?! 그리고 정령의 힘을 봉인하는 게 내 일이야! 얼마나 거대한 힘을 가지고 있는지는 모르겠지만, 나에게— 반하게 만들겠어!"

"……?!"

쿠루미는 얼이 나간 듯한 반응을 보였다.

하지만 시도는 연이어 말을 이어나갔다.

"그리고! 시원의 정령을 봉인한 후, 내가 그 힘을 써서…… 역사를 바꾸겠어! 쿠루미가 휘말린 불행을! 그 후로 걷게 된 지옥 같은 인생을 『없었던 것』으로 만들면서! 나는 너와— 다시 한 번 만나고 말겠어! 그뿐만이 아냐! 다른 정령들도 마찬가지야! 도움이 필요한 녀석들에게 손을 내밀어주고, 돌이킬 수 없는 실수는 없었던 일로 만들어서! 내 마음에 쏙 드는 역사로 바꿔주겠어……!"

"말……도, 안…… 돼요! 대체 승산이 얼마나—."

"그러니까 모른다고 아까부터 말했잖아! 하지만 그 시원의 정령은 모든 정령의 원천이 된 존재지?! 그럼 엄청난 힘을 가지고 있을 게 뻔하잖아! 게다가— 딱 하나 분명한 게 있어!"

시도는 엄지로 자신의 가슴을 가리켰다.

"쿠루미, 아까 네가 말했지? 나는— 이 세상에서 유일하게! 역사를 바꾼 적이 있는 인간이라고!"

"——."

쿠루미는 할 말을 잃은 채, 시도의 얼굴을 뚫어져라 쳐다보았다.

하지만 바로 그때, 앞쪽에서 비명에 가까운 목소리가 들려왔다.

"야아아아아! 눈꼴사납게 내 앞에서 단 둘만의 세계에 빠져있지 말란 말이야아아아아—!"

〈니벨코르〉가 그렇게 외친 순간, 주위에 존재하던 종이들이 눈보라처럼 흩날렸다.

수많은 종이는 한 명의 〈니벨코르〉에게 모여들더니, 그녀의 몸을 갑옷처럼 뒤덮었다.

"〈벨제붑 옐레드〉—【장집편(装集篇)(헤톡브츠트)】!"

종이 갑옷을 걸친 〈니벨코르〉가 지면을 박차더니, 엄청난 속도로 쿠루미에게 쇄도했다. 시도와 쿠루미는 어깨를 부르르 떨면서 총탄과 뜨거운 손 키스를 동시에 날렸다.

하지만—.

"흥!"

〈니벨코르〉는 총탄을 쳐냈을 뿐만 아니라, 손 키스를 개의치 않으며 맹렬하게 돌진해왔다.

그럴 만도 했다. 〈니벨코르〉가 몸에 두른 종이 갑옷은 그녀의 눈가도 완전히 가리고 있었던 것이다.

"……윽!"

두 사람이 그걸 눈치챘을 때는 이미 늦었다. 〈니벨코르〉는 쿠루미의 신체능력으로도 피할 수 없을 위치까지 육박했다.

"쿠루미—!"

"쳇……!"

"꺄하하하하하하하하! 죽어어어어어어엇!"

팔 부분의 갑옷을 원뿔 형태로 변화시킨 〈니벨코르〉가 쿠루미를 향해 오른손을 내질렀다.

—〈니벨코르〉의 날카로운 일격이 엄청난 속도로 가슴을 향해 날아왔다.

쿠루미는 마치 슬로 모션을 보는 듯한 느낌으로 그 광경을 지켜보고 있었다.

딱히 〈자프키엘〉로 자신을 가속시키지도 않았으며, 〈니벨코르〉의 움직임이 느려진 것도 아니었다.

그저, 의식이 응축되면서, 한순간이 길게 느껴지는 착각에 사로잡혔을 뿐이다.

흔히 주마등이라 불리는 것은 죽음의 위험에 직면한 뇌가 지금까지의 기억 및 경험에서 타개책을 찾기 위해 최대한 가동되면서 발생하는 것이라는 설이 있다.

그렇다면 쿠루미도 현재 그와 비슷한 상태일지도 모른다.

의식은 맑아졌지만, 몸이 그에 따라가지 못하고 있었다. 그저 치명적인 일격이 명중하는 순간만을 기다리고 있었다.

이 타이밍에 〈니벨코르〉의 공격을 완전히 피하는 것은 무리다. 일격에 즉사하지만 않는다면 【네 번째(달렛) 탄환】을 쓰면 되지만, 공격을 정확하게 명중시킨 〈니벨코르〉가 다른 분신들이 올 때까지 공격을 하지 않을 거라는 보장이 없었다.

오산. 역시 전투는 분신에게 맡기고, 본체인 쿠루미는 그림자 속에 숨어 있어야만 했던 걸까……? ―그렇지 않다. 안 그래도 열세에 처한 상황에서, 〈자프키엘〉 없이 전투를 치렀다간 병력만 낭비할 뿐이다.

아니다. 그 이전에 반성해야 할 게 있었다.

아아― 그렇다. 시도의 말에 정신이 팔려버린 것이 문제다.

아무리 〈니벨코르〉의 공격이 재빠를지라도, 허를 찔리지만 않았다면 〈자프키엘〉의 탄환을 장전할 시간은 있었을 것이다.

하지만, 그것도 어쩔 수 없었다.

그 정도로― 시도의 말이, 목소리가, 쿠루미의 마음을 뒤흔들었던 것이다.

너무나도 유치하며, 황당무계한 탁상공론이다.

하지만, 쿠루미는 생각하고 말았다.

그렇게 된다면, 얼마나 멋질까?

그 꿈에 몸을 맡길 수 있다면, 얼마나 행복할까?

만약 이대로 죽어 버린다면, 하다못해, 시도에게 자신의 힘을 맡기고—.

"—라고, 『저』라면 생각하고 있겠죠?"

바로 그때였다.

날카로워진 의식 속에서, 마치 쿠루미의 마음을 읽은 듯한 목소리가 울려 퍼졌다.

그 순간, 쿠루미의 그림자 안에서 안대를 착용한 쿠루미의 분신이 튀어나오더니, 쿠루미를 향해 쇄도하던 〈니벨코르〉의 일격을 자신의 몸으로 막아냈다.

—틀림없다. 일전에 쿠루미가 살려뒀던, 5년 전의 쿠루미를 재현한 분신이었다.

쿠루미의 시야에 선혈로 된 꽃이 피더니, 안대를 찬 쿠루미의 몸을 꿰뚫은 〈니벨코르〉의 팔이 모습을 드러냈다.

"『저』……!"

그제야 몸의 반응이 의식을 따라잡았다. 목에서 경악에 찬 목소리가 흘러나왔다.

하지만 쿠루미는 곧 냉정함을 되찾았다.

〈니벨코르〉에게 몸을 꿰뚫린 분신이 본체인 쿠루미를 쳐다보며…….

"—어, 때요……? 도움이, 되었……죠?"

—라며 스스로를 자랑스러워하듯 미소 지었다.

"……예. 본의는 아니지만, 당신을 살려둔 보람이 있군요."

쿠루미는 총에 【달렛】을 담아, 안대를 찬 쿠루미의 어깨 너머로 〈니벨코르〉를 조준해서 쐈다.

그림자를 응축시킨 듯한 총탄이 〈니벨코르〉의 온몸을 뒤덮은 종이 장갑에 꽂혔다. 시간을 되감는 【달렛】은 철벽인 갑옷을 종잇조각으로 변화시켰다.

"힉—!"

갑옷이 벗겨진 〈니벨코르〉는 숨을 삼켰다.

그리고 다음 순간, 이미 쿠루미 쪽으로 달려가고 있던 시도가 〈니벨코르〉의 목에 팔을 두르더니 그대로 입술을 빼앗았다.

"아~앙……."

〈니벨코르〉는 달콤한 목소리를 흘리며 빛으로 된 입자로 변했다. 시도는 그 모습을 본 후, 쿠루미를 향해 고개를 돌렸다.

"쿠루미, 괜찮아?!"

"……예."

쿠루미는 그렇게 대답한 후, 피범벅이 된 채 쓰러져 있는 분신에게 다가갔다. 시도도 그 광경을 보고 비통한 표정을 지었다.

하지만, 안대를 찬 쿠루미는 만족스러운 미소를 짓더니…….

"『저』, 부디…… 자신의 마음에…… 솔직—."

그렇게 말한 후, 그림자 속으로 가라앉았다.

"쿠루미, 저기—."

"—신경 쓰지 마세요. 이미 죽은 거나 다름없던 『저』랍니다. 구제불능인 분신이었지만, 죽기 직전에서야 겨우 도움이 되었군요."

"……그, 그런 식으로 말할 것까지는……."

시도는 말을 끝까지 잇지 못했다. —분명, 입을 다물고 있는 쿠루미의 표정이 눈에 들어왔기 때문이리라.

"……윽."

쿠루미는 한순간 시도에게서 고개를 돌리더니, 마음을 다잡으려는 듯이 한숨을 내쉬면서 시도를 향해 다시 고개를 돌렸다.

그렇다. 쿠루미는 시도에게 물어야만 한다.

죽음을 각오한 순간, 머릿속을 스친 생각이 진정으로 옳은지 확인하기 위해서—.

쿠루미의 목숨을 구하고 죽은 분신의 말에, 진정으로 따라도 되는지 확인하기 위해서—.

"—그것보다, 시도 씨가 방금 한 이야기는 진담인가요?"

쿠루미가 눈동자를 응시하면서 묻자, 시도는 눈썹을 희미하게 떨면서 대답했다.

"그래. —진심에서 우러난 말이야."

"……."

시도는 쿠루미의 눈을 응시하면서 대답했다.

—아아, 싫다. 정말 싫다.

그는, 진심으로, 실현이 가능할지도 알 수 없는 가능성을 믿고 있다.

그리고 그것이 고난으로 가득 찬 수라의 길이라는 것을 알면서도, 진심으로 그것을 해내려 하고 있었다.

그렇다. 그것들은 시도의 진심에서 우러난 말이었다.

쿠루미에게 이야기한 꿈같은 이야기도…….

그리고— 그 전에 입에 담았던 『너를 좋아해』도…….

"……아아, 정말 바보 같군요."

쿠루미는 자조하듯이 한숨을 내쉬면서 말을 이었다.

"저기— 시도 씨, 기억하나요? 저희의 『승부』 말이에요."

"뭐?"

시도는 쿠루미의 말에 눈을 동그랗게 뜨면서 대답했다.

"……상대방을 반하게 만든 사람의, 승리?"

"—후후."

쿠루미는 웃음을 흘리면서 말을 이었다.

"그 이야기는 싸움이 끝난 후에 하기로 하죠. DEM을 무너뜨려서, 시도 씨가 생명의 위협에서 벗어난다면— 저의 입술을 당신에게 바칠 의향이 있답니다."

"……윽! 쿠루미, 정말이야……?!"

시도는 눈을 치켜뜨고 깜짝 놀란 어조로 그렇게 물었다.

그 모습을 본 쿠루미는 무심코 웃음을 터뜨릴 뻔했다. 그렇게 폼을 잡았으면 끝까지 초연한 태도를 취해도 될 텐데, 지금은 어린아이처럼 눈을 반짝이고 있었다.

"……정말, 귀엽군요."

"뭐?"

"아무 것도 아니랍니다. ―그리고 어디까지나, DEM을 무너뜨리는 것이 우선이에요. 우후후, 시도 씨가 과연 해낼 수 있을까요?"

"당연하지! 그 정도도 못 해낸 녀석이 어떻게 시원의 정령을 상대하겠냐고!"

시도는 힘찬 목소리로 그렇게 말한 후, 쿠루미를 향해 손을 내밀었다.

마치, 같이 가자고 말하는 것처럼…….

"……후후."

쿠루미는 슬며시 표정을 풀고, 그 손을 움켜잡으려는 것처럼 자신의 손을 내밀었다.

그러자, 그 순간―.

◇

"아…… 아, 아아아, 아아아아아아아아아아아아아아아아―!"

―통곡이, 세계를 지배하고 있었다.

눈에서는 눈물이 멈추지 않았고, 목에서는 비명이나 절규와 다른 목소리가 끊임없이 흘러나오고 있었다.

하지만 그런 것은 미오가 느끼고 있는 끝없는 슬픔의 일부조차 표현하지 못했다.

지금 이 자리에는 미오, 그리고— 그녀의 앞에 쓰러져 있는 소년뿐이었다.

미오의 손을 잡고 도망치려 하던 소년이 흉탄을 맞고 쓰러진 순간, 미오는 분노와 슬픔과 혼란에 의식이 지배당한 채 무차별적으로 주위에 영력을 흩뿌려 주위를 파괴한 후, 그 자리를 벗어났다.

소년의 몸에는 상처 하나 없었다. 당연했다. 미오가 영력으로 상처를 치유한 것이다.

하지만— 소년은 깨어나지 않았다.

미오의 힘이라면, 상처 입은 몸을 치유할 수 있다.

하지만 한 번 잃어버린 생명을 되돌리는 것만은, 할 수 없었다.

"어째……서…… 왜……!"

미오는— 울었다.

얼마나 시간이 흘렀는지도 모를 만큼, 울고, 울고, 또 울었다.

그랬는데도, 눈물이 멎지 않았다.

미오는 소년에게 고마워하고 있었다.

소년을 좋아했다.

소년이 미오를 찾아주지 않았다면, 분명 현재의 미오는 존재하지 않았을 것이다. 소년은 미오에게 거주환경, 의복, 식량, 그리고 지식을 줬다. 그것은 미오도 이해하고 있었다.

하지만— 달랐다.

그런 게 아니었다.

소년이 죽어서, 두 번 다시 만나지 못하게 된 순간, 겨우 이해했다.

소년이 미오의 마음속에서 얼마나 큰 존재였는지를, 그 무엇과도 바꿀 수 없는 존재였다는 것을…….

소년 한 명이 사라져버렸을 뿐인데, 그렇게 선명했던 세계가 잿빛으로 변해버린 것처럼 느껴졌다. 그렇게 희망으로 가득 차 있던 나날로부터, 모든 것이 사라져 버리고 말았다.

분명 첫 만남은 우연에서 비롯되었다. 하지만 지금은 과장이 아니라— 소년은 미오에게 있어 살아있는 의미이자, 모든 것이 되어 있었다.

만약 자신이 소년과 만나지 않았다면…….

만약 자신이 소년에게 의지하지 않았다면…….

만약 자신이— 순순히 죽음을 선택했더라면…….

—소년은 죽지 않았을지도 모르는데…….

부질없는 후회가 머릿속을 휘젓고 있었다.

"……흑, ……."

미오는 피가 날 정도로 입술을 깨문 채, 머리를, 피부를 쥐어뜯었다.

뇌를 최대한 가동시켰다. 소년에게 거둬지고 지금까지 축적한 지식과, 그것들이 도출한 추측, 상상을 전부 동원해서, 이 절망을 타파할 수단이 없는지 생각했다.

하지만 아무리 생각해도 답을 찾아낼 수 없었다.

인간이라는 존재는 매우 약하다. 설령 아까 전의 위기를 극복했더라도, 그 남자들의 표적이 된 소년은 머지않아 죽음을 맞이했을 것이다.

아니, 그것만이 아니다. 인간은 매우 수명이 짧다.

미오가 서적을 통해 접한 지식에 따르면, 인간은 그녀와 다르게 길어봤자 100년 정도밖에 살지 못했다.

만약 모든 문제를 배제해서 소년과 함께할 수 있게 되더라도, 그는 미오보다 훨씬 일찍 죽고 만다. 미오는 그 사실을 견딜 수 있을까.

"……."

소년의 미소를 다시 한 번 보기 위해서는…….

그리고, 소년과 잠시라도 더 오랫동안 함께하기 위해서는, 대체 어떻게 해야 할까.

미오는 생각했다.

하염없이— 생각했다.

—얼마나, 그러고 있었을까.

"…………아…………."

어느새 메말라버린 입술에서 작디작은 목소리가 흘러나왔다.

"그……래……."

미오는 비틀거리면서 몸을 일으키더니, 조용히 잠들어있는 소년의 얼굴을 응시했다.

"―**다시 만들면**…… 돼."

그리고 소년의 볼을 쓰다듬으며 그렇게 중얼거렸다.

그렇다.

그것이, 기나긴 생각 끝에 미오가 도달한 결론이었다.

미오는 혀로 입술을 핥은 후, 천천히 소년을 향해 자신의 얼굴을 내밀었다.

그리고, 그의 입술에, 자신의 입술을 포갰다.

소년의 입술은 아직 부드러웠지만, 체온은 느껴지지 않았다.

"……."

미오는 집중을 하려는 것처럼 눈을 감았다.

자신을 둘러싼 세계를, 머릿속으로 변질시키는 듯한 감각이 느껴졌다.

그러자 소년의 몸이 옅은 빛으로 된 입자로 변하더니―미오의 몸으로 빨려 들어갔다.

"…………으응…………."

소년의 몸을 완전히 흡수한 미오는 작게 한숨을 내쉬면서 몸을 일으켰다.

그리고, 자신의 복부를 살며시 쓰다듬었다.

"—내가, 다시 한 번 낳아줄게.

이번에는 절대로 죽지 않게…….

이번에는 절대로 부서지지 않게……."

한 번 죽은 소년은 되살릴 수 없다.

그렇다면— 자신의 자궁을 이용해, 소년을, 예전과 똑같은 형태로 다시 만들어내면 된다.

아니, 예전과 똑같은 형태, 라는 말에는 어폐가 있을지도 모른다.

미오는 자신의 체내에서 소년의 몸을 재구성함과 동시에, 그에게 자신의 힘을 나눠줄 것이다.

소년은, 소년으로서의 몸을 지닌 채, 정령의 힘을 얻게 될 것이다.

아아— 하지만, 그것만으로는 안 된다.

인간의 몸은 너무나도 약하다. 한꺼번에 모든 힘을 넘겨준다면, 분명 그 힘을 견뎌내지 못한 나머지 자멸하고 말 것이다.

조금씩, 조금씩…….

여러 인자로 나눠서, 소년에게 힘을 나눠줘야만 한다.

그러니, 가장 먼저 소년에게 줄 힘은 단 하나면 된다.

—『힘을 흡수하기 위한, 힘』.

언젠가, 소년이 태어나, 자라서, 안정적인 육체를 손에 넣었을 때…….

하나씩 그 힘을 손에 넣을 수 있도록, 세계에 씨앗을 뿌리자.

미오는 그 모습을, 곁에서 지켜보기만 하면 된다.

그리고, 소년이 모든 힘을 손에 넣은 바로 그때―.

소년은 그 누구도 해칠 수 없는 힘과…….

영겁에 가까운 생명을 지닌…….

미오의, 영원한 연인이 될 것이다.

"―절대 놓치지 않을 거야. 절대 실수하지 않을 거야."

미오는 자신의 배를 쓰다듬으며 중얼거렸다.

"그러니까…… 기다려줘. ―**신**."

◇

"―어, 어……?"

전장 한복판.

시도는 얼빠진 소리를 냈다.

하지만 그것도 무리는 아니었다. 자신을 향해 손을 내밀던 쿠루미의 가슴 언저리에서, 다른 누군가의 손이 튀어나왔으니까 말이다.

그것은 비유도, 농담도 아니었다. 마치 쿠루미의 가슴에 꽃이 핀 것처럼, 새하얀 피부에 뒤덮인 팔이 튀어나왔다.

시도는 데자뷔를 느꼈다. 그는 예전에도 이런 광경을 본 것 같았다.

그렇다. 작년 6월. 학교 옥상.

시도를 향해 손을 뻗으려던 쿠루미의 분신이, 등 뒤에 나타난 진짜 쿠루미에게 가슴을 꿰뚫리던 광경이다.

한순간, 그때와 똑같은 일이 벌어진 것은 아닐까 하는 생각이 시도의 뇌리를 스쳤다.

하지만 지금 눈앞에 있는 쿠루미는 틀림없는 진짜 쿠루미이며, 그녀의 가슴에서 튀어나온 팔 또한 쿠루미의 팔과는 다른 듯한 느낌이 들었다. 그 이전에, 분신인 쿠루미가 진짜 쿠루미의 가슴을 찌르는 것 자체가 말이 안 된다.

하지만, 그렇다면—.

"……어?"

다음 순간, 쿠루미도 눈치를 챈 것 같았다. 그녀는 자신의 가슴을 쳐다보더니, 무슨 일이 일어난 것인지 모르겠다는 것처럼 눈을 치켜떴다.

"이, 게…… 대체……?"

"아—."

쿠루미가 망연자실한 목소리를 내고 있을 때, 조금씩, 조금씩, 팔이 그녀의 가슴에서 뻗어 나왔다.

마치, 쿠루미의 안에서, 『무언가』가 기어 나오고 있는 것만 같았다.

"아, 아…… 아, 아, 아, 아, 아……!"

"쿠루미!"

마찰음을 내면서 팔에 이어 다른 신체 부위가 모습을 드러냄에 따라, 쿠루미는 고통에 찬 신음을 흘렸다. 시도는 무심코 그녀의 이름을 불렀다.

하지만 이 상황은 계속 이어져 가더니, 결국—.

"……고마워, 토키사키 쿠루미. 너는 마지막 순간까지, 나의 멋진 친구였어."

그런 말을 입에 담으며, 『그것』은 모습을 드러냈다.

To Be Continued

■작가 후기

타치바나 : 17권의 서브타이틀은 뭐로 할까요?

편집자 : 뭐랄까, 최종결전의 느낌이 물씬 나면 좋겠네요.

타치바나 : 쿠루미 워즈……?

편집자 : 쿠루미 하르마게돈……?

타치바나 : 쿠루미 라그나로크—.

편집자 : 멋지군요.

타치바나 : 멋지네요.

이런 식으로 17권의 서브타이틀이 정해졌습니다. 멋지군요. 남자들은 하나같이 마음속에 카구야를 품고 있는 법이죠.

오랜만입니다. 좋아하는 마리오는 인디고인 타치바나 코우시입니다. 『데이트 어 라이브 17 쿠루미 라그나로크(멋져)』를 여러분에게 전해드립니다. 어떠셨는지요. 마음에 드셨기를 빕니다.

타이틀은 쿠루미입니다만, 표지는 니벨 양입니다. 그러고 보니 니벨 양의 첫 컬러 일러스트군요. 배경에 있는 니벨 양's와 조화를 이루고 있습니다. 귀엽네요.

지난 권과 이어지는 내용인 이 17권에는 제가 예전부터 쓰고 싶었던 장면이 다수 포함되어 있어서 정말 즐거웠습니다. 그 장면이라던가, 그 부분 같은 것 말이죠. 특히 라스트 부분은『데이트 어 라이브』를 구상할 때부터 생각해왔던 장면인지라, 감개무량합니다.

이번 권도 많은 분들이 힘써주신 덕분에 책이 나올 수 있었습니다.

일러스트레이터이신 츠나코 씨, 매번 멋진 일러스트를 그려주셔서 감사합니다. 바쁘실 텐데 새로운 디자인이 필요한 녀석을 늘려서 죄송합니다. 담당 편집자 님, 이번에도 고생 많으셨습니다. 디자이너 님, 편집자 님, 영업, 출판, 유통에 관여해주신 모든 분들, 그리고 지금 이 책을 읽고 계신 당신에게, 진심으로 감사드립니다.

자, 저 마지막 장면에서 과연 어떤 식으로 내용이 이어질까요. 시도 군의 활약을 기대해 주십시오.

그럼, 다음 권을 통해 독자 여러분을 다시 뵙게 되는 날을 고대하고 있겠습니다.

2017년 7월 타치바나 코우시

■역자 후기

안녕하십니까. 근로청년 번역가 이승원입니다.

『데이트 어 라이브 17 쿠루미 라그나로크』를 구매해주셔서 진심으로 감사드립니다.

이번 17권의 후기는 탄내가 코를 찌르는 방 안에서 쓰고 있습니다.

……시, 실은 불낼 뻔 했습니다. 고의로 그런 건 아니에요!

병원에서 감기로 인한 기관지염 및 폐렴이 최대 반 년 동안 지속될 수도 있다는 진단을 받았는데, 지인이 기관지염에 좋다며 생강차를 선물해줬습니다.

그런데 물 끓이는 커피포트가 고장이 나서, 가스레인지로 물을 끓여서 차를 타보기로 했습니다. 그리고 수분 보충을 자주 하니, 큰 주전자로 생강차를 왕창 끓이기로 했습니다.

……그렇게 불행은 시작됐습니다.

물과 생강차가 든 주전자를 가스레인지에 올려놓은 후, 저는 작업실에서 일을 하다 차를 끓이고 있다는 걸 까맣게 잊은 겁니다. 평소 물이 끓으면 자동으로 꺼지는 커피포트를 애용하다 보니, 물을 끓이다 까먹는 것을 대수롭지 않게 여긴 거죠.

결국 주전자 안의 물은 다 증발하고, 생강은 시꺼멓게 타면서 주전자에 눌어붙고 있는데, 작업실에 틀어박혀 일을 하던 저는 방안으로 스며들어온 희미한 탄내를 맡으며 「아, 다른 집에서 토스트 굽나 보네」라고 생각했습니다. 그리고 한참 후에 집 대문을 두드리는 소리를 듣고 나와 보니…… 지옥도가 펼쳐져 있더군요.

알고 보니, 동네 이웃이 부엌 창문에서 흘러나오는 검은 연기를 보고 대문을 두드린 것이었습니다. 저는 춥다고 방문을 꼭 닫고 있는지라 난리가 난 것도 몰랐고요.ㅠㅜ

다행히 화재가 발생하진 않았지만, 주전자와 가스레인지, 그리고 부엌 벽지를 다 날려버렸습니다. 그리고 기관지염은 더 심해졌고요. 그리고 가스레인지가 고장 난 덕분에 최근 세끼는 전부 전자레인지로 익힌 고구마였네요. 구황작물 만세~ 하고 외치고 있습니다, AHAHA.

……그, 급한 마감 끝내고 빨리 부엌 복구 작업을 해야겠네요.ㅠㅜ

그럼 『데이트 어 라이브 17 쿠루미 라그나로크』에 대해 조금 이야기해볼까 합니다.

스포일러가 포함되어 있을 수도 있으니 본편을 안 읽으신

분은 유의해주시길!

이번 권은 시작부터 충격과 공포였습니다. 지금까지 암약을 해왔던 〈팬텀〉의 과거, 그리고 시도 남매와의 관계가 드러납니다.

또한 〈라타토스크〉와 DEM인더스트리의 전면전도 발발! 〈라타토스크〉다운 방식으로 적의 주요 전력인 〈밴더스내치〉와 〈니벨코르〉에게 대처하는 부분이 매우 인상적이었습니다.

그리고 유일하게 공략에 실패했던 정령, 쿠루미에게의 리벤지! 본편뿐만 아니라 앙코르 시리즈에서도 대활약을 했던 안대 쿠루미가 조력자 포지션에서 멋지게 활약을 했죠. 그야말로 숨 돌릴 틈도 없는, 노도의 전개였습니다.

특히 마지막 열 페이지의 내용은 충격 그 자체였습니다. 마지막에 이런 반전이 연이어 몰려올 줄은 몰랐어요.ㅠㅜ

독자 여러분도 17권을 다 읽으신 후, 작가님의 절단 신공 때문에 다음 권 발매 때까지 저와 마찬가지로 괴로움을 떠시게 될 거라 생각합니다.^^

그럼 이만 줄이겠습니다.

『데이트 어 라이브』를 맡겨주신 L노벨 편집부 여러분. 이번에도 폐 많이 끼쳤습니다. 앞으로도 잘 부탁드립니다!

일본 여행 가서 데이트 어 라이브 게임 한정판을 사다준

악우여. 매번 고마워. 그런데 다음 여행은 언제 갈 거야? 너한테 부탁할 게 또 잔뜩 쌓였거든…….^^

마지막으로 언제나 제게 버팀목이 되어주시는 어머니와 『데이트 어 라이브』를 읽어주신 모든 분들에게 진심으로 감사드립니다.

표지부터 여러 가지 의미에서 고대되는(^^) 앙코르 7권 역자 후기에서 다시 뵙겠습니다!

2017년 12월 초

역자 이승원 올림

데이트 어 라이브 17

1판 1쇄 발행 2018년 1월 10일
1판 5쇄 발행 2020년 9월 2일

지은이_ Koushi Tachibana
일러스트_ Tsunako
옮긴이_ 이승원

발행인_ 신현호
편집부장_ 윤영천
편집진행_ 김기준 · 김승신 · 원현선 · 권세라 · 유재슬
편집디자인_ 양우연
국제업무_ 정아라 · 전은지
관리 · 영업_ 김민원 · 조은걸 · 조인희

펴낸곳_ (주)디앤씨미디어
등록_ 2002년 4월 25일 제20-260호
주소_ 서울시 구로구 디지털로 26길 111 JnK디지털타워 503호
전화_ 02-333-2513(대표)
팩시밀리_ 02-333-2514
이메일_ lnovelpiya@naver.com
L노벨 공식 카페_ http://cafe.naver.com/lnovel11

DATE A LIVE Vol.17 KURUMI RAGNAROK

ISBN 979-11-278-4358-8 04830
ISBN 979-11-278-4271-0 (세트)

값 7,000원

L NOVEL
15세 미만 구독 불가
데이트 어 불릿
02
프래그먼트 데이트 어 라이브
히가시데 유이치로 지음
타치바나 코우시 원안 감수
이승원 옮김